用50音 串記單字不用背

邱以白／著　小高裕次／審定

全MP3一次下載

http://www.booknews.com.tw/mp3/9786269793969.htm

全 MP3 一次下載為 zip 壓縮檔，
部分智慧型手機需安裝解壓縮程式方可開啟，iOS 系統請升級至 iOS 13 以上。
此為大型檔案，建議使用 WIFI 連線下載，以免占用流量，並確認連線狀況，以利下載順暢。

用50音串記單字不用背

本書使用說明

本書採「單記→造句→唱歌」此三階段超速效，單字快記憶法，能夠一次串記日語單字，真的都不用背。

第 1 階段 | 群組單字

每一單元我們將單字分成5組，皆用同一個假名開頭或結尾的單字組合，利用其單字結構的相同性，快速就能記下相似的單字。

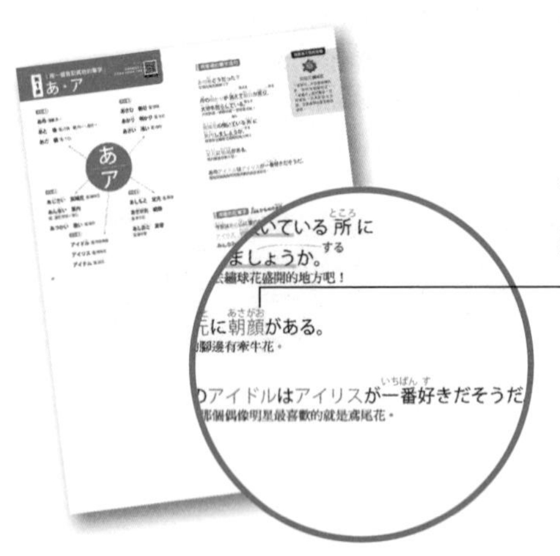

每個單字的假名上方會出現標音符號，能夠正確唸對單字的音調。

音調符號解釋（與日文字典的對照相同）		
あの 等於⓪號音	あと 等於①號音	あさがお 等於②號音
あしもと 等於③號音	あじさい 等於宜⓪可②	

其他請以此類推

第 2 階段 | 火速造句

將第1階段學到的單字，馬上從各組之中，各取出兩個單字進行進行造句，記憶的印象加乘！

例句中，每個動詞在各種變化後的型態，都會拉底線並標示動詞的原形。不但便於基礎者能輕鬆理解，也好像自己畫的筆記一樣，便於記憶。（群組裡學來的單字有顏色）

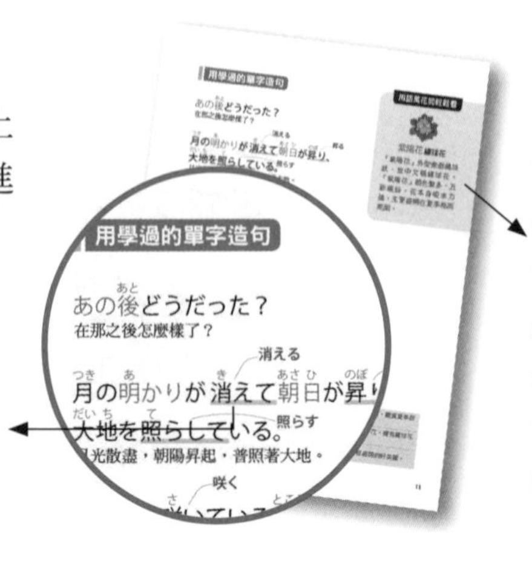

第２階段的小單元，「用語萬花筒」小專欄裡，都會針對單元中的某個需要深入意義的單字加以解說。

第 3 階段｜能讀更能唱

造句還不夠！我們還要用第1階段學到的單字唱歌，書中自由取出幾組單字，配合大家都熟悉的曲調哼哼唱唱，便能快速熟記！

該單元使用的曲調

更多單字

同一個假名的單元結束後，會有一個總結頁，裡面會補充更多有使用到該假名的單字。

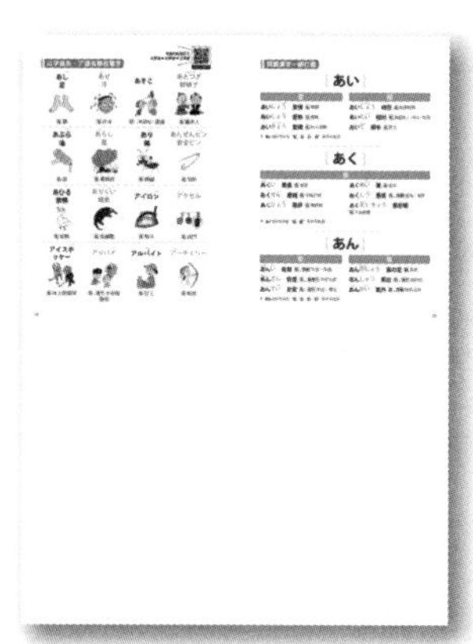

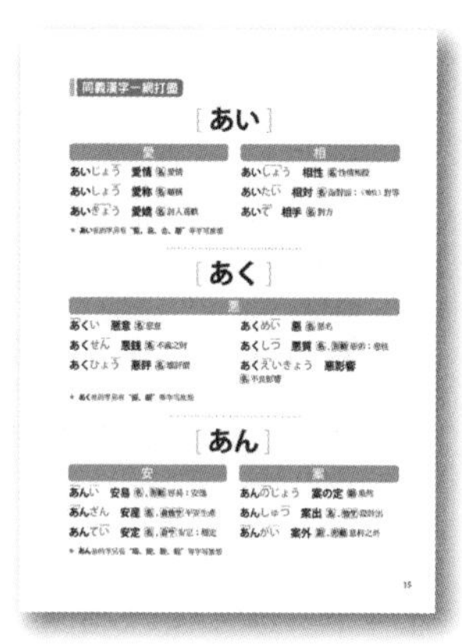

更多單字｜善用隨刷隨聽的 QR 碼！

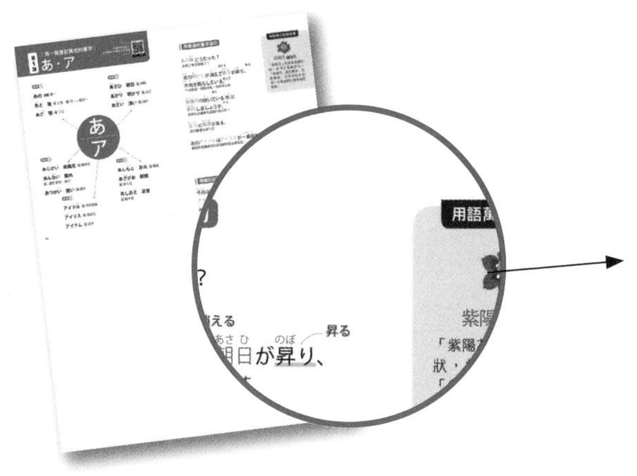

本書的QR碼音檔分成全書內容一次下載（於書名頁）及隨刷隨聽兩種。只要輕掃書上的QR圖，便能聽到當頁的內容，學習上相當便利。

附錄

本書還附日本地圖、重要地點及方便查詢書中單字的索引等內容。

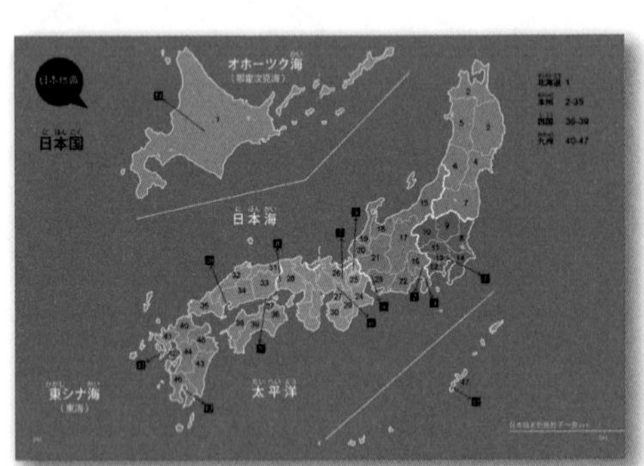

索引中，外來語單字來自各種外語的字源，也會一併標出。

【本書中各種詞性的說明】

名 名詞	代 代名詞
形 形容詞	形動 形容動詞
副 副詞	連體 連體詞
他五 他五動詞（及物的五段動詞）	自五 自五動詞（不及物的五段動詞）

自他五 自他五動詞（同時具有及物與不及物性質的五段動詞）

他上一 他上一段動詞（及物的上一段動詞）

自上一 自上一段動詞（不及物的上一段動詞）

自他上一 自他上一段動詞（同時具有及物與不及物性質的上一段動詞）

他下一 他下一段動詞（及物的下一段動詞）

自下一 自下一段動詞（不及物的下一段動詞）

自他下一 自他下一段動詞（同時具有及物與不及物性質的下一段動詞）

他サ 他サ動詞（接する的動詞）

自サ 自サ動詞（接する的動詞）

用50音串記單字不用背

Contents

あア行

你想不到的單字剖析

かカ行

你想不到的單字剖析

用50音串記單字不用背

Contents

さサ行

たタ行

なナ行

你想不到的單字剖析

はハ行

你想不到的單字剖析

Contents

まマ行

やヤ行

らラ行

你想不到的單字剖析

わワ行

你想不到的單字剖析

第1課

| 用一個音記其他的單字 |

あ・ア

用聽的輕鬆記!!
正常速➡分解音➡正常速

あ
ア

群組①

あの 連體 那…

あと 後 名 之後 副 再…；還差…

あご 顎 名 下巴

群組②

あさひ 朝日 名 朝陽

あかり 明かり 名 光芒

あさい 浅い 形 淺的

群組③

あじさい 紫陽花 名 繡球花

あんない 案内
名, 自サ 帶領；導引

あつかい 扱い 名 操作

群組④

あしもと 足元 名 腳邊

あさがお 朝顔
名 牽牛花

あしおと 足音
名 腳步聲

群組⑤

アイドル 名 明星偶像

アイリス 名 鳶尾花

アイテム 名 道具

用學過的單字造句

あの後(あと)どうだった？
在那之後怎麼樣了？

月(つき)の明(あ)かりが消(き)えて朝日(あさひ)が昇(のぼ)り、大地(だいち)を照(て)らしている。
（消える／昇る／照らす）
月光散盡，朝陽昇起，普照著大地。

紫陽花(あじさい)の咲(さ)いている所(ところ)に案内(あんない)しましょうか。
（咲く／する）
我帶你去繡球花盛開的地方吧！

足元(あしもと)に朝顔(あさがお)がある。
我的腳邊有牽牛花。

あのアイドルはアイリスが一番好(いちばんす)きだそうだ。
聽說那個偶像明星最喜歡的就是鳶尾花。

用語萬花筒輕鬆看

紫陽花 **繡球花**

「紫陽花」外型像個繡球狀，故中文稱繡球花。「紫陽花」顏色繁多，五彩繽紛。花本身吸水力強，主要盛開在夏季梅雨期間。

用唱的記單字

曲調 かもめの水兵(すいへい)さん（中譯 海鷗水手）

今日(きょう)はあの山(やま)に夏(なつ)のお花見(はなみ)	今天要到那座山頭裡，觀賞夏季群開的花朵。
アイリス　朝顔(あさがお)　紫陽花(あじさい)も	哇！鳶尾花，牽牛花，還有繡球花呀！
みんなみんな　綺麗(きれい)に咲(さ)き誇(ほこ)り（咲き誇る）	全部，全部，都盛開的好美麗。

あ・ア

用聽的輕鬆記!!
正常速➡分解音➡正常速

群組①

あくしゅ　握手 名,自サ 握手

あそぶ　遊ぶ 自五 遊玩

あいず　合図 名 暗號

群組②

あきれる　厭きれる 自下一 感到厭煩

あまえる　甘える 自下一 撒嬌

あいする　愛する 他サ 疼愛

群組③

あざやか　鮮やか 形動 鮮明；精湛

あめだま　飴玉 名 糖果

あるいは　或いは 接續,副 或是

群組④

あかちゃん　赤ちゃん
名 嬰兒

あんしん　安心
名,形動,自サ 安心

あんぜん　安全
名,形動 安全

群組⑤

アイスクリーム 名 冰淇淋

アイスキャンデー 名 冰棒

アイヌ 名 愛奴人

用學過的單字造句

喧嘩(けんか)をやめて握手(あくしゅ)してまた遊(あそ)ぼう。（遊ぶ）

不要吵架了，握手言和再一塊玩吧！

自分(じぶん)のミスをごまかすようにいつもお茶(ちゃ)を濁(にご)そうと甘(あま)える彼女(かのじょ)にみんなは厭(あ)きれている。（厭きれる）

大家對於每每犯了錯，卻總是想用撒嬌的方式來逃避的她感到厭煩了。

その「飴玉(あめだま)」の絵(え)は鮮(あざ)やかな色彩(しきさい)で描(か)いた。（描く）

那幅畫－「糖果」，是用很鮮艷的色彩描繪的。

赤(あか)ちゃんが傍(そば)にいればお母(かあ)さんも安心(あんしん)だ。

只要寶寶有在身邊，媽媽也就安心了。

アイスクリームよりアイスキャンデーのほうが好(す)きだ。

跟冰淇淋比起來，我比較喜歡吃冰棒。

用語萬花筒輕鬆看

アイヌ 愛奴人

「アイヌ」是日本國內的原住民，他們主要生活在北海道。所以北海道境內的地名，有很多都是用愛奴語來命名。

用唱的記單字

曲調 むすんでひらいて（中譯 緊握手，放開手）

娘(むすめ)が やって きて（やる／くる）	我的女兒，來到我的面前。
甘(あま)えて 言(い)った（言う）	突然跟我撒起嬌來：
「アイスクリームちょうだい	「我想吃冰淇淋，
飴玉(あめだま)でもいいよ」	不然圓圓的糖果也好啦。」
愛(あい)する娘(むすめ)の	看到心愛的女兒。
笑顔(えがお)には 勝(か)てないな（勝てる）	這般可愛的笑臉，要我怎麼拒絕呢！

用聽的輕鬆記!!
正常速➡分解音➡正常速

以字首あ、ア還有哪些單字

あし
足

名 腳

あせ
汗

名 汗水

あそこ

代（較遠的）那邊

あとつぎ
跡継ぎ

名 繼承人

あぶら
油

名 油

あらし
嵐

名 暴風雨

あり
蟻

名 螞蟻

あんぜんピン
安全ピン

名 別針

あひる
家鴨

名 家鴨

ありくい
蟻食

名 食蟻獸

アイロン

名 熨斗

アクセル

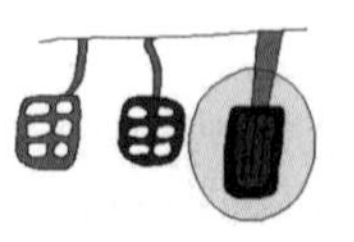

名 油門

アイスホッケー

名 冰上曲棍球

アリバイ

名, 自サ 不在場證明

アルバイト

名 打工

アーチェリー

名 射箭

同義漢字一網打盡

[あい]

愛

あいじょう　**愛情** 名 愛情

あいしょう　**愛称** 名 暱稱

あいきょう　**愛嬌** 名 討人喜歡

相

あいしょう　**相性** 名 性情相投

あいたい　**相対** 名 面對面；（地位）對等

あいて　**相手** 名 對方

★ **あい**音的字另有“藍、哀、合、曖”等字可推想

[あく]

悪

あくい　**悪意** 名 惡意

あくせん　**悪銭** 名 不義之財

あくひょう　**悪評** 名 壞評價

あくめい　**悪名** 名 惡名

あくしつ　**悪質** 名，形動 惡劣；惡性

あくえいきょう　**悪影響** 名 不良影響

★ **あく**音的字另有“握、齷”等字可推想

[あん]

安

あんい　**安易** 名，形動 容易；安逸

あんざん　**安産** 名，自他サ 平安生產

あんてい　**安定** 名，自サ 安定；穩定

案

あんのじょう　**案の定** 副 果然

あんしゅつ　**案出** 名，他サ 設計出

あんがい　**案外** 副，形動 意料之外

★ **あん**音的字另有“暗、按、鞍、餡”等字可推想

第2課

用一個音記其他的單字

い・イ

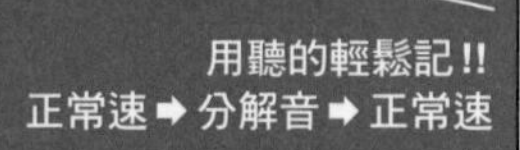

群組①

いつも　何時も 副 經常；總是

いっしょ　一緒 名 一起

いなご　稲子 名 蝗蟲

群組②

いたむ　痛む 自五 疼痛；痛苦

いそぐ　急ぐ 自五 加快；趕路

いたす　致す 自他サ（する的謙讓語）做

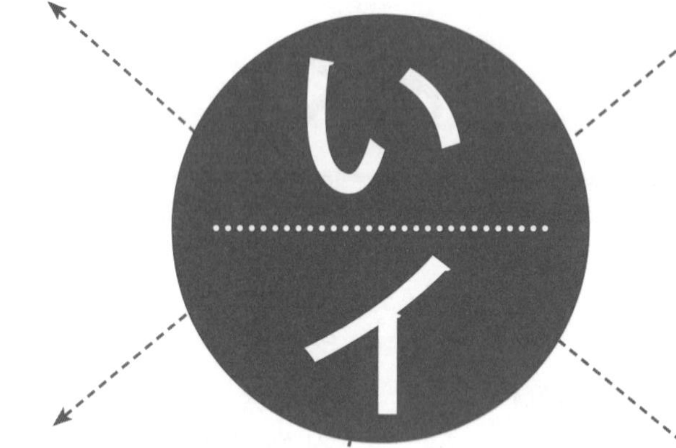

群組③

いっけん　一見 名，他サ，副 一見之下；乍看

いちばん　一番 副 最

いっぱん　一般 名 一般

群組④

いもうと　妹 名 妹妹

いよいよ　愈々 副 愈；終於

いつでも　何時でも 副 隨時

群組⑤

イブ 名 節慶前夕

イブニングドレス 名 晚禮服

イタリア 名 義大利

用學過的單字造句

あの二人(ふたり)はいつも一緒(いっしょ)だ。
那兩個人總是形影不離。

急(いそ)いでお返事(へんじ)いたします。（急ぐ）（いたす）
我會盡快回覆您。

あれは一見(いっけん)普通(ふつう)の店(みせ)だが、実(じつ)はここで一番有名(いちばんゆうめい)なラーメン屋(や)さんだ。
那裡乍看之下雖是一家普通的店，但它卻是這裡最有名的拉麵店。

妹(いもうと)もいよいよ二十歳(はたち)だ。
妹妹也快滿二十歲了。

クリスマスイブにイブニングドレスを着(き)て舞踏会(ぶとうかい)に出(で)る。（着る）
穿著晚禮服參加聖誕夜的舞會。

用語萬花筒輕鬆看

イブニングドレス 晚禮服

可以簡稱為イブニング。參加舞會時イブニング這辭彙就很好用！另可穿上イブニングシューズ（晚宴鞋）、帶個イブニングバック（晚宴手提包），準備出席舞會閃耀一個晚上吧！

用唱的記單字

曲調 かもめの水兵(すいへい)さん（中譯 海鷗水手）

イブニングドレスに	拿上晚禮服更衣，
着替(きか)えてパーティーへ（着替える）	趕赴派對出門去。
妹(いもうと)と一緒(いっしょ)に出席(しゅっせき)	我跟妹妹一起出席，
一番綺麗(いちばんきれい)なのは私(わたし)たち	舞會上，今天就屬我們最美麗。

| 用一個音記其他的單字 |

い・イ

用聽的輕鬆記!!
正常速➡分解音➡正常速

群組①

いちご　苺 名 草莓

いとこ　従兄弟 名（堂、表）兄弟姊妹

いちど　一度 名 一次

群組②

いためる　炒める 他五 炒

いただく　頂く 自五（もらう、飲む、食べる的謙讓語）得到；吃；喝

いじめる　苛める 他五 欺負

い
イ

群組③

いせえび　伊勢海老 名 龍蝦

いっぱい　一杯 副 許多；充份

いんたい　引退 名，自サ 引退

群組④

いのしし　猪 名 山豬

いきなり　行き成り 副 冷不防地；突然地

いっさい　一切 名 全部 副 完全地

群組⑤

イリュージョン 名 幻想

イルミネーション 名 燈飾

イマジネーション 名 想像力

用學過的單字造句

いとこは苺（いちご）を食（た）べている。（食べる）
表妹正在吃草莓。

炒（いた）めた豚肉（ぶたにく）を頂（いただ）きます。（炒める）（頂く）
炒好的豬肉我就不客氣了。

伊勢海老（いせえび）をいっぱい獲（と）ったよ！（獲る）
抓到好多龍蝦喔！

いのししがいきなりダッシュした。
山豬突然暴衝了起來。

イリュージョンのように綺麗（きれい）なイルミネーションだ。
美如夢幻般的燈飾。

用語萬花筒輕鬆看

猪 山豬

漢字的「猪（いのしし）」若光看字面依中文的習慣是容易弄錯的。日文的「猪」指的是前頭有長牙的野生「山豬」。而一般養殖食用的豬，則稱之為「豚（ぶた）」。

用唱的記單字

曲調 桃太郎（ももたろう）（中譯 桃太郎）

「猪（いのしし）と伊勢海老（いせえび）が	「哇！一隻山豬跟一隻龍蝦，
炒（いた）めた肉（にく）を賭（か）けて勝負（しょうぶ）！」（賭ける）	為了爭奪炒熟的肉兩個要一決勝負。」
従兄弟（いとこ）の話（はなし）に大笑（おおわら）い	我被他講的話，弄到快笑昏了。

用聽的輕鬆記!!
正常速➡分解音➡正常速

以字首い、イ還有哪些單字

いぬ
犬

名 狗

いか
烏賊

名 烏賊

いく
行く

自五 去

いご
囲碁

名 圍棋

いさましい
勇ましい

形 勇猛；雄壯

いじわるい
意地悪い

形 壞心眼；心術不正

いせき
遺跡

名 遺跡

いなずま
稲妻

名 閃電

いもり
井守

名 蠑螈

いりえ
入り江

名 峽灣

いるか
海豚

名 海豚

いろり
囲炉裏

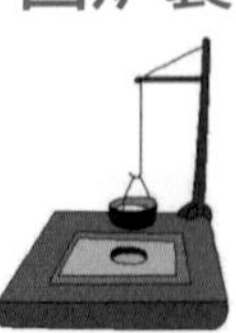

名 （日式房舍取暖燒飯的）地爐

イコール

名, 形動 相等；等號

イスラムきょう
イスラム教

名 回教

イヤリング

名 耳環

インターホン

名 對講機

同義漢字一網打盡

[い]

医

いしゃ　**医者** 名 醫生

いりょう　**医療** 名 醫療

いがく　**医学** 名 醫學

胃

い　**胃** 名 胃

いかいよう　**胃潰瘍** 名 胃潰瘍

いさん　**胃酸** 名 胃酸

遺

いさん　**遺産** 名 遺產

いかん　**遺憾** 名，形動 遺憾

いさく　**遺作** 名 遺作

意

いぎ　**意義** 名 意義

いみ　**意味** 名，自他サ 意思

いけん　**意見** 名 意見

★ い音的字另有“易、異、以、伊、位、依、偉、囲、夷、委、威、尉、已、彙、慰、為、畏、移、維、緯、萎、衣、違”等字可推想

[いち]

一

いちいん　**一員** 名 一員

いちじせんきん　**一字千金** 名 一字千金

にっぽんいち　**日本一** 名 日本第一

[いく]

育

いくじ　**育児** 名，自サ 育兒

いくせい　**育成** 名，自他サ 培育

きょういく　**教育** 名，他サ 教育

| 用一個音記其他的單字 |

い・イ

用聽的輕鬆記!!
正常速➡分解音➡正常速

群組①

しまい　姉妹 名 姊妹

かてい　家庭 名 家庭

とりい　鳥居 名（日本傳統建築物）鳥居

群組②

しょうらい　将来 名 將來

しんぱい　心配 名, 他サ 擔心

しょうめい　証明 名, 他サ 證明

い

イ

群組③

かわいい　可愛い 形 可愛的

じゅくすい　熟睡 名, 自サ 熟睡

あかるい　明るい 形 開朗的

群組④

あたらしい　新しい 形 新的

あたたかい　暖かい 形 暖和的

いそがしい　忙しい 形 忙碌的

群組⑤

ハワイ 名 夏威夷

アップルパイ 名 蘋果派

タイ 名 泰國

用學過的單字造句

あの姉妹(しまい)はピアノの家庭教師(かていきょうし)をやっている。

那對姐妹擔任鋼琴家教的工作。

将来(しょうらい)のことを心配(しんぱい)している。

我擔心著將來的事情。

あの子(こ)は明(あか)るくてかわいいです。（明るい）

那孩子既開朗又可愛。

新(あたら)しいジャケットが暖(あたた)かい。

新的夾克穿起來好暖和喔。

ハワイでアップルパイが食(た)べられて嬉(うれ)しかった。

在夏威夷能吃到蘋果派，真是太高興了。

用語萬花筒輕鬆看

鳥居 鳥居

「鳥居」是日本神道信仰下的產物。鳥居的存在神聖，它是一種結界性的代表，是進入諸神領域的大門。現在則幾乎是日本的象徵性指標，只要一提到鳥居，就能聯想到日本。

用唱的記單字

♪曲調 お祭(まつ)り（中譯 祭典）

将来結婚(しょうらいけっこん)したら	將來有一天，我結婚了。
ハワイに住(す)んで（住む）	我想搬到夏威夷去住。
かわいい子供(こども)を生(う)んで（生む）	在那邊生一個可愛的寶寶。
暖(あたた)かい家庭(かてい)を築(きず)きたい（築く）	建立一個溫暖的家庭。

用聽的輕鬆記!!
正常速➡分解音➡正常速

以字尾い、イ還有哪些單字

あかい
赤い

形 紅色

あつい
暑い

形 熱

あぶない
危ない

形 危險

あまい
甘い

形 甜；天真

あやしい
怪しい

形 可疑

あわただしい
慌しい

形 手忙腳亂

いい
良い

形 好

いそくさい
磯臭い

形 （海水）腥臭味重

いなかくさい
田舎臭い

形 土裡土氣

うらめしい
恨めしい

形 怨恨

うるさい
五月蝿い

形 囉嗦；煩人

おそい
遅い

形 動作慢；（時間）晚

おもい
重い

形 重

おもしろい
面白い

形 有趣

かしこい
賢い

形 聰明

かたい
固い

形 堅硬；堅決

用聽的輕鬆記!!
正常速➡分解音➡正常速

以字尾い、イ還有哪些單字

かなしい
悲しい

形 悲傷

かゆい
痒い

形 癢

からい
辛い

形 辣

かるい
軽い

形 輕

きびしい
厳しい

形 嚴厲

くるしい
苦しい

形 痛苦

けわしい
険しい

形 險峻

しつこい

形 纏人；（感到不舒服的顏色、味道）濃豔

しぶい
渋い

形（味道）苦澀；（顏色）素雅；吝嗇

しょっぱい
塩っぱい

形 鹹

ずうずうしい
図々しい

形 厚顏無恥

すずしい
涼しい

形 涼爽

すっぱい
酸っぱい

形 酸

ずるい
狡い

形 狡滑

するどい
鋭い

形 尖銳；動作俐落

そっけない
素っ気無い

形 態度冷淡的

用聽的輕鬆記!!
正常速➡分解音➡正常速

以字尾い、イ還有哪些單字

たのしい
楽しい

形 高興；快樂

つめたい
冷たい

形 冷；冷淡

てごわい
手強い

形 難以對付

はずかしい
恥ずかしい

形 感到羞恥

ひくい
低い

形 低；矮

ひろい
広い

形 廣闊；廣大

ふかい
深い

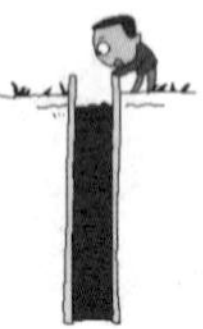

形 深；深入

ふとい
太い

形 胖；粗

まずい
不味い

形 難吃；不好的；笨拙的

よわい
弱い

形 弱

きゅうめいブイ
救命ブイ

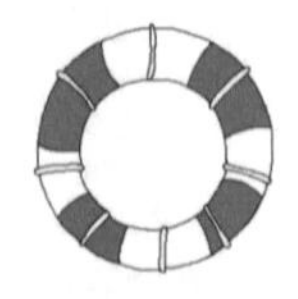

名 救生圈

スパイ

名 間諜

シューマイ

名 燒賣

モアイ

名 摩艾像

アモイ

名 廈門

キウイ

名 奇異果

同義漢字一網打盡

[いっ]

一

いっかく　**一角** 名 一角

いっきに　**一気に** 副 一鼓作氣

いっきかせい　**一気呵成** 名 一氣呵成

[いつ]

逸

いつわ　**逸話** 名 逸話；逸聞

いつざい　**逸材** 名 俊才

あんいつ　**安逸** 名, 形動 安逸

[いん]

印

いんがん　**印鑑** 名 印章

いんこく　**印刻** 名, 自他サ 刻印

あいいん　**合印** 名 騎縫印

員

しゃいん　**社員** 名 社員

いいん　**委員** 名 委員

かかりいん　**係員** 名 受理辦事員

隠

いんきょ　**隠居** 自サ 下野；退位

いんとく　**隠匿** 名, 他サ 藏匿

いんご　**隠語** 名 行話

引

いんよう　**引用** 名, 他サ 引用

いんりょく　**引力** 名 引力

いんどう　**引導** 名（佛教）指引

★ いん音的字另有"咽、因、寅、姻、殷、淫、胤、蔭、院、陰、韻、飲"等字可推想

第3課

｜用一個音記其他的單字｜

うㆍウ

用聽的輕鬆記!!
正常速➡分解音➡正常速

群組①

うまれる　生まれる 自下一 出生

うらやむ　羨む 他五 羨慕

うらぎる　裏切る 他五 背叛

群組②

うきよえ　浮世絵
名（日本傳統藝術）浮世繪

うたごえ　歌声 名 歌聲

うでまえ　腕前 名 技術

う

ウ

群組③

うっとり 副, 自サ 沉醉

うみづり　海釣り 名 海釣

うらない　占い 名 占卜

群組④

うでどけい　腕時計
名 手錶

うつくしい　美しい
形 美麗的

うるわしい　麗しい
形 美麗的

群組⑤

ウエーブ 名, 自サ 波浪式燙髮

ウルグアイ 名 烏拉圭

ウイッグ 名 假髮

用學過的單字造句

生まれる

金持(かねも)ちの家(いえ)に生(う)まれた彼(かれ)を羨(うらや)む。

好羨慕含金湯匙出世的他。

現代(げんだい)に浮世絵(うきよえ)が描(か)ける人(ひと)がいるとは。しかもすごい腕前(うでまえ)だ。

到了現代居然還有人會畫浮世繪，而且技術如此精湛，真是太厲害了！

海釣(うみづ)り世界(せかい)にうっとりした。

他沉醉在海釣的世界裡。

この腕時計(うでどけい)は美(うつく)しいね。

這只手錶造型好美麗呀。

かける

先週(せんしゅう)、ウルグアイで髪(かみ)にウエーブをかけた。

上一週，我在烏拉圭燙了頭髮。

用語萬花筒輕鬆看

美しい、麗しい 兩種美麗

日語是強調情境的語言，兩種美麗有點小小的不同。美しい一般來指視覺、聽覺上動心的美，例如：美しい音楽（因潔淨悦耳而感到聲樂之美）等等。而麗しい則比較偏重形容外在的魅力，例如：麗しい少女（美麗的少女）。

用唱的記單字

曲調 むすんでひらいて（中譯 緊握手，放開手）

土曜日(どようび)　美術館(びじゅつかん)で	禮拜六，我到美術館去，
浮世絵(うきよえ)見物(けんぶつ)	參觀了浮世繪展。
歌声(うたごえ)まで聞(き)こえそうな（聞こえる）	一幅美麗女歌手的畫，
美(うつく)しい歌姫(うたひめ)	彷彿能夠聽到她的歌聲般的真實。
うっとりと見(み)つめて た（見つめる、いる）	我看得有點入神了，
すばらしい腕前(うでまえ)だ	浮世繪師的技術如此精湛，真是太厲害了！

う・ウ

用聽的輕鬆記!!
正常速➡分解音➡正常速

L03_2.MP3

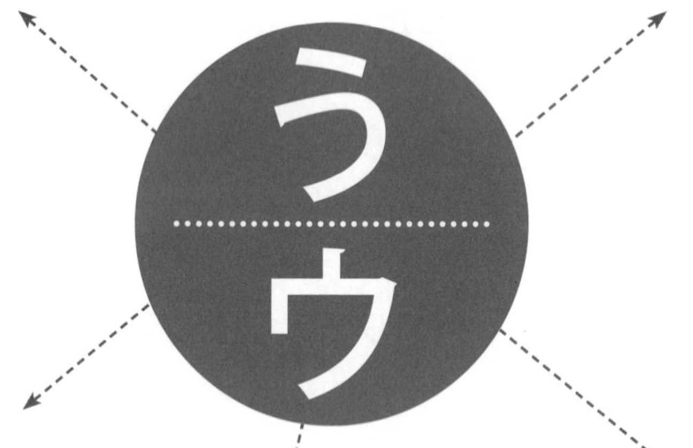

群組①

うで　腕 名 手腕

うえ　上 名 上面

うね　畝 名 田梗

群組②

うさぎ　兎 名 兔子

うまい　美味い 形 好吃的

うわぎ　上着 名 外衣

群組③

うたう　歌う 名 歌唱

うめる　埋める 他五 填；埋

うばう　奪う 他五 搶奪

群組④

うみうし　海牛 名 海牛

うれしい　嬉しい
形 高興的；開心的

うるおい　潤い 名 溼潤

群組⑤

ウイスキー 名 威士忌

ウエイトレス 名 女服務生

ウエスト 名 腰圍

用學過的單字造句

今朝、畝で転んで腕に擦り傷ができた。
（けさ、うね、ころ、うで、す、きず；転ぶ）
今天一早在田梗裡摔了一跤，手腕的部分擦傷了。

上着にウサギの絵が描いてある。
（うわぎ、え、か）
外衣上面印有兔子的圖樣。

犯人は奪った大金をダンボール箱に入れて岩木山の辺りに埋めたそうです。
（はんにん、うば、たいきん、ばこ、い、いわきさん、あた、う；奪う、入れる、埋める）
據說犯人將搶來的大筆鈔票放進瓦楞紙箱裡，
並埋藏在岩木山一帶。

水族館でウミウシが見られて嬉しかった。
（すいぞくかん、み、うれ；見る、嬉しい）
在水族館有看到海牛，好開心。

ウエイトレスにウイスキーを紹興酒と取り替えてもらう。
（しょうこうしゅ、と、か；取り替える）
請女服務生幫我把威士忌換成紹興酒。

用語萬花筒輕鬆看

上着 外衣

日本的穿著概念是以內、外來區分的。所以，漢字「上着」的衣服指的並非是腰部以上的衣物，而是指穿在「外層的衣物」皆屬之。

用唱的記單字

曲調 牛若丸（うしわかまる）（中譯 牛若丸）

美味い鰻も我慢して（うま、うなぎ、がまん）	好吃的鰻魚當前也要忍耐，
腕のまわりが三センチ（うで、さん）	總算手腕周圍的贅肉消掉三公分，
ウエストなんか六センチ（ろく）	連腰圍也減了六公分，
痩せたよ痩せた　嬉しいな（や、や、うれ；痩せる）	瘦下了！瘦下了！好開心喔！

用聽的輕鬆記!!
正常速➡分解音➡正常速

L03_3.MP3

以字首う、ウ還有哪些單字

うえきばち
植木鉢

名 花盆

うかい
鵜飼い

名（日本傳統）靠鵜鶘捕魚

うかぶ
浮かぶ

自五 浮現；漂浮

うぐいす
鶯

名 黃鶯

うすい
薄い

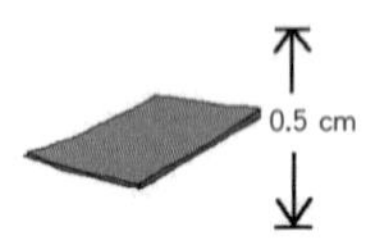

形 薄

うずまき
渦巻き

名 漩渦

うたぐりぶかい
疑り深い

形 猜疑心強

うち
内

名 內心；內側；某段期間

うつ
打つ

他五 打；敲；拍

うつぼかずら
靫葛

名 豬籠草

うでだてふせ
腕立て伏せ

名 伏地挺身

うなぎ
鰻

名 鰻魚

うなじ
項

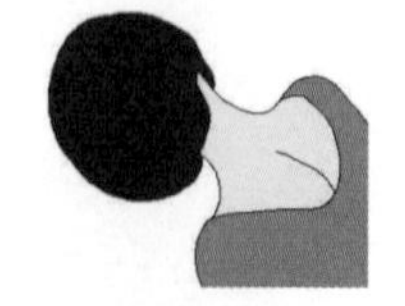

名 後頸

うなる
唸る

自五 因痛呻吟；野獸吼叫

うめ
梅

名 梅花

ウォールライト

名 壁燈

同義漢字一網打盡

[う]

宇

うちゅう　宇宙 [名] 宇宙

うちゅうせん　宇宙船 [名] 太空梭

うちゅうじん　宇宙人 [名] 外星人

烏

うばい　烏梅 [名] 烏梅

うごうのしゅう　烏合の衆 [名] 烏合之眾

うこっけい　烏骨鶏 [名] 烏骨雞

羽

うせん　羽扇 [名] 羽扇

うか　羽化 [名], [自サ] 羽化

うじょう　羽状 [名] 羽毛狀

迂

うかい　迂回 [名], [自サ] 迂迴

うかつ　迂闊 [名], [形動] 疏忽；粗心

うえん　迂遠 [名], [形動] 繞遠路；迂迴

雨

うちゅう　雨中 [名] 雨中

うご　雨後 [名] 雨後

ぼうふうう　暴風雨 [名] 暴風雨

右

うよく　右翼 [名] 右翼

うほう　右方 [名] 右方

うしんしつ　右心室 [名] 右心室

用一個音記其他的單字

う・ウ

用聽的輕鬆記!!
正常速➡分解音➡正常速

群組①

かう　飼う 他五 飼養

かう　買う 他五 購買

あう　会う 自五 見面

群組②

がっこう　学校 名 學校

おはよう　お早う 感 早安

てんじょう　天井 名 天花板

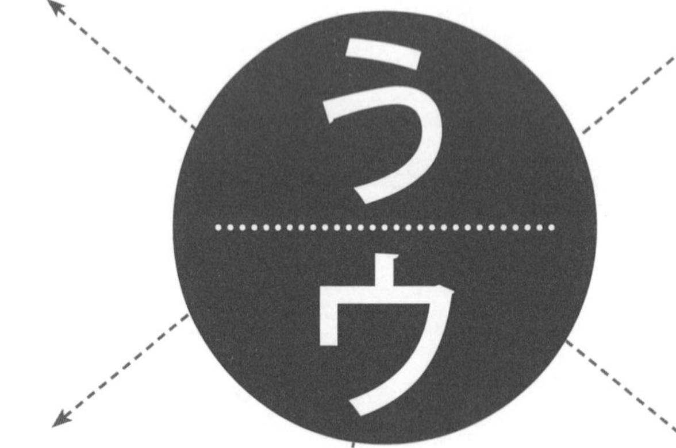

群組③

ゆうじょう　友情 名 友情

かんどう　感動 名,自サ 感動

はくちょう　白鳥 名 天鵝

群組④

あまえんぼう
甘えん坊 名 愛撒嬌的人

かくれんぼう
隠れん坊 名 捉迷藏

ほうれんそう
菠稜草 名 菠菜

群組⑤

ピサのしゃとう　ピサの斜塔
名 比薩斜塔

コーンロウ 名（髮型）玉米編

ウインドウ 名 電腦視窗

用學過的單字造句

今(いま)飼(か)っている犬(いぬ)はお父(とう)さんが買(か)ってくれたものだ。
飼う　買う　くれる

我現在養的狗是爸爸買給我的禮物。

学校(がっこう)で先生(せんせい)がみんなに「おはよう」と声(こえ)を掛(か)けた。
掛ける

老師在學校跟大家說早安。

あなた達(たち)の友情(ゆうじょう)には感動(かんどう)するわ。

我真是被你們的友情所感動。

甘(あま)えん坊(ぼう)のあの子(こ)が友達(ともだち)と一緒(いっしょ)に隠(かく)れん坊(ぼう)をしている。
する

愛撒嬌的那個孩子，正跟著朋友們一起玩捉迷藏。

ピサの斜塔(しゃとう)の画像(がぞう)を一番前(いちばんまえ)のウインドウに持(も)ってくる。
持つ

我將比薩斜塔的圖像移到最前面的視窗。

用語萬花筒輕鬆看

コーンロウ 玉米編

把頭髮編成很多條又細又硬的三股編髮型，有時會在髮尾串上珠珠作為裝飾。因為編起來的頭髮就像是玉米壟的樣子，因此得名。

用唱的記單字

曲調 かたつむり（中譯 蝸牛）

学校(がっこう)で飼(か)ってるハクチョウは（いる）	學校裡飼養的天鵝，
大(おお)きいくせに甘(あま)えん坊(ぼう)	長得好大一隻，可是卻很愛撒嬌呢！
ほうれん草(そう)しか食(た)べられない（食べる）	而且牠挑得很喲，除了菠菜以外都不吃呢！

用聽的輕鬆記!!
正常速➡分解音➡正常速

以字尾う還有哪些單字

あじわう
味わう

他五 品嚐；玩味

あらう
洗う

他五 洗

うしなう
失う

他五 失去；失落

おぎなう
補う

他五 補充；補償

かいちゅうでんとう
懐中電灯

名 手電筒

かなう
叶う

自五（願望）實現

さそう
誘う

他五 邀約；引誘

すう
吸う

他五 吸

つきあう
付き合う

自五（男女）交往；奉陪

ぬう
縫う

他五 縫製

のろう
呪う

他五 咀咒

やとう
雇う

他五 雇用

がびょう
画鋲

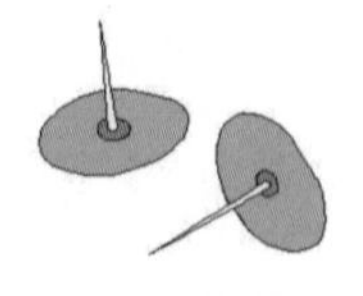

名 圖釘

どせきりゅう
土石流

名 土石流

ぶっきょう
仏教

名 佛教

りくじょう
陸上

名 田徑

同義漢字一網打盡

[うき]

浮き

うきぎ　浮き木 名 浮木

うきあし　浮き足 名
踮腳；想逃離的姿態

うきくさ　浮き草 名 浮萍

[うす]

薄

うすがみ　薄紙 名 薄紙

うすごおり　薄氷 名 薄冰

うすぎ　薄着 名, 自サ 穿著單薄

[うち]

内

うちき　内気 名 内向

うちそと　内外 名 内外

うちがくし　内隠し 名 衣服的內袋

[うら]

裏

うらがわ　裏側 名 裡側

うらぎり　裏切り 名 背叛

てのうら　手の裏 名 手掌

[うん]

うんが　運河 名 運河

うんこう　運行 名, 自サ 運行

かいうん　開運 名, 自サ 走好運

うんてい　雲梯 名 雲梯

うんかい　雲海 名 雲海

せきうん　積雲 名 積雲

第4課

用一個音記其他的單字

え・エ

用聽的輕鬆記!!
正常速➡分解音➡正常速

群組①

えいご　英語 名 英語

えいよ　栄誉 名 榮譽

えくぼ　笑窪 名 酒窩

群組②

えんぎ　演技 名 演技

えらい　偉い 形 偉大

えんぎ　縁起 名 兆頭

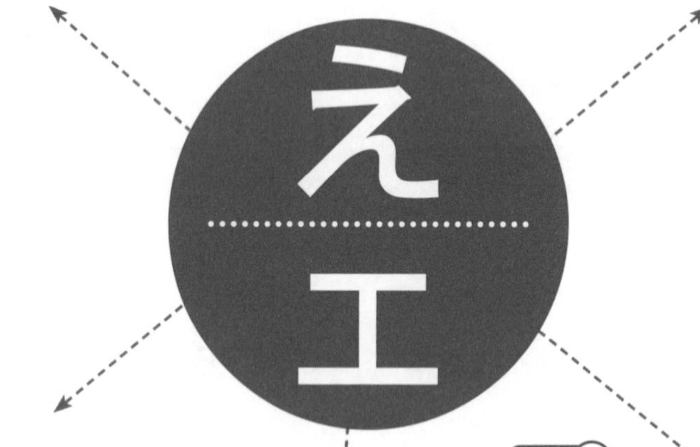

群組③

えいゆう　英雄 名 英雄

えいこう　栄光 名 榮耀

えいきょう　影響 名, 自サ 影響

群組④

エキス 名 精華；萃取物

エネルギー 名 活力

エイズ 名 愛滋病

群組⑤

エース 名 王牌；（極優秀的）投手

エール 名 加油聲

エレベーター 名 電梯

用學過的單字造句

「えくぼ」は英語(えいご)の「Dimple」にあたる。
「えくぼ」的英文是「Dimple」。

いくら彼女(かのじょ)は演技(えんぎ)が上手(じょうず)だと言(い)われても、あの偉(えら)そうな態度(たいど)ではみんなに嫌(いや)がられる。
不論她的演技多麼精湛，但那付不可一世的樣子看了就讓人感到討厭。

あの方(かた)は不世出(ふせいしゅつ)の英雄(えいゆう)で後世(こうせい)に多大(ただい)な影響(えいきょう)を与(あた)えた。 与える
那是位世間罕見的英雄人物，對後世留下了甚大的影響。

「蜆(しじみ)のエキスを飲(の)めばエイズが治(なお)る」というメールを今(いま)もらったけど、今日(きょう)はエイプリルーフルなのか。 飲む もらう
我剛收到了「喝蜆精可治愛滋病」的郵件，今天該不會是愚人節吧！

いまエレベーターに入(はい)った男(おとこ)は京都水木(きょうとみずき)のエースみたいだね。 入る
剛剛走進電梯裡的男人，好像是京都水木隊的王牌投手耶！

用語萬花筒輕鬆看

エース 王牌

「エース」在撲克牌中是「A」牌；在一群人當中指的是最優秀的那個人，有「王牌」的意思。

用唱的記單字

曲調 わらの中(なか)の七面鳥(しちめんちょう)（中譯 稻草裡的火雞）

聞(き)いたか　英語(えいご)のアナウンス	聽到剛剛那段英語廣播了嗎？
うわさのエースが登場(とうじょう)だ	傳說中的投手就要登場了。
縁起(えんぎ)かついで皆旗(みなはた)を振(ふ)る	大家相信好運就要降臨，紛紛揮著加油的大旗，
届(とど)け　僕(ぼく)らのエネルギー	揮灑我們的精力，為他加油打氣。
一人目(ひとりめ)は三振(さんしん)　二人目(ふたりめ)も三振(さんしん)	第一打者，三振出局，第二打者，再三振出局。
あっという間(ま)にツーアウト	一瞬間兩個打者就出局了，
栄光(えいこう)の勝利(しょうり)へあと一人(ひとり)	邁向光榮的勝利，只剩最後一個人了。

用聽的輕鬆記!!
正常速➡分解音➡正常速

以字首え、エ還有哪些單字

えがく
描く

他五 描繪

えがたい
得難い

形 難得可貴

えき
駅

名 車站

えだ
枝

名 樹枝

えだまめ
枝豆

名 毛豆

えと
干支

干　甲己丙丁戊
　　己庚辛壬癸
支　子丑寅卯
　　辰巳午未
　　申酉戌亥

名 天干地支

えび
海老

名 蝦子

えほん
絵本

名 繪本

えま
絵馬

名（日本傳統祈願板）
繪馬

えらぶ
選ぶ

他五 選擇

エアバッグ

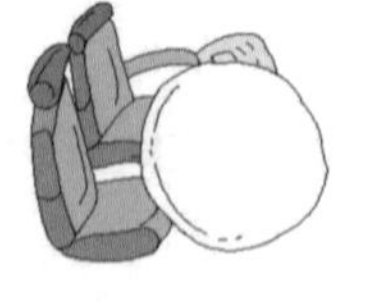

名 安全氣囊

エスカレーター

名 手扶梯

エッセイ

名 散文

エプロン

名 圍裙

エンジニア

名 工程師

エンジン

名 引擎

同義漢字一網打盡

[えい]

影

えいいんぼん　**影印本** 名 複印本

いえい　**遺影** 名 遺像

げんえい　**幻影** 名 幻影

栄

えいが　**栄華** 名 榮華

えいてん　**栄転** 名, 自サ 榮升

えいよう　**栄耀** 名 榮耀

★ **えい**音的字另有“叡、嬰、映、永、泳、栄、英、衛、詠、鉛”等字可推想

[えき]

液

えきざい　**液剤** 名 藥水

えきたい　**液体** 名 液體

えきか　**液化** 名, 自他サ 液化

駅

えきいん　**駅員** 名 車站站員

えきちょう　**駅長** 名 車站站長

しゅうちゃくえき　**終着駅** 名 終點站

★ **えき**音的字另有“役、益、疫”等字可推想

[えん]

円

えんかつ　**円滑** 名, 形動 圓滑

えんしゅうりつ　**円周率** 名 圓周率

えんじゃく　**円寂** 名（佛教）圓寂

演

えんしゅう　**演習** 名, 自サ 演習

えんざん　**演算** 名, 他サ 演算

こうえん　**講演** 名, 自サ 演講

★ **えき**音的字另有“厭、園、宴、延、怨、掩、援、沿、淵、炎、焉、焰、燕、猿、苑、衍、遠、鉛、烟、煙、塩、縁、艶”等字可推想

第5課 ｜用一個音記其他的單字｜ お・オ

用聽的輕鬆記!!
正常速➡分解音➡正常速

群組1

おかげ　御蔭 名 受庇蔭；受照顧

おおて　大手 名 大企業

おきて　掟 名 慣例；規章

群組2

およぐ　泳ぐ 自五 游泳

おもう　思う 他五 覺得；思考

おちる　落ちる 自上一 墜落

群組3

おかず 名 配菜

おえる　終える 他下一 完成

おくる　贈る 他五 贈送

群組4

おおそうじ　大掃除
名, 他サ 大掃除

おおむかし　大昔
名 很久以前

おそろしい　恐ろしい
形 恐怖的

群組5

オープン 名, 形動, 他サ 開幕

オムレツ 名 蛋包飯

オーブン 名 烤箱

用學過的單字造句

先生（せんせい）のおかげで大手（おおて）銀行（ぎんこう）に入社（にゅうしゃ）することになった。 なる
多虧老師的幫忙讓我順利進入大銀行上班。

プールで泳（およ）ごうと思（おも）っている。 泳ぐ 思う
我在想，到游泳池游個泳好了。

ご飯（はん）を一口（ひとくち）も食（た）べないまま、おかずだけを食（た）べ終（お）えた。 食べる
白飯一口都沒有吃，只把配菜給吃完而已。

前回大掃除（ぜんかいおおそうじ）したのは大昔（おおむかし）のことだ。
上一次大掃除已經是很久以前的事情了。

それはオープンしたばかりのオムレツ専門店（せんもんてん）だ。
那間是剛開幕的蛋包飯專賣店。

用語萬花筒輕鬆看

オムレツ 蛋包飯

在蛋液裡加上鹽與胡椒調味後，再用平底鍋煎熟，捲成葉狀或是長條型包住飯食的美食。為常見的雞蛋料理之一。

用唱的記單字

曲調 大（おお）きな栗（くり）の木（き）の下（した）で（中譯 大栗樹下）

明日（あした）は店（みせ）のオープンの日（ひ）	明天終於要開幕了，
ばたばた大掃除（おおそうじ）	但現在還急急忙忙地大規模整理店面。
無事（ぶじ）に終（お）えられたのは　終える	好不容易順利完成了，
みんなのおかげだと思（おも）うわ	感謝大家的大力相助。

| 用一個音記其他的單字 |

お・オ

用聽的輕鬆記!!
正常速➡分解音➡正常速

L05_2.MP3

群組①

おやつ　御八つ 名 點心

おこる　怒る 自五 生氣

おりる　降りる 自他上一 下車；降、落；下台

群組②

おどろく　驚く 自五 吃驚

おおつぶ　大粒 名 大顆；大粒

おぼれる　溺れる 自下一 溺水

お
オ

群組③

おおあたり　大当たり 名, 自サ 中頭獎

おおさわぎ　大騒ぎ 名, 自サ 大騷動

おせっかい　御節介 名, 形動 多管閒事

群組④

おかあさん　お母さん 名 媽媽

おとうさん　お父さん 名 爸爸

おにいさん　お兄さん 名 哥哥

群組⑤

オークション 名 拍賣

オートバイ 名 機車

オーナー 名 所有人；老闆

用學過的單字造句

おやつを誰(だれ)かに食(た)べられて、お姉(ねえ)ちゃんはすごく怒(おこ)った。 怒る

點心不知道被誰吃掉了，姊姊非常生氣。

驚く

彼女(かのじょ)は驚(おどろ)きすぎて大粒(おおつぶ)の涙(なみだ)をこぼした。 こぼす

她驚嚇過度，流下一滴滴斗大的淚珠。

宝(たから)くじで大当(おおあ)たりしたので、家族中(かぞくじゅう)大騒(おおさわ)ぎだった。

因為中了彩券頭獎，家裡引起一陣大騷動。

暮らす

僕(ぼく)はお母(かあ)さんとお父(とう)さんと一緒(いっしょ)に暮(く)らしている。

我跟媽媽還有爸爸住在一起。

オークションで買(か)ったオートバイだ。

這是在拍賣上買的摩托車。

用語萬花筒輕鬆看

お八つ 點心

「お八つ」是日本文化中，在午後三點左右時吃的點心，又稱「お三時（おさんじ）」。由於它是個總稱性的名詞，所以不限吃任何東西，凡在這時間內吃的皆屬之。

用唱的記單字

♪曲調 かもめの水兵(すいへい)さん（中譯 海鷗水手）

お父(とう)さんは勝手(かって)にオートバイを買(か)った	老爸擅自偷偷地，買了一台摩托車，
お母(かあ)さんがそれを知(し)って驚(おどろ)き（知る）	媽媽知道了以後，一下子又驚又氣，
怒(おこ)って大騒(おおさわ)ぎになった（なる）	這下老爸又有得受了。

用一個音記其他的單字

お・オ

用聽的輕鬆記!!
正常速➡分解音➡正常速

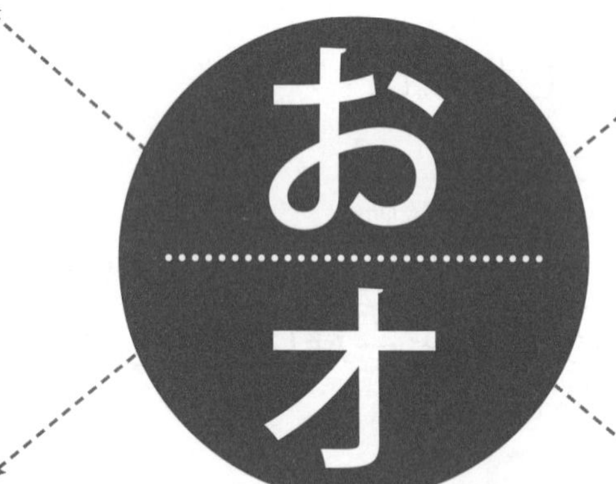

群組①

おみくじ　御神籤 名 神籤

おまもり　お守り 名 護身符

おかしい　可笑しい
形 奇怪的；可笑的

群組②

おおきい　大きい 形 大的

おにぎり　御握り 名 御飯團

おさない　幼い 形 年幼的

群組③

おおあめ　大雨 名 大雨

おおごえ　大声 名 很大聲的聲音

おみやげ　お土産 名 土產；紀念品

群組④

おじいさん　お祖父さん
名 爺爺

おばあさん　お祖母さん
名 奶奶

おねえさん　お姉さん
名 姊姊

群組⑤

オリーブオイル 名 橄欖油

オクラ 名 秋葵

オレンジ 名 柳橙

用學過的單字造句

神社で御神籤を引いて、帰りにお守りも買った。（引く）
在神社抽了神籤，回來的時候也買了護身符。

大きいおにぎりを握った。（握る）
我捏了一個很大的飯糰。

大雨の中で大声で叫んでもなかなか聞こえないと思うよ。（叫ぶ）
在大雨中就算大聲的喊叫，我想對方應該還是聽不太到喔！

おじいさんとおばあさんは田舎に住んでいる。
祖父跟祖母住在鄉下。

オリーブオイルでオクラを炒める。
用橄欖油拌炒秋葵。

用語萬花筒輕鬆看

オクラ 秋葵

秋葵為日本常見食材。秋葵果莢裡有豐富的黏性物質，口感滑潤；也含有豐富的蛋白質等其他營養素，據説對養生非常有效，因而受到大家喜愛。

用唱的記單字

曲調 むすんでひらいて（中譯 緊握手，放開手）

お祖母さんのうちから	正準備要離開奶奶家，
帰ろうとしたら（帰る）	回去的時候，
お祖母さんが大声で	奶奶突然大聲的，
私を呼び止めた（呼び止める）	要我等一下！
オクラとおにぎりと	奶奶將秋葵、飯糰，
お守りをくれたの	跟一個護身符交到我手上。

用聽的輕鬆記!!
正常速➡分解音➡正常速

以字首お、オ還有哪些單字

おい
甥

名 姪子；外甥

おいだす
追い出す

逐出

おうむ
鸚鵡

名 鸚鵡

おおかみ
狼

名 狼

おしどり
鴛鴦

名 鴛鴦

おたまじゃくし
御玉杓子

名 蝌蚪

おっと
夫

名 丈夫

おと
音

名（物品發出的）聲音

おとなしい
大人しい

形 老實的

おに
鬼

名（日本傳統妖怪）鬼

おはこ
十八番

名 拿手絕活

おむつ
御襁褓

名 尿布

おもちゃ
玩具

名 玩具

オープンカー

名 敞篷車

オペ
（ラチオン）

名 手術

オペラ

名 歌劇

同義漢字一網打盡

[おう]

王

おうい　**王位** 名 王位

おうきゅう　**王宮** 名 王宮

はおう　**覇王** 名 霸王

応

おうたい　**応対** 名，自サ 應對；接待

おうせつま　**応接間** 名 客廳

たいおう　**対応** 名，自サ 對應

★ おう音的字另有“凹、央、往、押、翁、鶯、桜、横、欧”等字可推想

[おく]

憶

おくそく　**憶測** 名，他サ 臆測

おくせつ　**憶説** 名 臆說

ついおく　**追憶** 名，他サ 追憶

屋

おくがい　**屋外** 名 屋外

おくない　**屋内** 名 屋內

おくじょう　**屋上** 名 屋頂上的平台

★ おく音的字另有“臆、億”等字可推想

[おん]

恩

おんぎ　**恩義** 名 恩義

おんしょう　**恩賞** 名 恩賞

こうおん　**厚恩** 名 厚恩

温

おんど　**温度** 名 溫度

おんこちしん　**温故知新** 名 溫故知新

きおん　**気温** 名 氣溫

★ おく音的字另有“音、穏”等字可推想

第6課 ｜用一個音記其他的單字｜ か・カ

用聽的輕鬆記!!
正常速➡分解音➡正常速

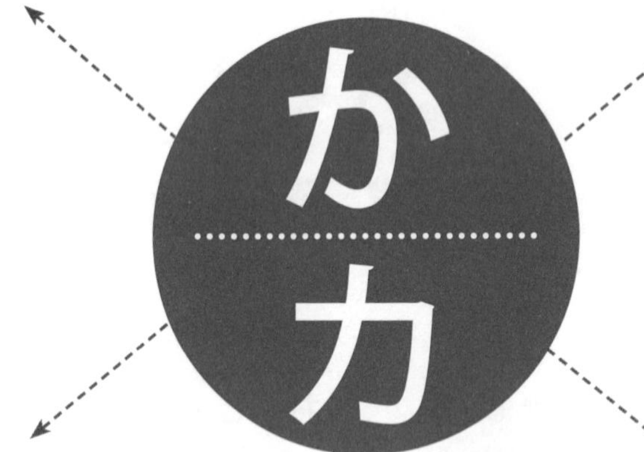

群組①

かえる　蛙 名 青蛙

かくす　隠す 他五 隱藏

かがく　科学 名 科學

群組②

かたすみ　片隅 名 角落

かまきり　蟷螂 名 螳螂

かたがき　肩書き 名 頭銜；地位

群組③

かようび　火曜日 名 星期二

かいさい　開催 名,他サ 舉辦

かくだい　拡大 名,他サ 擴大

群組④

かせんしき　河川敷 名 河濱

かたつむり　蝸牛 名 蝸牛

かつおぶし　鰹節 名 柴魚片

群組⑤

カウボーイ 名 牛仔

カーニバル 名 嘉年華會

カーテン 名 窗簾

用學過的單字造句

彼（かれ）は捕（と）った（捕る）カエルを後（うし）ろに隠（かく）した（隠す）。
他把抓到的青蛙藏在身後。

花壇（かだん）の片隅（かたすみ）にカマキリがいた（いる）。
花圃的角落有一隻螳螂。

この火曜日（かようび）に委員会（いいんかい）を開催（かいさい）する。
這個星期二要召開委員會。

あの河川敷（かせんしき）にはカタツムリがいっぱいいる。
那片河濱有很多蝸牛。

カウボーイ姿（すがた）でカーニバルに参加（さんか）した。
打扮成牛仔去參加嘉年華會。

用語萬花筒輕鬆看

河川敷 河濱

「河川敷」並不是高度險峻的岸邊，而是河川邊較平坦的地方。一般是被規劃成公園、棒球場、休閒步道等可以休憩的場所。比較像「河濱公園」等等。

用唱的記單字

曲調 うさぎとかめ（中譯 龜兔賽跑）

涼（すず）しい夜（よる）に河川敷（かせんしき）で	那是個涼爽的夜晚，
カーニバルを開（ひら）いた（開く）	在河濱有個喧鬧的嘉年華會。
カエル　カマキリ　カタツムリ	不論是青蛙、螳螂、或是蝸牛，
みんな参加（さんか）しに来（き）てくれた（来る）	許許多多的小動物，全都參加了。

| 用一個音記其他的單字 |

か・カ

用聽的輕鬆記!!
正常速➡分解音➡正常速

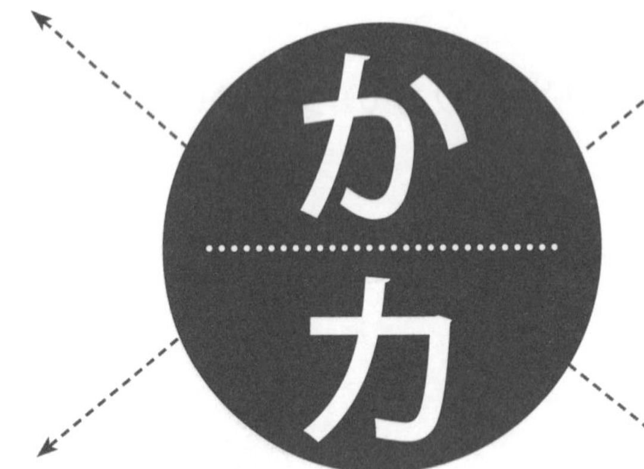

群組1

かつ　勝つ 他五 贏；勝利

かしゅ　歌手 名 歌手

かぶ　株 名 股票

群組2

かって　勝手 名,形動 任意地

かえで　楓 名 楓樹

かもめ　鴎 名 海鷗

群組3

かんそく　観測 名,他サ 觀測

かぞえる　数える
他下一 數（數量）

かかわる　関わる
自五 與…相關聯

群組4

かいせい　快晴
名 晴朗無雲

かいすい　海水
名 海水

かんけい　関係
名,自サ 關係；有關

群組5

カウンター 名 櫃台；吧台

カクテル 名 雞尾酒

カレンダー 名 月曆

用學過的單字造句

あの人はのど自慢で勝って歌手となった。
那人在歌唱大賽勝出後，成了歌手

勝つ

勝手に楓の木を伐採してはいけない。
不可任意地砍伐楓樹。

いける

天体観測の時、星を数えた。
觀測星象的時候，我數了數天上的星星。

数える

快晴だ！海水浴にでも行こうか。
大晴天耶！去海邊游泳吧！

行く

カウンターでカクテルを飲んでいる。
坐在吧台喝著雞尾酒。

用語萬花筒輕鬆看

カクテル 雞尾酒

「カクテル」為常見的混合型調酒。一般除了酒類之外，還會加入水果、糖、蜂蜜、牛奶、奶油、冰塊或香料等素材調出不同的味道。

用唱的記單字

曲調 うさぎとかめ（中譯 龜兔賽跑）

今日は快晴　いい天気	今天真是晴空萬里的好天氣。
カモメ数えて暇つぶし	數數天上的海鷗，享受悠閒的時刻。
偶然出会った演歌歌手（出会う）	突然間巧遇了一位，演歌的歌手。
二人でカクテル飲みました	兩人一起喝著雞尾酒，渡過歡樂的時光。

用一個音記其他的單字

か・カ

用聽的輕鬆記!!
正常速➡分解音➡正常速

群組1

かゆ　粥 名 稀飯

かむ　噛む 他五 咬；咀嚼

かぐ　嗅ぐ 他五 聞

群組2

かのじょ　彼女 代（女性的）她；女朋友

かくご　覚悟 名, 自他サ 覺悟

かくど　角度 名 角度

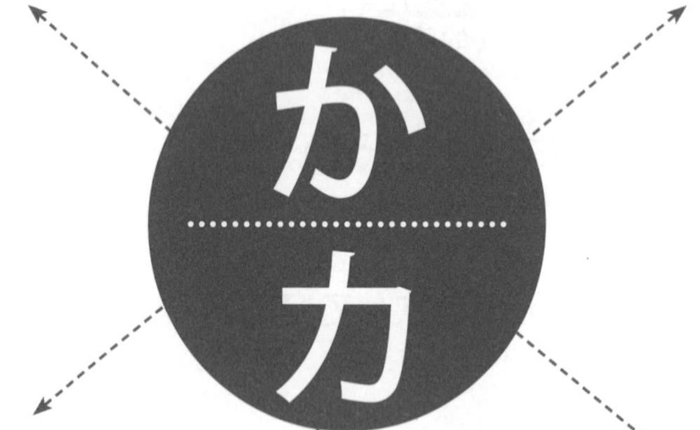

群組3

かならず　必ず 副 必然

かどまつ　門松 名
（日本傳統物品）門松

かいかく　改革 名, 他サ 改革

群組4

かたおもい　片思い
名 單戀

かまわない　構わない
連語 沒關係

からまわり　空回り
名, 自サ 徘徊不前；（馬達）空轉

群組5

カード 名 卡片

カーネーション 名 康乃馨

カーブ 名, 自サ 曲線；彎曲

用學過的單字造句

粥は噛まなくても食べられる。
稀飯不需要咀嚼，是用喝的。

彼女はこのことで覚悟した。
她因為這件事徹底的覺悟了。

お正月に必ず門松を飾る。
新年的時候，一定會擺上門松作裝飾。

片思いのままでも構わないと思う。
我覺得就算一直單戀下去也沒有關係。

お母さんはカードの付いたカーネーションをもらった。
媽媽收到附了卡片的康乃馨。

用語萬花筒輕鬆看

門松 門松

「門松」是用松樹與竹子做成，日本過新年時不可或缺的裝飾。日本自古相傳，神明會住在樹梢上，所以家家戶戶會擺出門松，象徵著過年迎神、迎福氣、迎好運之意。

用唱的記單字

曲調 案山子（中譯 稻草人）

彼女の前ではつい空回り	在她面前，我總是不敢表達心意，
かわいいあの子にずっと片思い	她是個好可愛的女孩子，我一直單戀著她。
覚悟を決めてカードを送った	決定了，一定要送張卡片表白，
振られちゃっても構うもんか	男子漢大丈夫，就算被甩了也不怕啦！

以字首か、カ還有哪些單字

か
蚊

名 蚊子

かかと
踵

名 腳踝

かがみもち
鏡餅

名（日本新年吉祥食品）鏡餅

かぜ
風

名 風

かたみ
形見

名 遺物

かに
蟹

名 螃蟹

かびん
花瓶

名 花瓶

かぶき
歌舞伎

名（日本傳統藝能）歌舞伎

かべ
壁

名 牆壁

かみそり
剃刀

名 刮鬍刀

かんごし
看護師

名 護理師

カンガルー

名 袋鼠

カーペット

名 地毯

カッターナイフ

名 美工刀

かわせレート
為替レート

名 匯率

カルテ

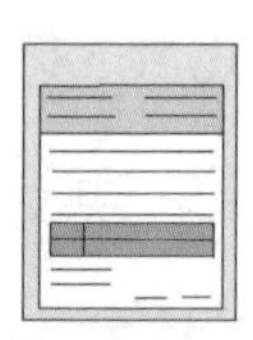

名 病歷表

同義漢字一網打盡

[かい]

回

かいふく　回復 名,自他サ 回復；痊癒

かいてん　回転 名,自サ 迴轉

しょかい　初回 名 第一回

改

かいせい　改正 名,他サ 改正

かいぜん　改善 名,他サ 改善

かいせん　改選 名,他サ 改選

★ かい音的字另有“介、塊、快、怪、悔、戒、晦、械、海、潰、灰、界、皆、解、誡、諧、開、階、魁、会、絵、廻、壊”等字可推想

[かく]

拡

かくさん　拡散 名,自サ 擴散

かくじゅう　拡充 名,他サ 擴充

かくちょう　拡張 名,他サ 擴張

各

かくい　各位 名 各位

かくこく　各国 名 各國

かくしゅ　各種 名 各種

★ かく音的字另有“劃、嚇、廓、格、核、殼、穫、確、獲、覺、角、較、郭、閣、隔、革、鶴”等字可推想

[かつ]

活

かつどう　活動 名,自サ 活動

かつやく　活躍 名,自サ 活躍

せいかつ　生活 名,自サ 生活

括

かつやくきん　括約筋 名 括約肌

いっかつ　一括 名,他サ 總括

がいかつ　概括 名,他サ 概括

★ かつ音的字另有“喝、割、渴、滑、褐、轄、闊”等字可推想

｜用一個音記其他的單字｜

か・カ

用聽的輕鬆記!!
正常速➡分解音➡正常速

L06_5.MP3

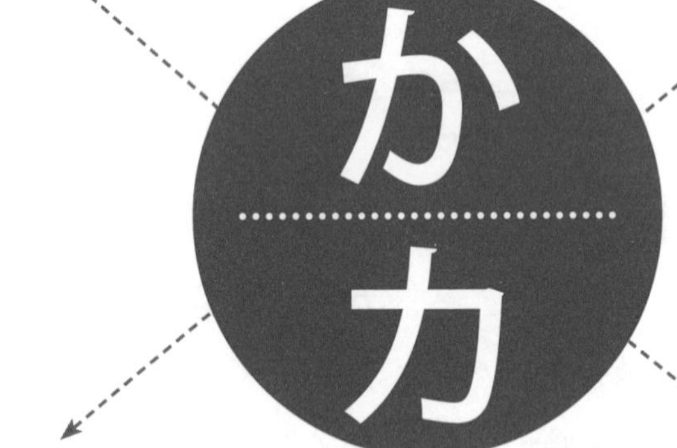

群組①

いなか　田舍 名 鄉下

すいか　西瓜 名 西瓜

たんか　短歌 名（日本傳統藝文）短歌

群組②

じっか　実家 名 娘家；老家

たしか　確か 形動，副 確實（是）；應該是…

こうか　効果 名 效果

群組③

せなか　背中 名 背部

しずか　静か 形動 安靜

はるか　遙か 形動 遙遠

群組④

せいか　成果 名 成果

さんか　参加 名，自サ 參加

こっか　国家 名 國家

群組⑤

アメリカ 名 美國

ピアニカ 名 口風琴

アフリカ 名 非洲

用學過的單字造句

これは田舎(いなか)の農家(のうか)からもらった西瓜(すいか)です。
這是鄉下農家的人給我們的西瓜。

実家(じっか)に帰(かえ)ったのは確(たし)か二ヶ月前(にかげつまえ)でした。
上次回老家應該是兩個月之前的事情了。

子供(こども)はお父(とう)さんの背中(せなか)で静(しず)かに寝(ね)ている。（寝る）
孩子在爸爸的背上安靜的睡著了。

彼(かれ)の国政(こくせい)への参加(さんか)は、国家(こっか)を豊(ゆた)かにするためには確(たし)かに効果(こうか)があった。（ある）
因為他的參與國政，整個國家也跟著富裕了起來。

これはアメリカで買(か)ったピアニカです。
這是在美國買的口風琴。

用語萬花筒輕鬆看

秋の田の
かりほの庵の
苫をあらみ
我が衣手は
露にぬれつつ

短歌 短歌

「短歌」為日本最一般的和詩體，調數型式以5、7、5、7、7的音調數為一個主體。和歌可吟詠敘景、敘事、抒情等多個方面，在文學史中，更留下了許多傑出的作品。

用唱的記單字

曲調 むすんでひらいて（中譯 緊握手，放開手）

僕(ぼく)の実家(じっか)は田舎(いなか)　朝(あさ)も晩(ばん)もいつも静(しず)か	我的家是住在鄉下，從早到晚都寧靜一片。
盛夏(せいか)の夜(よる)に流(なが)れるのはお父(とう)さんのピアニカ	每逢盛夏的夜晚總會飄送著，父親吹響的陣陣口風琴聲。
愉快(ゆかい)な音楽(おんがく)を聞(き)きながら僕(ぼく)は眠(ねむ)りについた（聞く）（つく）	常常聽著這令人愉快的音樂時，不知不覺中我就進入了夢鄉。

用聽的輕鬆記!!
正常速➡分解音➡正常速

以字尾か、カ還有哪些單字

あいえんか
愛煙家

名 喜愛菸的人

あきらか
明らか

形動 明顯；明亮

おだやか
穏やか

形動 平穩；沉著

おろか
愚か

形動 愚笨；愚蠢

さか 坂

名 上坡

さわやか
爽やか

形動 清爽

すこやか
健やか

形動（身心）健康

たいらか
平らか

形動 平坦

たおやか
嫋やか

形動 婀娜；柔美

はなやか
華やか

形動 華美；繁盛

みやびやか
雅びやか

形動 高雅；風雅

やすらか
安らか

形動 安詳；
無憂無慮

ゆるやか
緩やか

形動（衣鞋）寬鬆；
緩和

タピオカ

名 珍珠粉圓

ハッカ

名 客家

バラライカ

名 三角琴

同義漢字一網打盡

[かん]

感

かんしゃ　感謝 名, 他サ 感謝

かんかく　感覚 名, 他サ 感覺

かんげき　感激 名, 自サ 感激

間

かんいっぱつ　間一髪 名 千鈞一髮

かんかく　間隔 名 間隔

ぎょうかん　行間 名（文章）字裡行間

肝

かんじん　肝心 名, 形動 重要

かんぞう　肝臓 名 肝臟

かんえん　肝炎 名 肝炎

歓

かんこ　歓呼 名, 自サ 歡呼

かんげい　歓迎 名, 他サ 歡迎

かんだん　歓談 名, 自サ 暢談

刊

かんこう　刊行 名, 他サ 刊行

しゅうかん　週刊 名 週刊

げっかん　月刊 名 月刊

換

かんさん　換算 名, 他サ 換算

かんし　換歯 名, 自サ 換牙

こうかん　交換 名, 他サ 交換

★ かん音的字另有“乾、冠、勘、巻、喚、堪、奸、姦、完、官、寒、寛、干、幹、患、慣、憾、敢、旱、棺、款、汗、環、甘、癇、監、看、瞰、管、簡、緘、緩、罐、翰、艦、諫、貫、還、鑑、柔、閑、韓、館、陥、関”等字可推想

第7課 用一個音記其他的單字 き・キ

用聽的輕鬆記!!
正常速➡分解音➡正常速

群組①

きおく　記憶 名，他サ 記憶

きたく　帰宅 名，自サ 回家

きろく　記録 名，他サ 記錄

群組②

きかく　企画 名，他サ 企畫

きめる　決める 他下一 決定

きえる　消える 他下一 消失

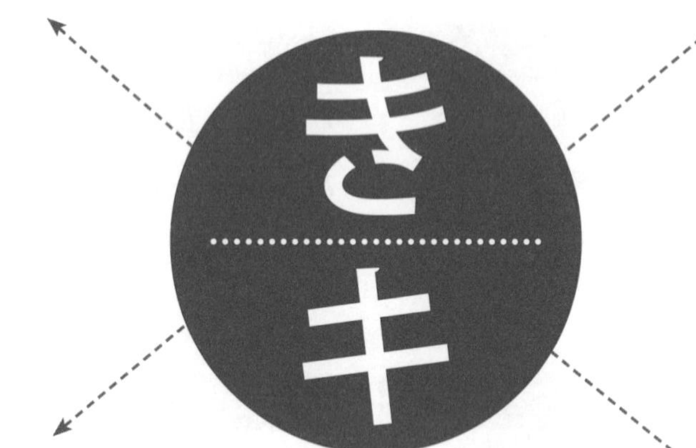

群組③

きょねん　去年 名 去年

きりん　麒麟 名 長頸鹿

きかん　期間 名 期間

群組④

きっぷ　切符 名 票券

きづく　気付く 自五 察覺

きそう　競う 自五 競爭

群組⑤

キャッチャー 名 捕手

キャップ 名 鴨舌帽

キャッシュカード 名 提款卡

用學過的單字造句

誰(だれ)かが課長(かちょう)の帰宅記録(きたくきろく)を偽造(ぎぞう)した。

不知道是誰偽造了課長的回家記錄。

早(はや)く企画(きかく)を決(き)めてください。

盡快將企劃決定好。

去年動物園(きょねんどうぶつえん)へキリンを見(み)に行(い)った。

去年曾去動物園看了長頸鹿。

切符(きっぷ)を忘(わす)れたのに気(き)づいた。（忘れる／気づく）

發現自己忘記帶票了。

憧(あこが)れのキャッチャーに僕(ぼく)のキャップにサインしてもらった。

我請我崇拜的捕手幫我在帽子上簽名。

用語萬花筒輕鬆看

切符 票券

中文的票券因用途不同各自有獨立的用語，如「車票」、「門票」。不過以上的概念，日文則全數以「切符」來表現。另外同辭彙另有相同意思的英語外來語チケット（Ticket）能相通。

用唱的記單字

曲調 案山子(かかし)（中譯 稻草人）

決(き)まった　決(き)まった　動物園(どうぶつえん)へ行(い)こう（決まる）	動物園、動物園，就去動物園吧！
キリンやおサルを見(み)てみたいな	好想去看看長頸鹿跟猴子呀！
キャップを被(かぶ)って切符(きっぷ)も忘(わす)れないで（被る）	戴好帽子，把門票準備好，
今日(きょう)という日(ひ)を記憶(きおく)に刻(きざ)もう（刻む）	一同把快樂的這一天，留下美好的回憶吧！

| 用一個音記其他的單字 |

き・キ

用聽的輕鬆記 !!
正常速➡分解音➡正常速

群組①

きょうし　教師 名 教師

きあい　気合 名 鬥志；精神

きらい　嫌い 名，形動 討厭

群組②

きんじょ　近所 名 附近；鄰居

きんぎょ　金魚 名 金魚

きもの　着物 名 和服

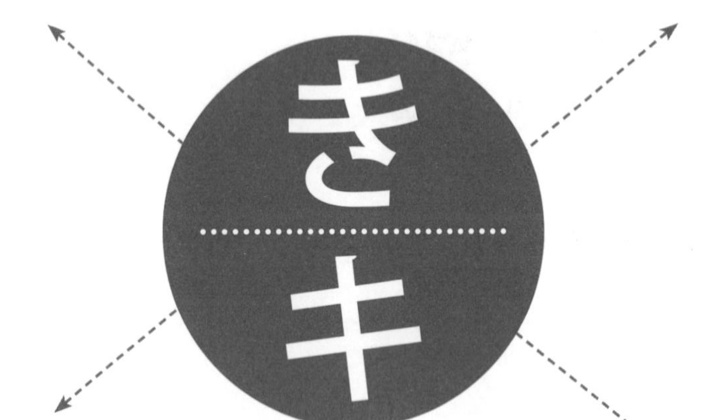

群組③

きんにく　筋肉 名 肌肉

きたえる　鍛える 他五 鍛練

きゅうしょく　給食
名 營養午餐

群組④

きりさめ　霧雨 名 毛毛雨

きまぐれ　気紛れ
名，形動 變化多端地

きたかぜ　北風 名 北風

群組⑤

キャンパス 名 大學校園

キャンペーン 名 宣傳活動

キャンプファイヤー 名 營火

用學過的單字造句

あの教師（きょうし）は試合（しあい）の前（まえ）に「気合（きあい）を入（い）れろ」と生徒（せいと）たちに言（い）った。
那個老師在比賽前叫學生們拿出氣勢來。

近所（きんじょ）のおばさんはかわいい金魚（きんぎょ）を飼（か）っている。
鄰居的阿姨養了一隻可愛的金魚。

筋肉（きんにく）を鍛（きた）える。
鍛鍊肌肉。

朝（あさ）は晴（は）れだったのにお昼（ひる）になると霧雨（きりさめ）が降（ふ）り始（はじ）めた。気（き）まぐれな天気（てんき）だ。
（降る）
早上明明還是晴天，但中午就下起了毛毛雨，真是多變的天氣。

大学（だいがく）のキャンパスでキャンペーンが行（おこな）われている。
（行う）
宣傳活動在大學校園裡舉行。

用語萬花筒輕鬆看

給食 營養午餐

「給食」是指一般在學校或公司通常到了中午時，都會定點供給餐點，主食通常以飯、麵、麵包為主，形同台灣的營養午餐。

用唱的記單字

♪曲調 紅葉（こうよう）（中譯 楓葉）

教師（きょうし）が言（い）った　懸垂（けんすい）１００回（ひゃくかい）	老師要求我，單槓要拉100下。
筋肉（きんにく）鍛（きた）えて　丈夫（じょうぶ）な体（からだ）（鍛える）	要鍛鍊筋肉，打造健壯的身體。
外（そと）は北風（きたかぜ）　凍（こお）るキャンパス	外面現在正刮著北風，整片大學校園一片寒凍。
気合（きあ）いを入（い）れろ　負（ま）けるなよ（入れる）	不過在老師的激勵下我拿出氣勢，不畏這一切的阻礙。

用聽的輕鬆記!!
正常速➡分解音➡正常速

以字首き、キ還有哪些單字

きき
木

名 樹

きこえる
聞こえる

自下一 聽得見

きじ
生地

名（衣服）布料

きた
北

名 北方

きたない
汚い

形 骯髒的

きつい

形 嚴苛；吃力；（衣鞋）緊

きつつき
啄木鳥

名 啄木鳥

きって
切手

名 郵票

きほうかんしょうシート
気泡緩衝シート

名 防壓泡棉

きゅうきゅうしゃ
救急車

名 救護車

きゅうりょう
給料

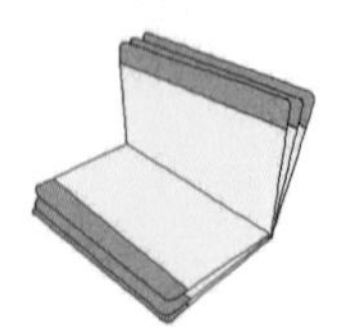

名 薪水

きり
霧

名 霧氣

きる
切る

他五 切斷

キーボード

名 鍵盤

キーワード

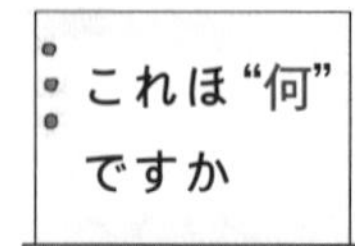

名 關鍵字

キリストきょう
キリスト教

名 基督教

同義漢字一網打盡

[き]

気		
きあつ	気圧	名 氣壓
きひん	気品	名 雅緻
きかん	気管	名 氣管

器		
きざい	器材	名 器材
きかん	器官	名 器官
ようき	容器	名 容器

★ き音的字另有"企、危、喜、器、基、奇、姫、嬉、季、寄、岐、巳、希、幾、忌、揆、揮、旗、既、期、机、棄、棋、機、毀、毅、汽、祈、稀、紀、綺、規、記、貴、起、軌、輝、飢、騎、亀、帰"等字可推想

[きゅう]

救		
きゅうめい	救命	名 救命
きゅうえん	救援	名, 他サ 救援
きゅうじょ	救助	名, 他サ 救助

休		
きゅうじつ	休日	名 假日
きゅうか	休暇	名 休假
れんきゅう	連休	名 連假

★ きゅう音的字另有"急、丘、久、九、仇、及、吸、宮、弓、朽、求、泣、球、究、窮、糾、給、臼、鳩、級、旧"等字可推想

[きょう]

強		
きょうりょく	強力	名, 形動 強力
きょうちょう	強調	名, 他サ 強調
べんきょう	勉強	名, 自他サ 用功唸書

恐		
きょうふ	恐怖	名, 自サ 恐怖
きょうこう	恐慌	名 恐慌
きょうりゅう	恐竜	名 恐龍

★ きょう音的字另有"享、京、供、侠、凶、協、卿、叫、境、嬌、強、怯、恐、恭、教、僑、況、狂、矯、竟、競、胸、脅、鏡、饗、驚、峡、狭、郷、響"等字可推想

| 用一個音記其他的單字 |

き・キ

用聽的輕鬆記!!
正常速➡分解音➡正常速

群組①

あき　秋 名 秋天

かき　牡蠣 名 牡蠣

かき　柿 名 柿子

群組②

いっき　一騎 名 單騎

はっき　発揮 名,他サ 發揮

ゆうき　勇気 名 勇氣

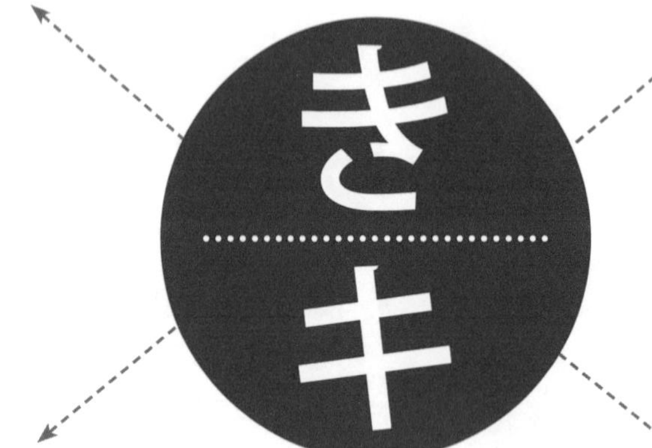

群組③

さっき 名 剛才

げんき　元気 名,形動 活力充沛

いびき　鼾 名 打呼

群組④

だいすき　大好き
名,形動 非常喜歡

すきやき　鋤焼 名 壽喜燒

うそつき　嘘つき
名 騙子；說謊

群組⑤

ステーキ 名 牛排

カップケーキ 名 杯子蛋糕

ブレーキ 名 煞車

用學過的單字造句

秋(あき)の味覚(みかく)といえば柿(かき)だよね。
說到秋天的美味，就會想到柿子。

一番(いちばん)勇気(ゆうき)がある名将(めいしょう)といえば、やっぱり一騎当千(いっきとうせん)の趙子龍(チョウシリュウ)に思(おも)いつく。
要說到最有勇氣的武將，我會想到一夫當關萬夫莫敵的趙子龍。

さっきまで元気(げんき)だったのに、どうしたの？
剛才還很有精神的啊！怎麼了呢？

今日(きょう)の晩(ばん)ご飯(はん)は大好(だいす)きなすき焼(や)きだ。
今天的晚餐是我最喜歡的壽喜燒。

ステーキの後(あと)のデザートはカップケーキだ。
吃完牛排之後的甜點是杯子蛋糕。

用語萬花筒輕鬆看

鋤焼 壽喜燒

「鋤焼」為日式火鍋的一種，但屬於乾鍋；在平底鍋上放上牛肉片、蔬菜、蒟蒻、洋蔥等等，再淋上甜、鹹醬汁燒煮出來的料理。

用唱的記單字

曲調 桃太郎(ももたろう)（中譯 桃太郎）

すき焼(や)きやステーキや	吃下壽喜燒，再來塊牛排。
生牡蠣(なまがき)食(た)べて元気出(げんきだ)せ	生牡蠣也吞下肚，氣力高昂了起來。
食(た)べれば勇気(ゆうき)も湧(わ)いてくる（湧く）	滿滿的勇氣突然地，充滿了全身。

第8課 用一個音記其他的單字 く・ク

用聽的輕鬆記!!
正常速➡分解音➡正常速

群組①

くま　熊 名 熊

くさ　草 名 草

くら　倉 名 倉庫

群組②

くしゃみ　嚔 名 噴嚔

くすり　薬 名 藥

くるみ　胡桃 名 核桃

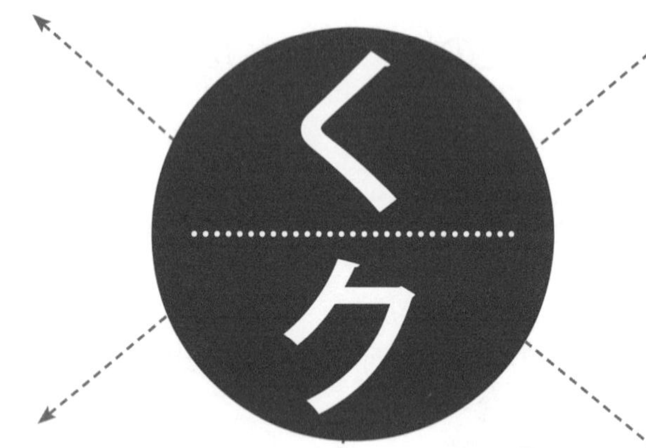

群組③

くいしんぼう　食いしん坊
名 貪吃鬼

くりまんじゅう　栗饅頭
名 栗子饅頭

くうちゅう　空中
名 空中

群組④

クッキー 名 餅乾

クッション 名 坐墊

クッキング 名 烹調；烹飪法

群組⑤

クリスマス 名 聖誕節

クリーム 名 奶油

クリーン 形動 乾淨

用學過的單字造句

熊(くま)は草(くさ)の上(うえ)で寝(ね)ていた。
小熊在草地上睡著了。

止まる

くしゃみが止(と)まらないなら薬(くすり)を飲(の)みなさい。
若噴嚏一直打不停的話，就吃個藥吧！

食(く)いしん坊(ぼう)の彼(かれ)は栗饅頭(くりまんじゅう)を一人(ひとり)で食(た)べた。
貪吃的他一個人把栗子饅頭吃光了。

こぼれる

クッキーの屑(くず)がクッションにこぼれた。
餅乾屑灑到坐墊上了。

おいしい

クリスマスケーキのクリームがおいしそう。
聖誕蛋糕上的奶油看起來好好吃喔！

用語萬花筒輕鬆看

栗饅頭 栗子饅頭

「栗饅頭」為和菓子的一種。栗子饅頭的定義有二種，一種是餡裡夾栗子、另一種則是外形燒成栗子狀的饅頭，兩種皆屬之。

用唱的記單字

曲調 **桃太郎(ももたろう)**（中譯 桃太郎）

食(く)いしん坊(ぼう)の熊(くま)さんが	貪吃的小熊，今天有奶油餅乾吃。
クリームクッキーを食(た)べながら	牠好高興的吃著，卻突然打了個噴嚏。
くしゃみ一発(いっぱつ)！クッキーが飛(と)んだ	哇！這下子，餅乾就飛走了啦！

飛ぶ

用聽的輕鬆記!!
正常速 ➡ 分解音 ➡ 正常速

L08_2.MP3

以字首く、ク還有哪些單字

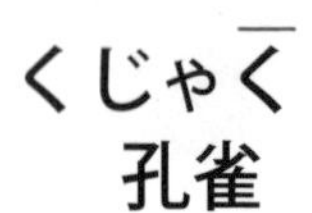

くじゃく
孔雀

名 孔雀

くち
口

名 嘴巴

くちびる
唇

名 嘴唇

くつ
靴

名 鞋子

くつした
靴下

名 襪子

くだく
砕く

他五 打碎

くつろぐ
寛ぐ

自五 放鬆；休憩

くまで
熊手

名 耙子

くも
雲

名 雲

くも
蜘蛛

名 蜘蛛

くやしい
悔しい

形 不甘心；可惜

くらげ
水母

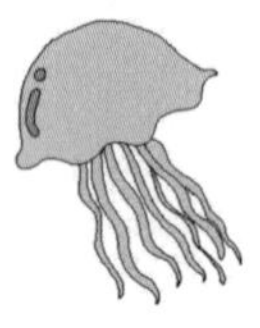

名 水母

くろおび
黒帯

名 黑帶

クラッチ

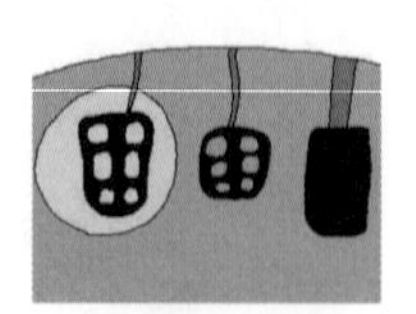

名 離合器

クリスマス
ツリー

名 聖誕樹

グリップ

名 迴紋針

同義漢字一網打盡

[く]

句

くとう　**句読** 名 句點及逗點

せっく　**節句** 名 民俗節慶

ぜっく　**絶句** 名, 自サ （詩）絕句；講到詞窮

苦

くなん　**苦難** 名 苦難

くきょう　**苦境** 名 苦況

ごくろう　**御苦労** 名, 形動 （對長輩以外的人）你辛苦了

区

くいき　**区域** 名 區域

くかく　**区画** 名, 自サ 區域、區域劃分

くべつ　**区別** 名, 他サ 區別

★ く音的字另有“懼、九”等字可推想

駆

くし　**駆使** 名, 他サ 驅使；運用

くじょ　**駆除** 名, 他サ 驅除

くちくかん　**駆逐艦** 名 驅逐艦

[くう]

空

くうかん　**空間** 名 空間

くううん　**空運** 名 空運

くうぐん　**空軍** 名 空軍

くうき　**空気** 名 空氣

くうこう　**空港** 名 機場

こうくう　**航空** 名 航空

用一個音記其他的單字

く・ク

用聽的輕鬆記!!
正常速➡分解音➡正常速

群組①

じたく　自宅 名 自宅

かやく　火薬 名 火藥

のぞく　覗く 他五 窺視

群組②

かぞく　家族 名 家人

きらく　気楽 名，形動 輕鬆自在

さばく　砂漠 名 沙漠

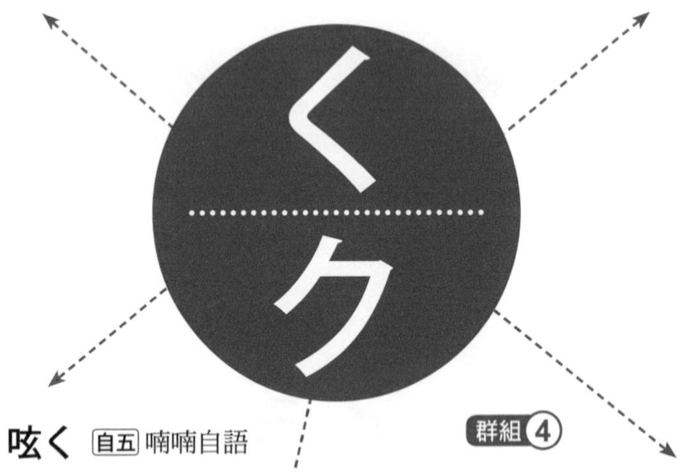

群組③

つぶやく　呟く 自五 喃喃自語

おんがく　音楽 名 音樂

ようやく　漸く 副 終於

群組④

すごろく　双六
名 雙六遊戲

わくわく 自サ 興奮

あいにく　生憎
名，形動 不巧地

群組⑤

マイク（ロホン） 名 麥克風

アンティーク 名 古董

マジック 名 魔法

用學過的單字造句

彼は自宅で火薬の製造をしていたため、先週逮捕された。
他在自己家裡製造火藥，所以上週遭到逮捕。

家族揃って気楽にテレビを見ている。（揃う）
一家人一起輕鬆的看著電視。

ようやく合図の音楽が流れた。（流れる）
いまだ、早く逃げろ。（逃げる）
終於聽到暗號的音樂了，快！趁現在快逃。

すごろくをやると聞いてみんなわくわくし始めた。（始める）
聽到要玩雙六，大家都興奮了起來。

このマイクは五十年以上の歴史を持つ、貴重なアンティークです。
這支麥克風有五十年以上的歷史，是很珍貴的古董。

用語萬花筒輕鬆看

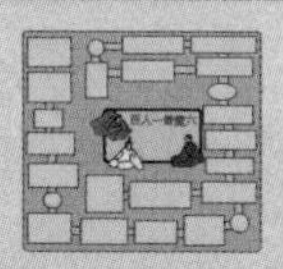

すごろく 雙六遊戲

兩人以上一同進行，擲骰子往前走的求勝的紙上遊戲的總稱。一般來說，近似台灣的「飛行棋」或「升官圖」。但日本「すごろく」的遊戲型態較多元，依不同的圖紙有不同的玩法。

用唱的記單字

曲調 かたつむり（中譯 蝸牛）

自宅でカラオケを	準備在家，高歌一曲。
わくわくしながら	唱卡拉OK！非常興奮的
音楽を流したら（流す）	放出了音樂後，這才發現。
マイクを買うのを忘れてた	忘了買麥克風了。

用聽的輕鬆記!!
正常速 ➡ 分解音 ➡ 正常速

L08_4.MP3

以字尾く、ク還有哪些單字

あざむく
欺く

他五 欺騙

あばく
暴く

他五 挖堀；揭穿

うごく
動く

自五 動；搖動

うつむく
俯く

自五 低著頭

おいぬく
追い抜く

他五 超越

かく
書く

他五 書寫

かたむく
傾く

自五 傾斜

きく
聞く

他五 詢問；聽

しく
敷く

他五 鋪設

ぬく
抜く

他五 拔除；抽出；扒走

はく
掃く

他五 打掃

ひく
轢く

他五 輾過

ひく
引く

他五 拉；拔；（數學）減

ふく
吹く

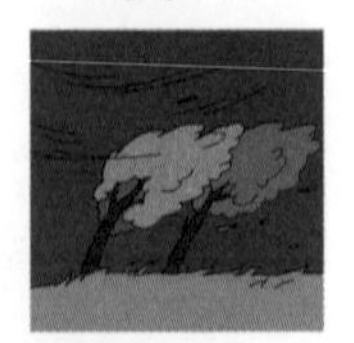

自他五 吹起；吹

でんたく
電卓

名 計算機

クラシック

名 古典音樂

同義漢字一網打盡

[くっ]

屈

くったく　**屈託** 名, 自サ 顧慮；厭倦

くっしん　**屈伸** 名, 自他サ 伸縮

くっぷく　**屈服** 名, 自サ 屈服

くっせつ　**屈折** 名, 自サ 曲折；折射；想法扭曲

くっし　**屈指** 名, 自サ 屈指可數

くっきょう　**屈強** 名, 形動 健壯；倔強

[くん]

君

くんしゅ　**君主** 名 君主

くんしん　**君臣** 名 君臣

くんりん　**君臨** 名, 自サ 君臨；稱霸

訓

くんどく　**訓読** 名（日文）訓讀

くんれん　**訓練** 名, 他サ 訓練

くんわ　**訓話** 名 訓話

薫

くんいく　**薫育** 名, 他サ 薰化

くんこう　**薫香** 名 薰香

くんとう　**薫陶** 名, 他サ 薰陶

勲

くんこう　**勲功** 名 勳功

くんい　**勲位** 名 勳位

じゅくん　**受勲** 名 受勳

第9課 ｜用一個音記其他的單字｜ け・ケ

用聽的輕鬆記!!
正常速➡分解音➡正常速

群組①

けんか　喧嘩 名，自サ 爭吵；打架

けっか　結果 名，副 結果

けいか　経過 名，自サ （時間）經過

群組②

けっこう　結構
名，他サ，副，形動 不錯的；不需要

けんこう　健康 名，形動 健康

けいこう　傾向 名 傾向

け
ケ

群組③

けっしん　決心 名，自他サ 決心

けっこん　結婚 名，自サ 結婚

けってん　欠点 名 缺點

群組④

けいむしょ　刑務所
名 監獄

けれど（も） 接助 雖然

けだもの　獣 名 野獸

群組⑤

ケース 名 箱子

ケーキ 名 蛋糕

ケチャップ 名 番茄醬

用學過的單字造句。

喧嘩騒ぎ(けんかさわぎ)の結果(けっか)、二人(ふたり)とも退学(たいがく)になった。

打架事件的結果是，他們兩個人都被退學了。

彼(かれ)は毎日(まいにち)夜更(よふ)かしをしているにもかかわらず、結構健康(けっこうけんこう)ですよ。

雖然他每天都熬夜，但他其實滿健康的喔。

彼(かれ)はようやく彼女(かのじょ)と結婚(けっこん)する決心(けっしん)をした。

他終於下定決心要跟女朋友結婚了。

あの人(ひと)は既(すで)に刑務所(けいむしょ)に入(はい)ったけれど、無実(むじつ)を信(しん)じる人(ひと)は大勢(おおぜい)います。

那個人雖然已經進了監獄，但還是有很多人相信他是無辜的。

ケーキはケースの中(なか)にある。

蛋糕在箱子裡面。

用語萬花筒輕鬆看

結構 不需要；不錯的

「結構」為稱讚「不錯的、令人滿意」的意思。不過同一個字也可以說是「份量已經足夠而不需要了」的意思，譬如說「おかわりしますか？」「いいえ、結構です」。

用唱的記單字

曲調 案山子(かかし)（中譯 稻草人）

結婚(けっこん)をして以来(いらい)　喧嘩(けんか)することもあるけれど	自從結婚以來，雖然有時會吵吵架。
奥(おく)さんがたまにケーキを焼(や)くときは	但偶爾老婆還是會烤烤蛋糕，
僕(ぼく)も娘(むすめ)もお手伝(てつだ)いするよ	我跟女兒也一起幫忙。
結婚生活(けっこんせいかつ)は結構楽(けっこうたの)しい	一家子的生活，其實滿開心的。

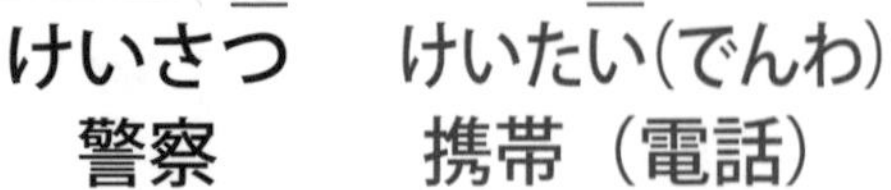

以字首け、ケ還有哪些單字

けいさつ
警察

名 警察

けいたい(でんわ)
携帯（電話）

名 手機

けさ
袈裟

名 袈裟

けしいん
消印

名 郵戳

けす
消す

他五 消除；熄滅；（電器）關閉

けちくさい
けち臭い

形 吝嗇的；小氣的

けまり
蹴鞠

名（日本傳統行事）蹴鞠

けむり
煙

名 煙霧

ける
蹴る

他五 踢

けんえん
犬猿

名 水火不容

けんすい
懸垂

名, 自他五 拉單槓；下垂

けんどう
剣道

名 劍道

けんとう
拳闘

名 拳擊

けんびきょう
顕微鏡

名 顯微鏡

ケーブル

名 電纜線

ケンブリッジ

名 劍橋大學

同義漢字一網打盡

[け]

化

けしょうひん　**化粧品** 名 化妝品

けしょうだい　**化粧台** 名 化妝台

けしょう　**化粧** 名，自サ 化妝

★ け音的字另有“気、家”等字可推想

[けい]

形

けいしき　**形式** 名 形式

けいしょう　**形象** 名 形象；形態

けいじょう　**形状** 名 形狀

[けい]

刑

けいほう　**刑法** 名 刑法

けいばつ　**刑罰** 名 刑罰

しけい　**死刑** 名 死刑

渓

けいりゅう　**渓流** 名 溪流

けいこく　**渓谷** 名 溪谷

やばけい　**耶馬渓** 名（日本名勝）耶馬溪

★ けい音的字另有“係、傾、兄、啓、型、契、形、慧、慶、憩、敬、景、桂、珪、稽、系、繋、荊、螢、計、詣、警、閨、兄、径、携、経、継、恵、掲、茎、軽、頚、鶏”等字可推想

[けん]

件

けんすう　**件数** 名 件數

あんけん　**案件** 名 案件

ぶっけん　**物件** 名 物品；物件；建築物

堅

けんご　**堅固** 名，形動 堅固；堅強

けんじ　**堅持** 名，他サ 堅持

けんろう　**堅牢** 名，形動 牢固

★ けん音的字另有“健、兼、券、喧、圏、嫌、建、憲、懸、拳、牽、犬、研、絹、繭、肩、見、謙、賢、軒、遣、鍵、倹、剣、検、権、献、険、顕、験”等字可推想

用一個音記其他的單字

け・ケ

用聽的輕鬆記!!
正常速➡分解音➡正常速

群組①

さけ(しゃけ)　鮭 名 鮭魚

さけ　酒 名 日本清酒

おけ　桶 名 桶子

群組②

いけ　池 名 池塘

こけ　苔 名 苔蘚

たけ　竹 名 竹子

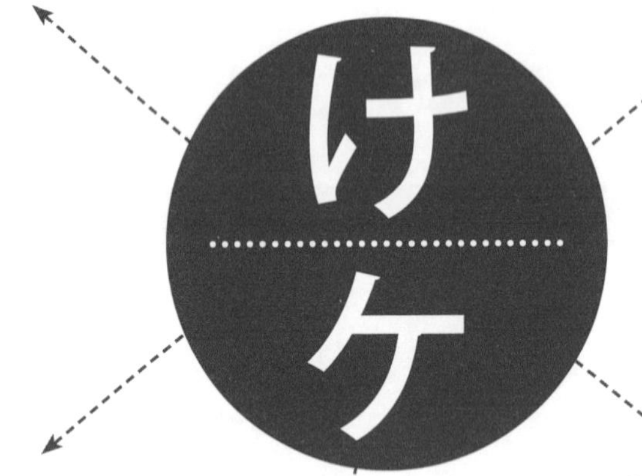

群組③

よあけ　夜明け 名 黎明

はたけ　畑 名 旱田

ちゃづけ　茶漬け 名 茶泡飯

群組④

まつたけ　松茸 名 松茸

もりつけ　盛り付け
名, 他サ 拼盤

ひきわけ　引き分け
名 平手

群組⑤

カラオケ 名 卡拉OK

コロッケ 名 可樂餅

アップリケ 名 拼布

用學過的單字造句

焼(や)き鮭(じゃけ)はお酒(さけ)に合(あ)うとお父(とう)さんが言(い)った。

爸爸說烤鮭魚和酒搭配最對味了。

池(いけ)の周(まわ)りに苔(こけ)がたくさんあるから滑(すべ)らないように気(き)を付(つ)けてね。

滑る　付ける

池塘的周圍有很多苔蘚，小心不要滑倒了。

あの農夫(のうふ)は毎日(まいにち)夜明(よあ)け前(まえ)から畑(はたけ)に出(で)かける。

那個農夫每天天還沒有亮就到旱田裡去。

料理人(りょうりにん)は高級(こうきゅう)な松茸(まつたけ)をきれいに盛(も)り付(つ)けした。

廚師把高級的松茸擺盤的很漂亮。

カラオケボックスでコロッケを頼(たの)んだ。

頼む

我在卡拉OK的包廂點了可樂餅。

用語萬花筒輕鬆看

畑 旱田

種植水果，青菜類沒有引水的旱田即稱為「畑」。日本早期受中國華南水耕農業影響，字面表達上「田」指的是水田、而加了火字邊的「畑」則是旱田的意思。

用唱的記單字

曲調 案山子(かかし)（中譯 稻草人）

今夜(こんや)は庭(にわ)の池(いけ)のそばでバーベキュー	今晚到庭院的池塘邊來烤肉。
新鮮(しんせん)な松茸(まつたけ)と鮭(さけ)があるよ	新鮮的松茸與鮭魚應有盡有喲！
カラオケもできる　みんなを呼(よ)んで来(こ)いよ（呼ぶ）	還可以卡拉OK高歌一曲，把大家都叫來吧！
夜明(よあ)けになるまで散々(さんざん)楽(たの)しもう（楽しむ）	讓我們這樣盡情一夜的玩到天明時分吧！

第10課

｜用一個音記其他的單字｜

こ・コ

用聽的輕鬆記!!
正常速➡分解音➡正常速

群組1

こさめ　小雨 名 小雨

こかげ　木陰 名 樹蔭

こたえ　答え 名 答案

群組2

こうがい　郊外 名 郊外

こもれび　木漏れ日
名 透過樹蔭灑下的陽光

こまかい　細かい 形 細微

こ
コ

群組3

こうばん　交番 名 派出所

こうえん　公園 名 公園

こうにん　公認 名,他サ 公認

群組4

このましい　好ましい
形 令人喜愛的

ここちよい　心地好い
形 愉快的

こうねつひ　光熱費
名 電費

群組5

コッペパン 名 熱狗麵包

コーヒー 名 咖啡

コーナー 名 單元

用學過的單字造句

小雨（こさめ）が降（ふ）り出（だ）したから木陰（こかげ）の下（した）で止（や）むのを待（ま）っていた。 待つ

因為下起了小雨，我就在樹蔭底下等雨停。

照らす

郊外（こうがい）で木漏（こも）れ日（び）に照（て）らされながらひと休（やす）みする。

在郊外的樹蔭下，享受暖陽稍作休息。

交番（こうばん）は公園（こうえん）の近（ちか）くにある。

派出所在公園附近。

来年（らいねん）から光熱費（こうねつひ）を大幅（おおはば）に削減（さくげん）できるのが好（この）ましいです。

明年開始電費要大幅調降，這真是太好了！

済ます

昼飯（ひるめし）はコッペパンにコーヒーで済（す）ました。

午餐我只隨便吃了熱狗麵包配咖啡就打發了。

用語萬花筒輕鬆看

コッペパン 熱狗麵包

為日本常見的麵包。呈長橢圓形，類似台灣大亨堡用的麵包（熱狗麵包）。通常會將其中間剖開，塗上奶油、果醬等；也會夾上豬排，炒麵或是可樂餅，在日本廣受歡迎。

用唱的記單字

曲調 かたつむり（中譯 蝸牛）

公園（こうえん）の木陰（こかげ）の下（した）で　心地よい	來到公園的樹蔭底下，
心地（ここち）よく木漏（こも）れ日（び）浴（あ）びて　浴びる	舒服地享受樹葉縫隙間的微微暖陽。
のんびりコーヒー　もう一杯（いっぱい）	再來一杯咖啡，真悠閒呀！

| 用一個音記其他的單字 |

こ・コ

用聽的輕鬆記!!
正常速➡分解音➡正常速

群組①

こまめ 形動（一次又一次地）勤快、勤於

こずえ　梢 名 樹梢

こごえ　小声 名 聲音小

群組②

ことし　今年 名 今年

こむぎ　小麦 名 小麥

こわい　怖い 形 可怕的

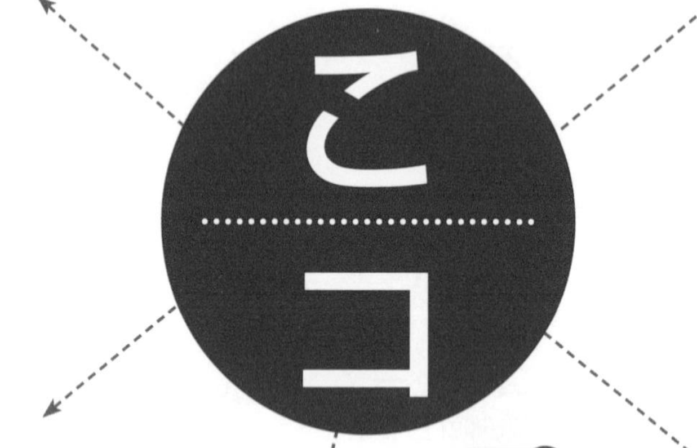

群組③

こちら　此方 代 這邊

こうちゃ　紅茶 名 紅茶

ことば　言葉 名 言語

群組④

こげる　焦げる 自下一 燒焦

こまる　困る 自五 感到困擾

ころぶ　転ぶ 自五 跌倒

群組⑤

ココア 名 可可亞

コーンフレーク 名 玉米片

コーチ 名,他サ 教練；教導

用學過的單字造句

彼女（かのじょ）はこまめに梢（こずえ）を切（き）り落（お）としている。
切り落とす
她勤快地在修剪樹梢。

今年（ことし）の小麦（こむぎ）は質（しつ）がいい。
今年的小麥品質很好。

こちらで一緒（いっしょ）に紅茶（こうちゃ）を飲（の）みませんか。
要不要到這來跟我們一起喝紅茶呀？

焦（こ）げたら困（こま）るわ。
焦げる
要是燒焦了就麻煩了。

これはココア味（あじ）のコンフレークです。
這是可可口味的玉米片。

用語萬花筒輕鬆看

コンフレーク

玉米片

即營養穀片，一般家庭通常當早餐食用，泡在牛奶裡混著吃。現在玉米片有各式各樣的口味，種類相當地豐富。

用唱的記單字

曲調 紅葉（こうよう）（中譯 楓葉）

父（ちち）はこまめにケーキを作（つく）る	爸爸烤蛋糕總是樂在其中，
小麦粉（こむぎこ）　ココア　卵（たまご）を混（ま）ぜる　焼ける	他把麵粉、可可亞、雞蛋混在一起，
焦（こ）がさぬようにうまく焼（や）けたら　焦がす	小心翼翼地烘烤，整個完成之後，
紅茶（こうちゃ）淹（い）れましょ　ティータイム　淹れる	再搭配紅茶一起享用，打造美好的下午茶時刻。

用聽的輕鬆記!!
正常速➡分解音➡正常速

以字首こ、コ還有哪些單字

こい
鯉

名 鯉魚

こうすい
香水

名 香水

こうもり
蝙蝠

名 蝙蝠

こえ
声

名（生物發出的）聲音

こおり
氷

名 冰

こおろぎ
蟋蟀

名 蟋蟀

こざかしい
小賢しい

形 耍小聰明

こし
腰

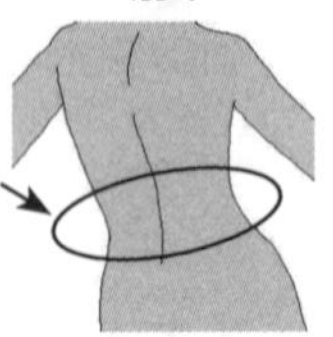

名 腰

こめ
米

名 米

コアラ

名 無尾熊

コピーき
コピー機

名 影印機

コンサート

名 演唱會

コンセント

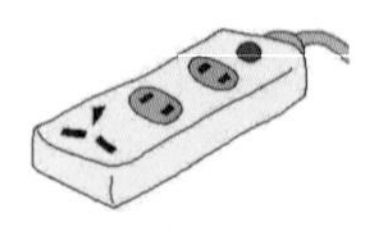

名 插座

コンデンスミルク

名 煉奶

コンパス

名 圓規；指南針

コンピューター

名 電腦

同義漢字一網打盡

[こう]

光

こうえい　**光栄** 名,形動 光榮

こうそく　**光速** 名 光速

こうみょう　**光明** 名 光明

甲

こうかくるい　**甲殻類** 名 甲殼類

こうじょうせん　**甲状腺** 名 甲狀腺

こうちゅう　**甲虫** 名 甲蟲

口

こうくうがん　**口腔癌** 名 口腔癌

こうけい　**口径** 名 口徑

こうご　**口語** 名 口語

考

こうりょ　**考慮** 名,他サ 考慮

こうあん　**考案** 名,他サ 設計出；想出

こうこ　**考古** 名 考古

★ **こう**音的字另有“文、侯、公、功、厚、向、后、坑、好、孔、孝、宏、工、功、巷、幸、庚、康、弘、恒、慌、抗、拘、控、攻、更、校、構、江、洪、浩、港、溝、狡、皇、硬、稿、紅、絞、綱、耕、肯、腔、膠、興、航、荒、薨、行、衡、講、郊、酵、鋼、降、項、香、高、鴻、昂、黄、鉱、効”等字可推想

[こん]

こんなん　**困難** 名,形動,自サ 困難

こんわく　**困惑** 名,形動 困惑

こんきゅう　**困窮** 名,形動 窮困

こんいん　**婚姻** 名 婚姻

こんやく　**婚約** 名,自サ 婚約；訂婚

しんこん　**新婚** 名,自サ 新婚

★ **こん**音的漢字另有“今、坤、墾、恨、懇、昏、昆、根、混、痕、紺、魂”等字可推想

| 用一個音記其他的單字 |

こ・コ

用聽的輕鬆記!!
正常速 ➡ 分解音 ➡ 正常速

群組 1

ここ　此処 代 這裡

たこ　凧 名 風箏

たこ　蛸 名 章魚

群組 2

ねこ　猫 名 貓

どこ　何処 代 哪裡

はこ　箱 名 箱子

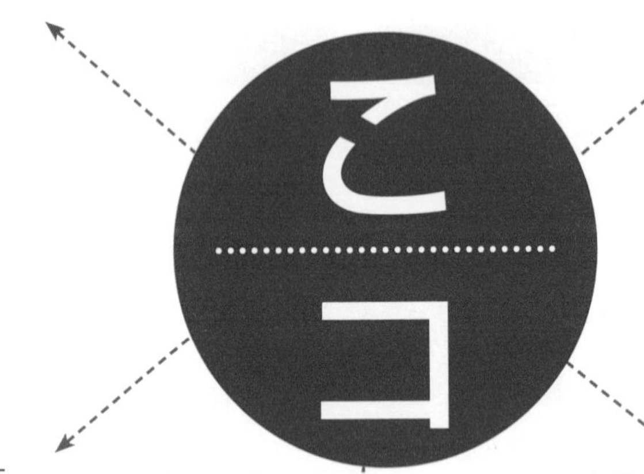

群組 3

おい（っこ）　甥（っ子）
名 外甥

ぶらんこ　鞦韆 名 鞦韆

たけのこ　竹の子，筍 名 竹筍

群組 4

とびばこ　跳び箱
名 跳箱

にこにこ 副，自サ 笑咪咪

ちょこちょこ
副，自サ 小步跑；忙亂；輕易地

群組 5

サンフランシスコ 名 舊金山

メキシコ 名 墨西哥

タバコ 名 香菸

用學過的單字造句

ここで凧（たこ）を揚（あ）げましょう。（揚げる）
就在這裡放風箏吧！

猫（ねこ）はどこにいるのか？
貓咪在哪裡啊？

甥（おい）っ子（こ）はぶらんこをこいでいる。（こぐ）
外甥在玩盪鞦韆。

跳（と）び箱（ばこ）を跳（と）ぶことができて、あの子（こ）は一日中（いちにちじゅう）にこにこしていた。（できる）
那孩子因為成功跳過了跳箱，一整天都笑咪咪的。

これはメキシコ製（せい）のタバコです。
這是墨西哥製造的香菸。

用語萬花筒輕鬆看

ねこ 貓

貓是生活中常見的寵物。介紹幾種常見貓的單字，ペルシャ（波斯貓）、アメリカンショートヘア（美國短毛貓）、チンチラ（金吉拉）、スコティッシュフォールド（蘇格蘭摺耳貓)等等…。

用唱的記單字

曲調 ロッホローモンド（中譯 羅莽湖畔）

甥（おい）っ子（こ）は猫（ねこ）を連（つ）れて（連れる）	外甥牽著小貓，
サンフランシスコの	到了舊金山的公園去。
公園（こうえん）で凧揚（たこあ）げをする	放著隨風飄舞的風箏，
楽（たの）しくてにっこにこ（楽しい）	開心地露出了充滿笑容的臉龐。

★「にっこにこ」為「にこにこ」的口語表現。

第11課

用一個音記其他的單字

さ・サ

用聽的輕鬆記!!
正常速➡分解音➡正常速

L11_1.MP3

群組①

さいしょ　最初 名 第一次

さいご　最後 名 最後

さんぽ　散歩 名,自サ 散步

群組②

さすが　流石 副 不愧是

さっか　作家 名 作家

さしば　差し歯 名 假牙

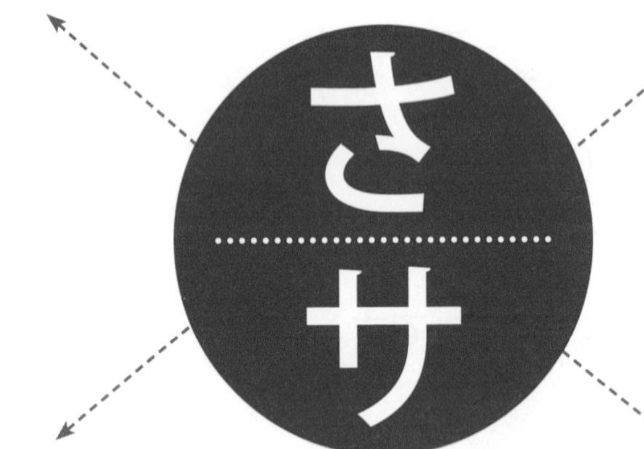

群組③

さらに　更に 副 更加

さむい　寒い 形 寒冷的

ささい　些細 形動 細微

群組④

さいのう　才能 名 才能

さいこう　最高
名 第一；最棒的

さんこう　参考 名,他サ 參考

群組⑤

サンドイッチ 名 三明治

サラダ 名 沙拉

サークル 名 社團；圓周

用學過的單字造句

ここに来（く）るのは今回（こんかい）が最初（さいしょ）で最後（さいご）なんだ。
到這裡來，這次是第一次，也是最後一次了。

こんなにいい文章（ぶんしょう）を書（か）けるなんて、さすが作家（さっか）ですね。
真不愧是作家，能寫出這麼好的文章。

夜（よる）になるとさらに寒（さむ）くなった。（寒い）
到了夜裡就變的更冷了。

才能（さいのう）を認（みと）められて本当（ほんとう）に最高（さいこう）だ。（認める）
自己的才能可以被認同，真的是太棒了。

サンドイッチとサラダのセットを頼（たの）んだ。
我點了有三明治和沙拉的套餐。

用語萬花筒輕鬆看

サークル社團

サークル指的「社團」，普遍是指大學以上的成人同好會；若是高中以下的社團，日文則稱作「部活動（ぶかつどう）」，簡稱→「部活（ぶかつ）」。

用唱的記單字

曲調 証城寺（しょうじょうじ）の狸囃子（たぬきばやし）（中譯 小兔子愛跳舞）

最初（さいしょ）に母（かあ）さんのサンドイッチを	想起媽媽做的三明治，
食（た）べてビックリ　味（あじ）は最高（さいこう）だ	第一次吃到時，味道真的一級棒，
さすが母（かあ）さん　スープを添（そ）えたら（添える）	如果再來碗熱湯，那就太完美了。
さらにおいしく頂（いただ）けるさ	真不愧是媽媽的手藝，雖然吃得好飽，
お腹（なか）いっぱいけどお代（か）わりだ	但是我還要吃。

用聽的輕鬆記!!
正常速➡分解音➡正常速

以字首さ、サ還有哪些單字

さい
犀

名 犀牛

さいころ
賽子

名 骰子

さがす
探す

他五 尋找

さくらんぼ
桜桃

名 櫻桃

さそり
蠍

名 蠍子

さっちゅうざい
殺虫剤

名 殺蟲劑

さびしい
寂しい

名 寂寞的

さめ
鮫

名 鯊魚

さる
猿

名 猴子

サーフィン

名 衝浪

サーベル

名 洋式佩刀

サクソフォーン

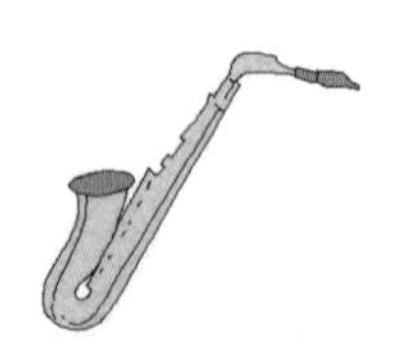

名 薩克斯風

サッカー

名 足球

サングラス

名 太陽眼鏡

サンダル

名 涼鞋

サンドバッグ

名 沙袋

同義漢字一網打盡

[さい]

債

さいけん　**債権** 名 債權

こうさい　**公債** 名 公債

ふさい　**負債** 名 負債

才

さいち　**才知** 名 才智

さいしょくけんび　**才色兼備** 名 才色兼備

あおにさい　**青二才** 名 黃口小兒

★ さい音的字另有“債、催、再、哉、塞、妻、宰、彩、才、採、最、栽、歳、災、祭、細、菜、裁、載、采、際、斎、済、砕”等字可推想

[さつ]

刷

ぞうさつ　**増刷** 名, 他サ 增刷

じゅうさつ　**重刷** 名, 他サ 增刷

いんさつ　**印刷** 名, 他サ 印刷

察

かんさつ　**観察** 名, 他サ 觀察

けんさつ　**監察** 名, 他サ 監察

けんさつかん　**検察官** 名 檢察官

★ さつ音的字另有“冊、撤、撮、擦、札、殺”等字可推想

[さん]

三

さんかくぼうえき　**三角貿易** 名 三角貿易

さんきゃくか　**三脚架** 名 三腳架

さんじゅうしょう　**三重唱** 名 三重唱

算

さんすう　**算数** 名 算數

せいさん　**清算** 名, 他サ 清算；了結

せいさん　**精算** 名, 他サ 結算；精算

★ さん音的字另有“傘、山、散、杉、棧、燦、酸、参、産、惨、蚕、賛、讃”等字可推想

| 用一個音記其他的單字 |

さ・サ

用聽的輕鬆記!!
正常速 ➡ 分解音 ➡ 正常速

群組 1

あさ　朝 名 早晨

えさ　餌 名 飼料；誘餌

かさ　傘 名 雨傘

群組 2

ひがさ　日傘 名 洋傘

あつさ　暑さ 名 炎熱

つばさ　翼 名 翅膀

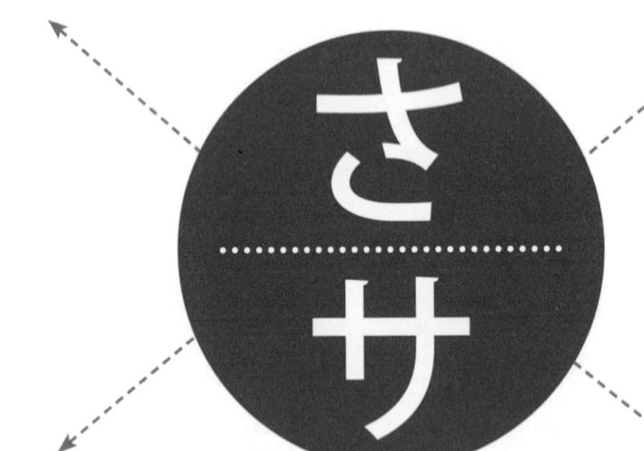

群組 3

うわさ　噂 名 傳聞

ちょうさ　調査 名, 他サ 調查

しぐさ　仕草 名 動作舉止

群組 4

よくあさ　翌朝 名 隔天早晨

あさくさ　浅草 名 淺草

おおげさ　大袈裟 名, 形動 誇張地

群組 5

ナサ 名 美國太空總署

フォルモサ 名（台灣別稱）福爾摩沙

メドゥーサ 名（希臘神話）美杜莎

用學過的單字造句

私（わたし）は毎朝（まいあさ）飼（か）っている犬（いぬ）にえさをやる。

我養的狗每天早上我都會餵飼料給牠。

日傘（ひがさ）を差（さ）しても今日（きょう）の暑（あつ）さには耐（た）えられないよ。

（差して → 差す；耐えられない → 耐える）

就算撐著洋傘也無法忍受今天的炎熱啊！

噂（うわさ）について徹底（てってい）調査（ちょうさ）をする。

針對傳聞徹底進行調查。

その翌朝（よくあさ）家族（かぞく）で浅草（あさくさ）に行（い）った。

第二天清晨，我們全家一起到淺草去。

今度（こんど）ナサで披露（ひろう）される宇宙船（うちゅうせん）には「フォルモサ」の文字（もじ）が書（か）かれているそうだ。

（書かれて → 書く）

據說這次即將新展示的太空梭上，會有「福爾摩沙」的字樣。

用語萬花筒輕鬆看

メドゥーサ 美杜莎

在希臘神話中，傳聞她本來是位美麗的少女，受雅典娜女神的懲罰變成蛇髮女妖。其最知名的即是當人兩眼直視她的眼睛時會立即石化，變成石像。

用唱的記單字

曲調 鳩（はと）（中譯 鴿子）

日傘（ひがさ）揺（ゆ）らして（揺らす）	一大早，搖曳著大洋傘，
朝（あさ）からお出（で）かけ　浅草（あさくさ）の	今天外出要去盡情地享用美食。
噂（うわさ）のフォルモサレストラン	目的地是傳聞中在淺草，那間福爾摩沙風格的餐廳裡。

第12課

用一個音記其他的單字

し・シ

用聽的輕鬆記!!
正常速➡分解音➡正常速

L12_1.MP3

群組①

しろい　白い 形 白色

しるし　印 名 標記

したぎ　下着 名 內衣

群組②

しがつ　四月 名 四月

しめる　占める 他下一 占有

しかく　資格 名 資格

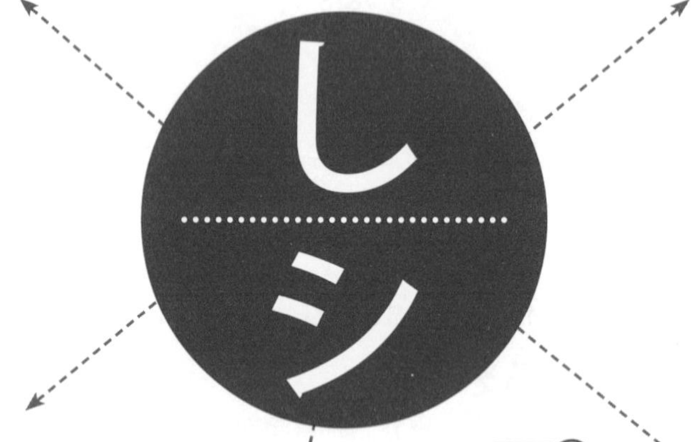

群組③

しょうじょ　少女 名 少女

しごと　仕事 名 工作

しょうこ　証拠 名 證據

群組④

しゃくほう　釈放
名,他サ 釋放

しょうちょう　象徴
名,他サ 象徵

しゅうきょう　宗教
名 宗教

群組⑤

ショートケーキ 名 （切片狀的）奶油蛋糕

シンプル 形動 簡樸

シリアス 形動 嚴肅；嚴重

用學過的單字造句

パンツに白(しろ)いしるしがついていた。
褲子上有白色的印記。

四月(しがつ)の売(う)り上(あ)げは年間総売(ねんかんそうう)り上(あ)げの半分(はんぶん)も占(し)めている。（占める）
四月的營業額就佔了全年的一半。

あの少女(しょうじょ)は家族(かぞく)のために毎日仕事(まいにちしごと)をしている。
那個少女為了養家活口，每天都在工作。

宗教詐欺(しゅうきょうさぎ)に関(かか)わって逮捕(たいほ)されたその容疑者(ようぎしゃ)は夕(ゆう)べ証拠(しょうこ)不足(ぶそく)で釈放(しゃくほう)された。（関わる）（釈放する）
先前因宗教詐欺罪嫌被逮補的嫌犯，昨晚因證據不足而獲得釋放。

このショートケーキはシンプルでおいしい。
這個奶油蛋糕沒有複雜的調味，相當好吃。

用語萬花筒輕鬆看

下着

內側的衣服

日本人穿衣服的概念不是分上下，而是分內外。故漢字「下着」指的非腰部以下的衣服，而是穿在內側的衣服。

用唱的記單字

♪曲調 わらの中(なか)の七面鳥(しちめんちょう)（中譯 稻草裡的火雞）

シリアスな事件(じけん)だ　一大事(いちだいじ)	這是件重大的案件，
これは四月(しがつ)のミステリー	堪稱為「四月的奇案」。
少女(しょうじょ)が拉致(らち)され　行方不明(ゆくえふめい)に（拉致する）	一名少女遭到綁架，至今仍然下落不明，
身代金(みのしろきん)の要求(ようきゅう)もない	怪的是還沒有人來要求贖金！
現場(げんば)には残(のこ)された　謎(なぞ)めいたしるしが（残す）（謎めく）	只是在少女被綁的現場，留下了一些奇怪的標記。
宗教犯罪(しゅうきょうはんざい)なのか　捜査方針変更(そうさほうしんへんこう)すべきだ	該不會是宗教犯罪？我們應該改變搜查方向吧！

用一個音記其他的單字

用聽的輕鬆記!!
正常速➡分解音➡正常速

群組 1

しま　島 名 島嶼

しか　鹿 名 鹿

した　下 名 下方

群組 2

しゅやく　主役 名 主角

しょうぶ　勝負 名, 自サ 一決勝負

しのぐ　凌ぐ 他五 凌駕

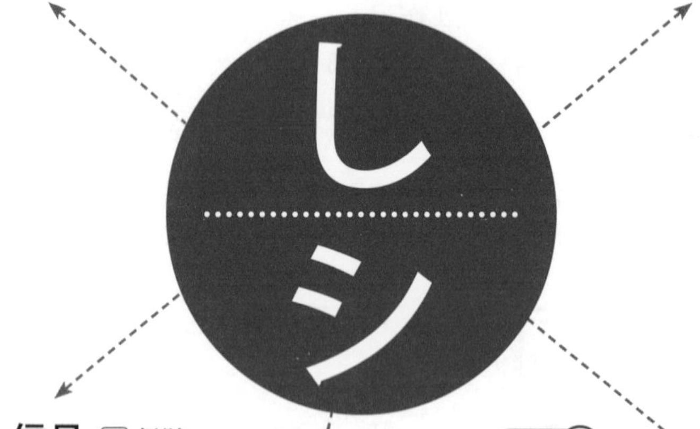

群組 3

しんごう　信号 名 信號

しゅうごう　集合
名, 自他サ 集合

しんこう　信仰 名 信仰

群組 4

しんけん　真剣
名, 形動 認真地

しんぶん　新聞 名 報紙

しゃきん　謝金 名 酬金

群組 5

シーサイド 名（報章雜誌用語）海邊

シーズン 名 季節

シャーベット 名 綿綿冰

用學過的單字造句

あの島(しま)には野生(やせい)のシカがたくさんいる。
那座島上有很多野生的鹿。

二人(ふたり)は主役(しゅやく)の座(ざ)を賭(か)けて勝負(しょうぶ)することにした。
為了爭奪主角寶座，她們決定一分高下。

明日(あした)あの信号(しんごう)の前(まえ)で集合(しゅうごう)だ。
明天在那座紅綠燈的前面集合。

彼(かれ)は真剣(しんけん)に新聞(しんぶん)を読(よ)んでいる。（讀む）
他很認真的在看報紙。

夏(なつ)よ。シャーベットのシーズンが来(き)たわ。
夏天了。綿綿冰的季節來臨囉！

用語萬花筒輕鬆看

シャーベット

綿綿冰

作法一般是用新鮮水果直接冷凍使其結冰，再打成綿狀。因為製作過程通常不另外加糖，所以比冰淇淋來的健康。

用唱的記單字　曲調 かたつむり（中譯 蝸牛）

シャーベット食(た)べたら集合(しゅうごう)だ	吃下綿綿冰後，就過來集合吧！
次(つぎ)こそ真剣勝負(しんけんしょうぶ)だぞ	這次可是要拿出真本事一決勝負喔！
勝(か)ったらあげるよ　この島(しま)を	如果你能夠勝出的話，這座島就送給你唷！

| 用一個音記其他的單字 |

し・シ

用聽的輕鬆記!!
正常速➡分解音➡正常速

群組1

しゃしん　写真 名 照片

しもん　指紋 名 指紋

しゅえん　主演 名, 自サ 主演

群組2

しゅうがく　修学 名, 自サ 學習

しゅっぱつ　出発 名, 自サ 出發

しょうせつ　小説 名 小說

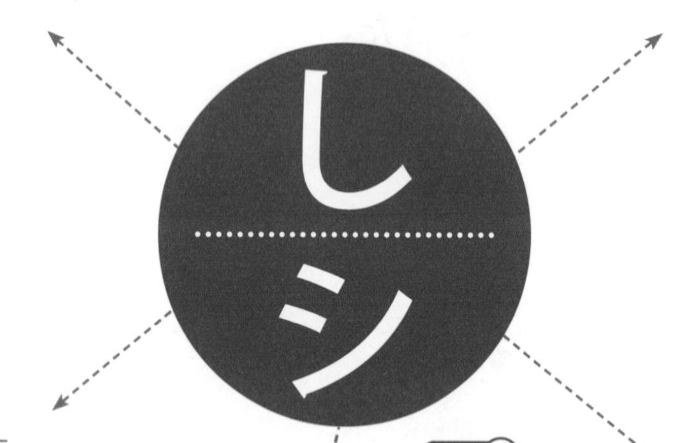

群組3

しゅうまつ　週末 名 週末

しゃぶしゃぶ 名 涮涮鍋

しびれる　痺れる 自下一 麻痺

群組4

しょうねん　少年 名 少年

しゅうでん　終電
名 末班電車

しょうにん　商人 名 商人

群組5

ショッピング 名, 自サ 購物

ショック 名 受到打擊

ショップ 名 商店

用學過的單字造句

写真に指紋をつけないようにね。（つける）
別在照片上留下指紋唷！

今朝修学旅行のバスが出発した。
校外教學的巴士今天一早就出發了。

この週末はみんなでしゃぶしゃぶを食べに行こう。
這個週末大家一起去吃涮涮鍋吧！

あの少年は終電に間に合うようにひたすら走っていた。（走る）
那個年輕人為了趕上末班電車而一路奔跑。

せっかくショッピングに出かけたのに、財布を忘れてショックだった。（出かける）（忘れる）
難得出門逛街卻忘了帶錢包，打擊好大。

用語萬花筒輕鬆看

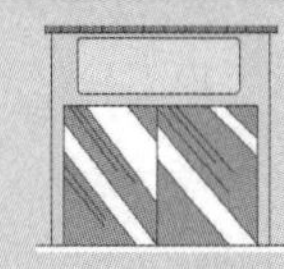

ショップ 商店

「ショップ」是複合語，可以與其它單字自由結合。好比說，熱帯魚ショップ指得就是我們購買觀賞魚的「水族館」（而日文的「水族館」則一般指付費觀賞魚的公共設施）。カーショップ是車材用品店、ギフトショップ是禮品店等等⋯。

用唱的記單字

曲調 むすんでひらいて（中譯 緊握手，放開手）

少年はこの週末に修学旅行へ行きました	這個週末，有個年輕的孩子，興沖沖的要去校外教學。
海　山　たのしいな　みんなで旅行嬉しいな	看到山、看到海，好快樂呀！能跟大家一起旅行，真是太棒啦。
家に帰って写真を見たら	回到家，馬上興奮地看拍的照片，這時孩子才發現。
「僕いないじゃん？！」　ショックだった	「根本沒照到我嘛！」，心情的打擊真的好大呀！

用聽的輕鬆記!!
正常速➡分解音➡正常速

以字首し、シ還有哪些單字

しけん
試験

名 考試

ししゅう
刺繍

名 刺繡

ししょ
司書

名 圖書館管理員

しぬ
死ぬ

自五 死亡

しばいぬ
柴犬

名 柴犬

しまうま
縞馬

名 斑馬

しめなわ
注連縄

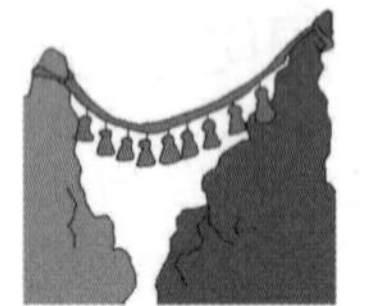

名（日本傳統物品）注連繩

しゃみせん
三味線

名（日本傳統樂器）三味線

しょうかき
消火器

名 滅火器

しょうかせん
消火栓

名 消防栓

しょうゆ
醤油

名 醬油

しろ
城

名 城堡

シーツ

名 床單

シートベルト

名 安全帶

シャワー

名 淋浴

名 吊燈

同義漢字一網打盡

[し]

史

しせき　**史跡** 名 歷史遺跡

しりょう　**史料** 名 史料

れきし　**歴史** 名 歷史

資

しりょう　**資料** 名 資料

しほん　**資本** 名 資本

しさん　**資産** 名 資產

★ し音的字另有“仕、伺、使、刺、司、嗣、四、士、始、姿、子、屍、巳、市、師、志、思、指、支、斯、施、旨、枝、止、死、氏、矢、祉、祠、私、系、紙、紫、肆、肢、脂、至、視、詞、詩、試、誌、諮、資、賜、雌、飼、歯、姉”等字可推想

[しょう]

傷

しょうがい　**傷害** 名, 他サ 傷害

かんしょう　**感傷** 名 多愁善感

しょうしゃ　**傷者** 名 傷者

勝

しょうり　**勝利** 名, 自サ 勝利

しょうそ　**勝訴** 名, 自サ 勝訴

らくしょう　**楽勝** 名, 自サ 輕鬆獲勝

★ しょう音的字另有“償、匠、升、召、哨、唱、商、妾、宵、小、少、尚、庄、床、彰、抄、承、招、掌、捷、昌、昇、昭、晶、松、沼、消、渉、焦、照、症、硝、礁、祥、章、笑、粧、紹、肖、衝、訟、詔、詳、誦、証、象、賞、醤、鐘、障、頌、奨、将、焼”等字可推想

[しん]

信

しんらい　**信頼** 名, 他サ 信賴

しんよう　**信用** 名, 他サ 可相信；信用

かくしん　**確信** 名, 自サ 確信

新

しんぴん　**新品** 名 新產品

しんかんせん　**新幹線** 名 新幹線

かくしん　**革新** 名, 他サ 革新

★ しん音的字另有“伸、侵、信、唇、娠、宸、審、心、慎、振、新、森、浸、深、申、疹、真、神、秦、紳、臣、薪、親、診、賑、身、辛、辰、進、針、震、寝、晋”等字可推想

| 用一個音記其他的單字 |

し・シ

用聽的輕鬆記!!
正常速➡分解音➡正常速

群組1

わたし　私 代 我

ひざし　日差し 名 陽光

しかし　然し 接續 但是

群組2

おかし　御菓子 名 甜點

しばし　暫し 副 暫且

あかし　証 名 證明；證據

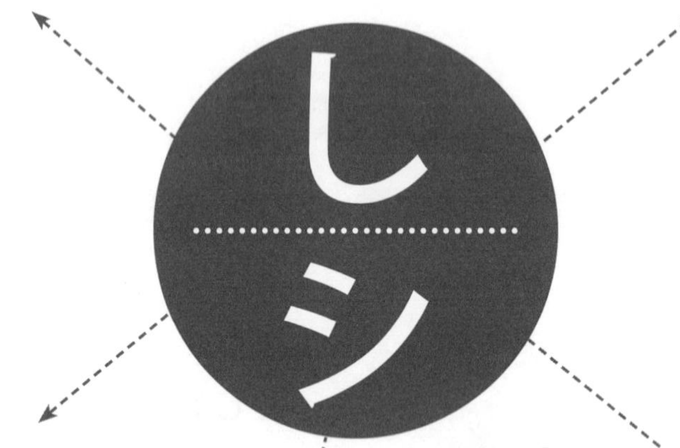

群組3

よわむし　弱虫 名 膽小鬼

すずむし　鈴虫 名 日本鐘蟋

だいなし　台無し
名, 形動 白費

群組4

とうもろこし　玉蜀黍
名 玉蜀黍

てんとうむし　天道虫
名 瓢蟲

こころづくし　心尽し
名 竭盡心力

群組5

ブラシ 名 畫筆；梳子

ウワウルシ 名 熊果

デッキブラシ 名 地板刷

用學過的單字造句

私は強い日差しで目を覚ました。（覚ます）
刺眼的陽光讓我醒了過來。

ダイエット中のため、お菓子をしばしやめることにする。
因為我正在減肥，所以決定暫時不吃零食。

弱虫の彼は鈴虫を見て泣き出した。（泣き出す）
膽小的他看到了日本鐘蟋，就哭出來了。

玉蜀黍の上に一匹のてんとう虫がいる。
玉蜀黍的上面停了一隻瓢蟲。

彼女はブラシでウワウルシの姿をキャンバスに描いた。
她用畫筆把熊果描繪在畫布上。

用語萬花筒輕鬆看

ウワウルシ 熊果

小型的灌木，會開白色或粉紅色的小花，還有紅色的果實。由於葉子中含有熊果素，有抗菌的功效，可拿來當作利尿劑，常被運用在治療泌尿系統的疾病。另外，熊果素也有很強的美白效果，因此會被運用在美容產品上。

用唱的記單字

♪曲調 村祭り（中譯 村祭）

私はブラシの上で	我在梳子上，
てんとう虫を一匹発見	發現了一隻瓢蟲。
お菓子を食べてる	把牠給捉下來，
妹に見せたら（見せる）	想説拿給在吃零食的妹妹看。
泣きだした　弱虫だな	結果妹妹就這樣嚇哭了，哈！膽～小～鬼。

第13課

|用一個音記其他的單字|

じ・ジ

用聽的輕鬆記!!
正常速➡分解音➡正常速

L13_1.MP3

群組①

じけん　事件 名 事件

じかん　時間 名 時間

じてん　辞典 名 辭典

群組②

じしん　地震 名 地震

じしん　自信 名 自信

じさん　自賛 名,自サ 自誇

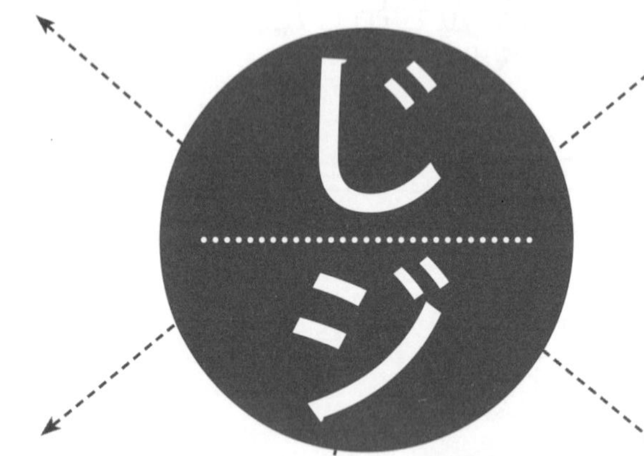

群組③

じっくり 副 沉著；好好地

じんせい　人生 名 人生

じっさい　実際
名,副 實際；實在是

群組④

じっけん　実験 名,他サ 實驗

じゃんけん 名,自サ 猜拳遊戲

じょうけん　条件 名 條件

群組⑤

ジョーク 名 玩笑話

ジャム 名 果醬

ジュース 名 果汁

用學過的單字造句

事件(じけん)の発生(はっせい)時間(じかん)は午後(ごご)三時(さんじ)過(す)ぎだった。
這事件的發生時間是在下午三點以後。

このマンションは大地震(おおじしん)にも倒(たお)れない自信(じしん)がある。
倒れる
這幢公寓建造紮實，相信遇到大地震也不會倒塌。

じっくりこれからの人生(じんせい)を考(かんが)えよう。
考える
好好思考往後的人生吧！

実験(じっけん)する人(ひと)をじゃんけんで決(き)める。
用猜拳決定由誰來作實驗。

朝食(ちょうしょく)はいつもジャムパンとジュース一杯(いっぱい)で済(す)ます。
每天早上我總是吃果醬麵包配果汁就把早餐打發掉了。

用語萬花筒輕鬆看

じゃんけん 猜拳遊戲

即一般人常玩的「剪刀、石頭、布」。而在日語中，在玩遊戲的同時，必需先喊著遊戲口訣：「最初はグー　じゃんけんぽん！」，也就像我們在玩時，開始在先喊出「剪刀、石頭、布」一樣。

用唱的記單字

♪曲調 **証城寺(しょうじょうじ)の狸囃子(たぬきばやし)**（中譯 小兔子愛跳舞）

じゃんけんしましょう　ジュースおごるよ	來喔，賭一把啦！我輸了就請果汁唷！
じっくり考(かんが)えよう　グーチョキパーのどれを出(だ)す？	快好好地想想，要出哪一拳？
絶対(ぜったい)負(ま)けない自信(じしん)はあるよ（負ける）	我可是很有自信不會輸喔！
時間(じかん)がないよ　早(はや)く決(き)めよう	快啦～好了嗎！快點決定啦！
せーの　最初(さいしょ)はグー　じゃんけんぽん	預備～開始！剪刀、石頭、布！

用聽的輕鬆記 !!
正常速 ➡ 分解音 ➡ 正常速

以字首じ、ジ還有哪些單字

じえいたい
自衛隊

名 日本自衛隊

じしょ
辭書

名 字典

じもと
地元

名 當地；在地

じゃま
邪魔

名 妨礙

じゅうどう
柔道

名 柔道

じゅじか
十字架

名 十字架

じゅず
数珠

名 念珠

じょうぎ
定規

名 尺

じらい
地雷

名 地雷

じょうろ
如雨露

名 澆水器

じんこうえいせい
人工衛星

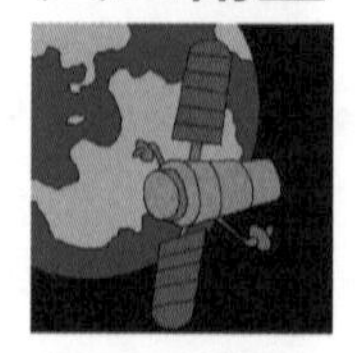

名 人工衛星

ジーンズ

名 牛仔褲

ジグソーパズル

名 拚圖

ジャーナル

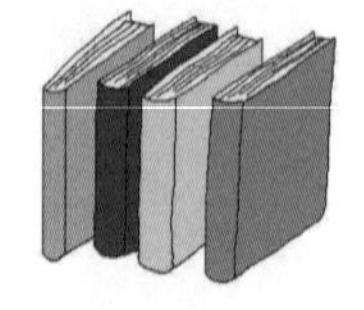

名 期刊；專欄

ジャスミン

名 茉莉花

ジョギング

名 慢跑

同義漢字一網打盡

[じゅう]

充

じゅうけつ　**充血** 名,自サ 充血

じゅうてん　**充填** 名,他サ 填充；填補

ほじゅう　**補充** 名,他サ 補充

十

じゅうぶん　**十分**
名,形動,副 相當地；足夠

じゅうにしちょう　**十二指腸**
名 十二指腸

じゅうにんといろ　**十人十色**
名 一種米養百種人

★ じゅう音的字另有“住、柔、汁、重、銃、従、渋、獣、縦”等字可推想

[じゅん]

準

じゅんけっしょう　**準決勝** 名 準決賽

じゅんび　**準備** 名,他サ 準備

きじゅん　**基準** 名 基準

順

じゅんちょう　**順調** 名,形動 順利

じゅんい　**順位** 名 順位

じゅんえん　**順延** 名,他サ 順延

★ じゅん音的字另有“准、巡、循、旬、殉、淳、潤、盾、純、遵、醇、閏”等字可推想

[じょう]

城

じょうかまち　**城下町**
名（日本）城下町

じょうしゅ　**城主** 名 城主

じょうない　**城内** 名 城內

状

じょうきょう　**状況** 名 狀況

じょうたい　**状態** 名 狀態

いじょう　**異状** 名 異狀

★ じゅう音的字另有“上、丈、丞、冗、城、場、娘、帖、常、情、擾、蒸、錠、乗、剰、壌、嬢、条、浄、状、畳、縄、譲、醸”等字可推想

第14課 ｜用一個音記其他的單字｜ す・ス

用聽的輕鬆記 !!
正常速➡分解音➡正常速

群組①

すし　寿司 名 壽司

すき　好き 形動 喜歡

すじ　筋 名 筋；血管；血統；道理

群組②

すてき　素敵 形動 極好的

すまい　住まい 名 住家

すでに　既に 副 已經

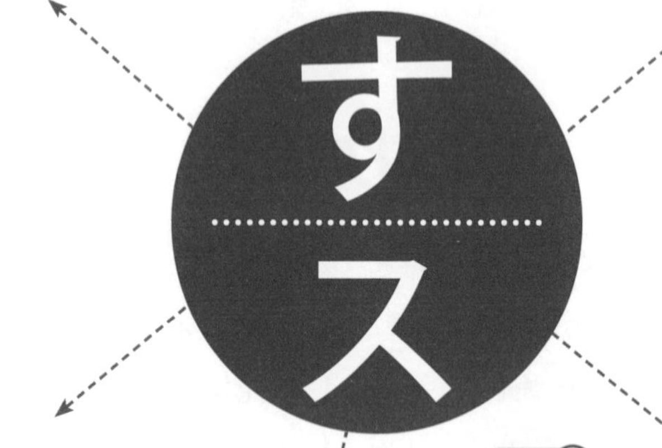

群組③

すうじ　数字 名 數字

すごい　凄い 形 厲害的；相當的

すいじ　炊事 名,自サ 做飯

群組④

スーパー 名 超級市場

スパゲッティ 名 義大利麵

スキップ
名,自サ（兩腿互換）跳躍

群組⑤

スプーン 名 湯匙

スープ 名 湯

スリッパ 名 拖鞋

用學過的單字造句

寿司が好きです。
我喜歡壽司。

ここは素敵なお住まいですね。
這裡真是很棒的住宅呢。

彼は数字にすごく敏感だ。
他對數字相當敏感。

スーパーでスパゲッティの材料を買いましょう。
到超市去買義大利麵的材料吧！

スプーンでスープを飲む。
用湯匙喝湯。

用語萬花筒輕鬆看

スキップ

（兩腿互換）跳躍

「スキップ」是一種單腳跳躍，再換腳往前移動的動作。通常都是在欣喜雀躍的時候會做出來的動作，例如：子供たちは楽しそうにスキップしている（孩子們開心地跳躍著）。

用唱的記單字

曲調 **大きな栗の木の下で**（中譯 大栗樹下）

スパゲッティにスープ	點客義大利麵附上配湯，
大好きなメニュー	這就是最好的山珍海味。
すごく おいしかった	這套配餐總是討我的喜歡，
素敵なディナー　ありがとう	感謝你，又是一頓很棒的晚餐。

用聽的輕鬆記!!
正常速➡分解音➡正常速

以字首す、ス還有哪些單字

すいしゃ
水車

名 水車

すくう
救う

他五 拯救

すずめ
雀

名 麻雀

すな
砂

名 沙子

すべりだい
滑り台

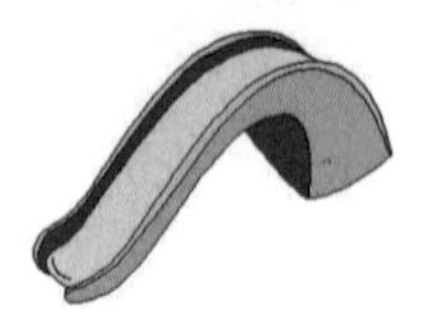

名 溜滑梯

すなどけい
砂時計

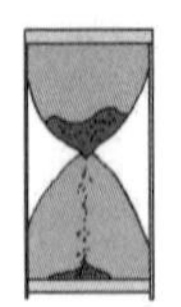

名 沙漏

すもう
相撲

名 相樸

スキー

名 滑雪

スキャナー

名 掃瞄器

スケートボード

名 滑板

スターフルーツ

名 楊桃

スタッフ

名 工作人員

ストッキング

名 絲襪

ストロー

名 吸管

スニーカー

名 運動鞋

スポンジ

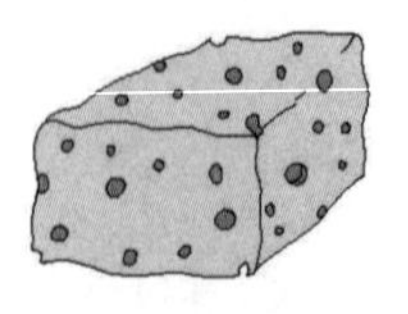

名 海棉

同義漢字一網打盡

[すい]

吹

すいそう　**吹奏** 名, 他サ 吹奏

すいめい　**吹鳴** 名, 他サ 吹奏、鳴

すいそうがく　**吹奏楽** 名 吹奏樂

水

すいちゅう　**水中** 名 水中

すいめんか　**水面下** 名 水面下；台面下

すいおん　**水温** 名 水溫

睡

すいみん　**睡眠** 名 睡眠

すいみんやく　**睡眠薬** 名 安眠藥

こんすい　**昏睡** 名, 自サ 昏睡

炊

すいはん　**炊飯** 名, 他サ 炊飯

すいはんき　**炊飯器** 名 電鍋

じすい　**自炊** 名, 自サ 自己作飯

遂

すいこう　**遂行** 名, 他サ 完成；貫徹

かんすい　**完遂** 名, 他サ 完成

みすい　**未遂** 名 未遂

垂

すいちょく　**垂直** 名, 形動 垂直

すいえん　**垂涎** 名 垂涎

いかすい　**胃下垂** 名 胃下垂

| 用一個音記其他的單字 |

す・ス

用聽的輕鬆記!!
正常速➡分解音➡正常速

群組①

なす　茄子 名 茄子

ほす　干す 自他五 晾乾；坐冷板凳

いす　椅子 名 椅子

群組②

たんす　箪笥 名 衣櫥

こわす　壊す 他五 弄壞

からす　烏 名 烏鴉

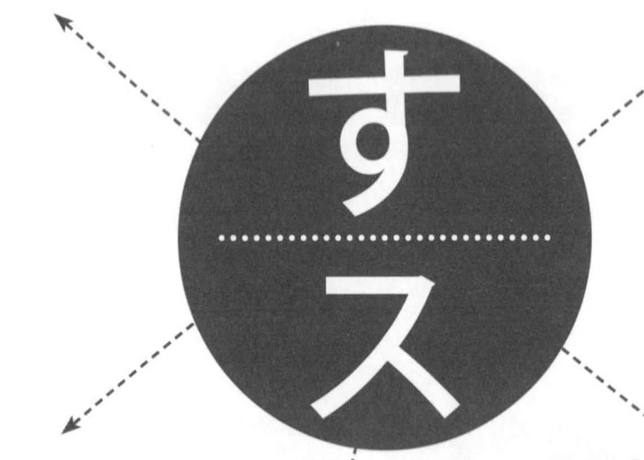

群組③

はなす　話す 他五 談論

だます　騙す 他五 欺騙

めざす　目指す 他五 立志

群組④

ひっこす　引っ越す
他五 搬家

なきだす　泣き出す
自五 哭了出來

もてなす　持て成す
他五 招待

群組⑤

デミグラスソース 名 多明格拉斯醬

ハヤシライス 名 牛肉燴飯

イギリス 名 英國

用學過的單字造句

椅子（いす）の上（うえ）に茄子（なす）が置（お）かれいる。
椅子上放著一條茄子。

弟（おとうと）はタンスを壊（こわ）した。（壊す）
弟弟把衣櫥弄壞了。

誰（だれ）にも言（い）わないという彼（かれ）のことばを信（しん）じて（信じる）このことを話（はな）した（話す）のに、騙（だま）された（騙す）。
相信他不會跟別人說我才告訴他這件事的，但卻被騙了。

彼（かれ）が引（ひ）っ越（こ）すと聞（き）いて、彼女（かのじょ）は泣（な）き出（だ）した（泣き出す）。
她聽到他要搬家後就哭了出來。

デミグラスソースさえあれば（ある）ハヤシライスも簡単（かんたん）に作（つく）れるよ。
只要有多明格拉斯醬就可以很輕鬆的做出牛肉燴飯。

用語萬花筒輕鬆看

デミグラスソース

多明格拉斯醬

用牛肉與蔬菜燉煮成的褐色醬汁，一般會灑在牛肉燴飯或是燉牛肉等料理上增添美味。市面上也有罐頭包裝的成品可以直接使用。

用唱的記單字

曲調 **桃太郎（ももたろう）**（中譯 桃太郎）

「おいしいよ」と騙（だま）されて	他被騙了！他被騙了！人家說很好吃，
なす入（い）りハヤシライスを食（た）べて	所以他才吃下這個茄子牛肉燴飯，
お腹（なか）を壊（こわ）して泣（な）き出（だ）した	結果吃壞了肚子，又哭得可淒慘了。

用聽的輕鬆記!!
正常速➡分解音➡正常速

以字尾す、ス還有哪些單字

いやす
癒す

他五 治療；治癒

うながす
促す

他五 催促

おす
押す

他五 推；壓

おろす
降ろす

他五 放下；卸下

かす
貸す

他五 借出

こぼす
零す

他五 灑掉；溢出

ごまかす
誤魔化す

他五 隱瞞

ころす
殺す

他五 殺

さす
指す

他五 指向

たがやす
耕す

他五 耕作

たす
足す

他五 添加；填滿

とばす
飛ばす

他五 使…飛上；飛馳；跳過

のこす 残す

他五 保存

はげます
励ます

他五 激勵

わかす
沸かす

他五 （將液體）煮沸

アドバイス

名自サ 忠告

同義漢字一網打盡

[すい]

帥

げんすい　元帥 名 元帥

しゅすい　主帥 名 主帥

しょうすい　将帥 名 將帥

推

すいい　推移 名, 自サ 推移

すいしょう　推奨 名, 他サ 推薦

すいせん　推薦 名, 他サ 推薦

[すい]

衰

すいじゃく　衰弱 名, 自サ 衰弱

すいたい　衰退 名, 自サ 衰退

ろうすい　老衰 名, 自サ 衰老

★ すい音的字另有“穂、粋、酔、錐、錐”等字可推想

[すう]

崇

すうけい　崇敬 名, 他サ 崇敬

すうこう　崇高 名, 形動 崇高

すうはい　崇拝 名, 他サ 崇拜

[すう]

枢

すうき　枢機 名 樞機

すうじくこく　枢軸国 名 軸心國

ちゅうすう　中枢 名 中樞

★ すう音的字另有“趨、雛”等字可推想

数

すうりょう　数量 名 數量

すうがく　数学 名 數學

すうり　数理 名 數理

第15課 用一個音記其他的單字 せ・セ

用聽的輕鬆記!! 正常速➡分解音➡正常速

L15_1.MP3

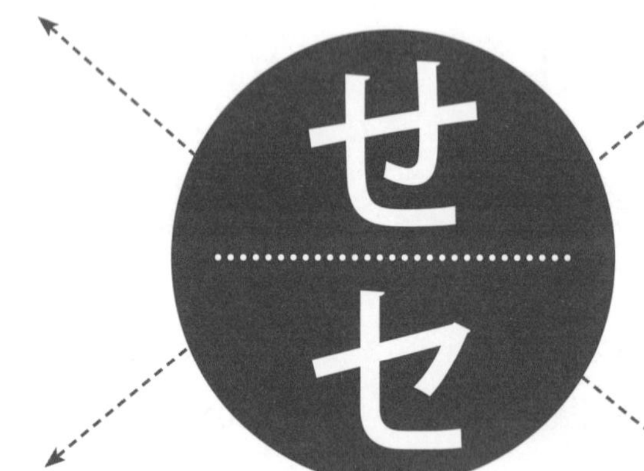

群組1

せまい　狹い 形 狹窄的

せのび　背伸び 名, 自サ 伸懶腰

せこい 形 小氣的

群組2

せいじ　政治 名 政治

せかい　世界 名 世界

せいい　誠意 名 誠意

群組3

せいふ　政府 名 政府

せおう　背負う 他五 背負

せめる　攻める 他下一 進攻

群組4

せいせい　清清 名, 自サ 痛快；爽快

せいせき　成績 名 成績

せんぱい　先輩 名 學長（姊）；前輩

群組5

セーター 名 毛衣

センチ 名 公分

セールスマン 名 推銷員

用學過的單字造句

こんな狭い車の中では背伸びすらできない。

在那麼窄的車內空間，連伸懶腰都很困難。

分かる

政治の世界は私には分からない。

政治的世界對我而言太難懂了。

あの国では昨日、政府軍がゲリラのアジトを攻めた。

那個國家的政府軍，在昨天對游擊隊的指揮所發動了攻擊。

先輩は「ちゃんと勉強して成績を上げよう」と言ってくれた。

學長勉勵我說：「好好的用功唸書！提高你的成績吧！」。

長い

このセーターの長さは六十センチあります。

這件毛衣有六十公分長。

用語萬花筒輕鬆看

背伸び 伸懶腰

原本是指踮起腳尖，挺直脊椎讓自己的身高變高這個動作。因為整個身體的伸展動作所以也就引申為伸懶腰的意思。其它亦可以形容為打腫臉充胖子的行為。

用唱的記單字

曲調 ロッホローモンド（中譯 羅莽湖畔）

今までの狭い世界を	終於鬆了口氣，從一直受困的，
逃げ出して せいせいした（逃げ出す）	那狹窄到難以喘息的世界脱困。
背負って きたもの 降ろして（背負う・降ろす）	把身上的重擔全都卸下來的現在，
おもいきり背伸びを しよう	痛快地，好好伸個懶腰吧！

用聽的輕鬆記!!
正常速➡分解音➡正常速

以字首せ、セ還有哪些單字

せいほうけい
正方形

名 正方形

せいざ
星座

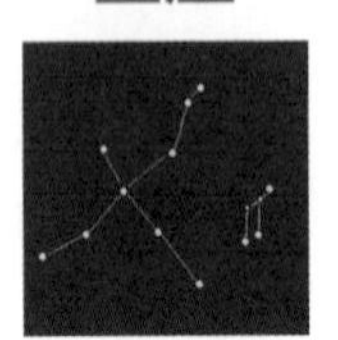

名 星座

せきひ
石碑

名 石碑

せっし
摂氏

名 攝氏

せつない
切ない

形 難過；苦惱

せびろ
背広

名 西裝

せめる
責める

他下一 責備

せんざんこう
穿山甲

名 穿山甲

せんす
扇子

名 扇子

せんすいかん
潜水艦

名 潛水艇

せんぬき
栓抜き

名 開罐器

せんばつる
千羽鶴

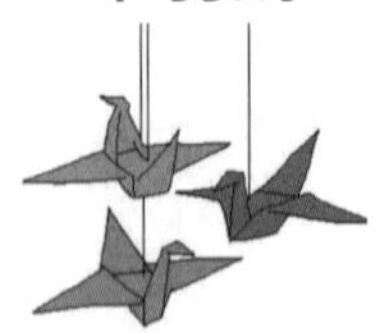

名（日本傳統飾物）千羽鶴

せんめんき
洗面器

名 洗臉盤；洗手台

セーラーふく
セーラー服

名 水手服

セミナー

名 課堂討論會

セメント

名 水泥

同義漢字一網打盡

[せい]

正

せいぎ　正義 名 正義

せいごひょう　正誤表 名 正誤表

きょうせい　矯正 名, 他サ 矯正

聖

せいしょ　聖書 名 聖經

せいじん　聖人 名 聖人

せいすい　聖水 名 聖水

★ せい音的字另有“世、井、淒、制、勢、姓、婿、征、性、成、政、整、星、晴、棲、清、牲、生、盛、省、精、聖、製、西、誠、誓、請、逝、青、斉、静、声”等字可推想

[せき]

席

しゅっせき　出席 名, 自サ 出席

けっせき　欠席 名, 自サ 缺席

しゅせき　主席 名 主席

籍

がくせき　学籍 名 學籍

こせき　戸籍 名 戶籍

こくせき　国籍 名 國籍

★ せき音的字另有“夕、惜、戚、斥、昔、析、石、積、績、脊、藉、責、赤、跡、蹟、隻”等字可推想

[せん]

線

せんこう　線香 名 燃香

せんじょう　線状 名 線狀

せんろ　線路 名 線路

戦

せんごくじだい　戦国時代 名 戰國時代

せんりゃく　戦略 名 戰略

せんりょく　戦力 名 戰力

★ せん音的字另有“詮、仙、先、千、占、宣、尖、川、扇、撰、旋、染、栓、泉、洗、煎、箋、線、羨、腺、船、薦、銑、遷、選、賤、鮮、閃、践、繊、潜、戦、専”等字可推想

第16課

用一個音記其他的單字

そ・ソ

用聽的輕鬆記!!
正常速➡分解音➡正常速

L16_1.MP3

そ
ソ

群組①

そば　傍 名 身邊

そば　蕎麦 名 蕎麥麵

そら　空 名 天空

群組②

そざつ　粗雑 名, 形動 粗糙；粗枝大葉

そろう　揃う 他五 一致；備齊

そそぐ　注ぐ 自他五 流入、注入（液體）；投注（心力）

群組③

そんけい　尊敬 名, 他サ 尊敬

そっくり
副, 形動 完全；幾乎一模一樣

そんざい　存在 名, 自サ 存在

群組④

ソフトクリーム 名 霜淇淋

ソフトドリンク
名 不含酒精的飲料

ソフトウェア 名 軟體

群組⑤

ソース 名 醬汁

ソファー 名 沙發

ソムリエ 名 專業品酒師

用學過的單字造句

彼(かれ)は僕(ぼく)のそばで蕎麦(そば)を食(た)べている。
他在我旁邊吃著蕎麥麵。

この店(みせ)は粗雑(そざつ)な商品(しょうひん)ばかりが揃(そろ)っている。
這家店裡販售的商品都很粗糙。

彼(かれ)は尊敬(そんけい)するお父(とう)さんにそっくりだ。
他跟他尊敬的父親長得幾乎一模一樣。

夏(なつ)にソフトクリームを食(た)べながらソフトドリンクを飲(の)むのが最高(さいこう)だ。
夏天一邊吃霜淇淋一邊喝不含酒精的飲料最棒了。

誰(だれ)がソースをソファーにこぼしたの。
是誰把醬汁灑在沙發上的啊！

用語萬花筒輕鬆看

ソムリエ

專業品酒師

「ソムリエ」是源自法國的一種職業，是專業品酒師。他們需有敏感的嗅覺、要懂得廣泛的酒類知識，主要工作是在替用餐的客人挑選提供絕佳的酒類服務。在法國，可是要考執照的。

用唱的記單字

曲調 お祭(まつ)り（中譯 祭典）

そっくりの双子(ふたご)　兄弟(きょうだい)が	雙胞胎的一對兄弟，
揃(そろ)ってソファーの上(うえ)に	一起坐在沙發上，
ソフトクリームをこぼし	一起坐在沙發上，
傍(そば)にいるお母(かあ)さんに叱(しか)られた（叱る）	也同時被在一旁的媽媽罵。

用聽的輕鬆記!!
正常速➡分解音➡正常速

以字首そ、ソ還有哪些單字

そう
沿う

自五 沿著

そうがんきょう
双眼鏡

名 雙眼望遠鏡

そうしき
葬式

名 喪禮

そうず
添水

名（日本房舍傳統擺飾）庭園水流裝置

そこなう
損なう

他五 損害；損壞

そえる
添える

他下一 附帶

そだつ
育つ

自五 成長

そろばん
算盤

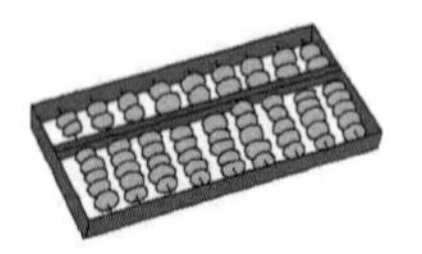

名 算盤

そとば
卒塔婆

名（日式墳牌）卒塔婆

そめる
染める

染色

そうさ
捜査

名, 他サ 搜查

そり
橇

名 雪橇

そる
反る

自五 彎曲

ソーシャル

名 社會的

ソープ

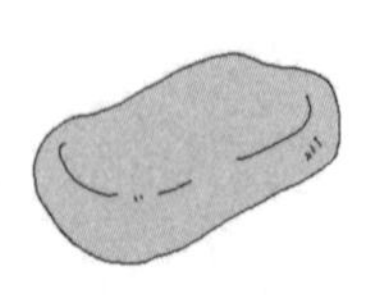

名 肥皂

ソクラテス

名 蘇格拉底

同義漢字一網打盡

[そ]

祖

そこく　祖国 名 祖國

そせん　祖先 名 祖先

それい　祖霊 名 祖靈

粗

そだい　粗大 名，形動 粗大

そちゃ　粗茶 名（謙稱）粗茶

そぼう　粗暴 名，形動 粗暴

★ そ音的字另有“塑、措、楚、疎、礎、祖、租、素、組、蘇、訴、遡、阻、鼠、曽”等字可推想

[そう]

創

そうい　創意 名 創意

そうりつ　創立 名，他サ 創立

そうかん　創刊 名，他サ 創刊

操

そうじゅう　操縦 名，他サ 操縱

そうさ　操作 名，他サ 操作

たいそう　体操 名 體操

★ そう音的字另有“倉、創、叢、喪、奏、宋、宗、想、掃、捜、操、早、曹、桑、槍、槽、漕、燥、爽、瘡、痩、相、綜、艘、草、葬、蒼、藻、走、躁、送、遭、霜、僧、壮、争、窓、総、聡、荘、装、騒、双”等字可推想

[そん]

尊

そんげん　尊厳 名，形動 尊嚴

そんおうじょうい　尊王攘夷 名 尊王攘夷

そんしょう　尊称 名 尊稱

損

そんがい　損害 名，自他サ 損害

そんしつ　損失 名 損失

そんかい　損壊 名，自他サ 損壞

★ そん音的字另有“孫、村、遜”等字可推想

第17課 たㆍタ

｜用一個音記其他的單字｜

用聽的輕鬆記!!
正常速➡分解音➡正常速

L17_1.MP3

たㆍタ

群組1

たき　滝 名 瀑布

たび　旅 名 旅行

たに　谷 名 山谷

群組2

たいやき　鯛焼き 名 鯛魚燒

たのしみ　楽しみ 名 令人期待

ただしい　正しい 形 正確的

群組3

たいいく　体育 名 體育

たかなる　高鳴る
自五（情緒）興奮激昂

たすける　助ける 他下一 救助

群組4

たいぼう　待望 名,他サ 盼望

たいよう　太陽 名 太陽

たいふう　台風 名 颱風

群組5

タクシー 名 計程車

タワー 名 塔

タブー 名 禁忌

用學過的單字造句

滝のあるところに旅をしたいのです。
我想到有瀑布的地方去旅行。

鯛焼きの出来上がりが楽しみだ。
期待著鯛魚燒的出爐。

体育の時間になると胸が高鳴る。
每次到了體育課，心情就會很興奮。

連日の雨の後、今日は待望の太陽だ。
接連下了幾天的雨，今天終於出太陽了。

あのタクシーはタワー式駐車場に止まっている。
那台計程車停在停車塔裡。

用語萬花筒輕鬆看

鯛焼き 鯛魚燒

類似車輪餅，外觀為鯛魚狀的點心，內容含有紅豆、奶油等許多不同的餡料。市面上相當地常見。

用唱的記單字

曲調 村祭り（中譯 村祭）

太陽燦々　秋晴れだ	秋日融融，陽光燦爛，
どこかへ旅に出かけよう	是個到哪兒去遠行的好時刻。
東京タワー？エッフェル塔？	要到東京鐵塔？還是艾菲爾鐵塔呢？
胸がどきどきするよ	無法抑制內心澎湃的情緒。
今から楽しみ　一人旅	好期待那總有一天，專屬自己的一趟快樂旅程。

| 用一個音記其他的單字 |

た・タ

用聽的輕鬆記!!
正常速➡分解音➡正常速

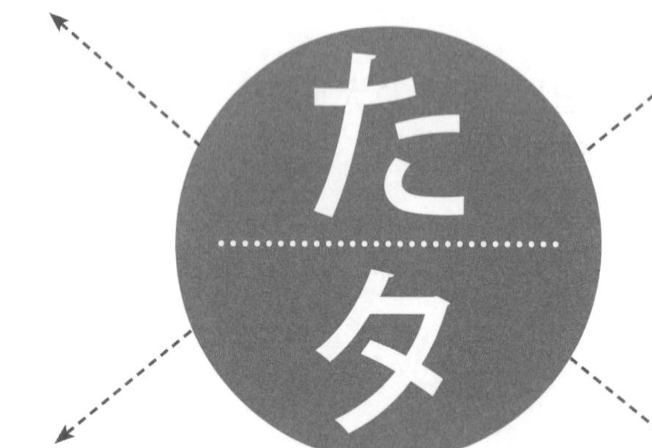

群組 1

たちまち　忽ち 副 短時間內；突然間

たっせい　達成 名,他サ 達到

たかとび　高跳び 名,自サ 跳高

群組 2

たぬき　狸 名 狸貓

ために　為に 接續 為了

たかい　高い 形 高的

群組 3

たまねぎ　玉葱 名 洋蔥

ためいき　溜め息 名 嘆氣

たやすい　容易い 形 容易

群組 4

たのもしい　頼もしい
形 可靠的

たまのこし　玉の輿
名 （顯貴的）彩轎；嫁入豪門

たくましい　逞しい
形 健壯

群組 5

タンクトップ 名 無袖背心

たんパン　短パン 名 短褲

タンしお　タン塩 名 鹽味牛舌

用學過的單字造句

今日（きょう）は開店（かいてん）からたちまち売（う）り上（あ）げ目標（もくひょう）を達成（たっせい）した。

今天開門經營後不久，營業額馬上就達成目標了。

森（もり）に住（す）んでいる狸（たぬき）のために、森（もり）を守（まも）りましょう。（守る）

為了保護住在森林裡的貍貓們，讓我們一起保育森林吧！

あの子（こ）はいつも玉（たま）ねぎを食べさせるとため息（いき）をつくのです。

那孩子每次被迫吃洋蔥就會嘆氣。

いつか頼（たの）もしい人（ひと）を見（み）つけて玉（たま）の輿（こし）に乗（の）りたいです。（見つける）（乗る）

希望有一天能找到個可靠的人，嫁個好人家。

寝（ね）る時（とき）の格好（かっこう）はいつもタンクトップに短（たん）パンです。

睡覺時我總是穿著無袖背心和短褲。

用語萬花筒輕鬆看

玉の輿 彩轎

一般可以指貴族乘坐的豪華轎子。亦指身份低的女性，嫁入富貴人家，麻雀變鳳凰的比喻。

用唱的記單字

曲調 わらの中（なか）の七面鳥（しちめんちょう）（中譯 稻草裡的火雞）

社長（しゃちょう）の息子（むすこ）に誘（さそ）われた（誘う）	哇！社長的兒子邀約我一起出去，
これはチャンスだ　玉（たま）の輿（こし）	這一定是個嫁入豪門的大好機會。
高（たか）い洋服（ようふく）買（か）い放題（ほうだい）	可以買好多高級洋裝，
タン塩（しお）カルビも食（た）べ放題（ほうだい）	又可以無限量地大吃鹽味牛舌和韓式烤牛小排，想到就開心了。
二人（ふたり）きりで会（あ）ったらなぜか彼（かれ）はため息（いき）（会う）	兩個人單獨見面後，不知道為什麼他總是嘆著氣，
話（はなし）を聞（き）けば	問了之後才知道，
同僚（どうりょう）のあの子（こ）が好（す）きだって	唉！讓人幻想破滅了！原來他是喜歡另一個同事呀！

用聽的輕鬆記!!
正常速➡分解音➡正常速

以字首た、タ還有哪些單字

たいきょくけん
太極拳

名 太極拳

ただよう
漂う

自五（在水中、天上）漂浮；（氣味）漂流

たなばた
棚機

名 七夕

たか
鷹

名 老鷹

たて
盾

名 盾牌

たっきゅう
卓球

名 桌球

たけうま
竹馬

名 踩高蹺

たたみ
畳

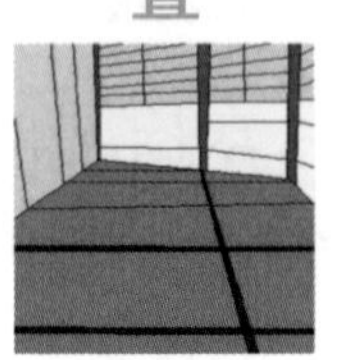

名 塌塌米

たたかう
戦う

自五 戰鬥；競爭

たく
焚く

他五 燃起

たつ
竜

名 龍

たまご
卵

名 蛋

ためらう
躊躇う

自五 猶豫不決

タンゴ

名 探戈

タイル

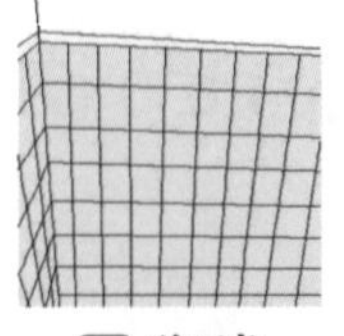

名 瓷磚

タンバリン

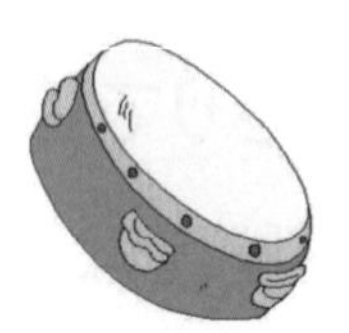

名 鈴鼓

同義漢字一網打盡

[た]

他

たこう　**他行**　名 其它銀行

たこう　**他校**　名 其它學校

たにん　**他人**　名 陌生人

多

たがく　**多額**　名 高額

たかくか　**多角化**　名 多角化

たげん　**多元**　名 多元

[たい]

態

たいせい　**態勢**　名 對事情的對處；態勢

たいど　**態度**　名 態度

けいたい　**形態**　名 形態

太

たいへい　**太平**　名，形動 太平盛世；和平

たいへいよう　**太平洋**　名 太平洋

たいこ　**太鼓**　名 太鼓

★ たい音的字另有“堆、待、怠、態、戴、泰、耐、胎、凸、袋、貸、退、逮、隊、梨、体、対、帯、滞”等字可推想

[たん]

探

たんそく　**探測**　名 探測

たんち　**探知**　名，他サ 探知

たんきゅう　**探求**　名，他サ 探求

胆

たんじゅう　**胆汁**　名 膽汁

たんせき　**胆石**　名 膽結石

たんりょく　**胆力**　名 膽量

★ たん音的字另有“丹、但、嘆、探、担、旦、淡、炭、短、端、耽、胆、誕、鍛、単”等字可推想

| 用一個音記其他的單字 |

た・タ

用聽的輕鬆記 !!
正常速 ➡ 分解音 ➡ 正常速

た
タ

群組 1

ふた　蓋 名 蓋子
また　又 副 又；再次
した　舌 名 舌頭

群組 2

あした　明日 名 明天
すぶた　酢豚 名 糖醋排骨
すがた　姿 名 姿勢

群組 3

みちばた　道端 名 路旁
すたすた 副 快速急走貌
ねこじた　猫舌 名 怕燙的人

群組 4

やりかた　遣り方 名 作法
はごいた　羽子板 名 毽子板
まないた　俎板 名 砧板

群組 5

パスタ 名 義大利通心粉
データ 名（具體性的）資料
カルタ 名 搶卡片遊戲

用學過的單字造句

蓋(ふた)を閉(し)めるのをまた忘(わす)れたのでしょう。
你又忘記蓋上蓋子了吧？

明日(あした)の晩(ばん)ご飯(はん)は酢豚(すぶた)だよ。
明天的晚餐是糖醋排骨唷。

彼(かれ)は道端(みちばた)をすたすたと歩(ある)いて行(い)った。（歩く）
他快速的走過路邊。

…ったく、誰(だれ)が羽子板(はごいた)を使(つか)ったばかりのまな板(いた)に置(お)いたの？（使う）（置く）
是誰把毽子板擺在剛剛切過菜的砧板上的呀？真是的！

パスタの料理法(りょうりほう)のまとまったデータを出版(しゅっぱん)する。（まとまる）
把用義大利通心粉製作料理的完整資料匯整好出版成書。

用語萬花筒輕鬆看

カルタ 搶卡片遊戲

有點像撲克牌的「心臟病」，旨在搶速度的遊戲。カルタ的紙牌上會有插畫與短歌，玩時將紙牌鋪在地上，一人吟詩，其他人就照牌上文字搶紙牌，是日本人過新年的傳統遊戲。

用唱的記單字

曲調 うさぎとかめ（中譯 龜兔賽跑）

また正月(しょうがつ)がやってきた	新的一年又到來了，
どの道端(みちばた)も注連飾(しめかざ)り	路邊也開始看得到注連繩的裝飾。
羽子板(はごいた)遊(あそ)び　カルタとり（とる）	這段時間就是要打打毽子板、玩玩搶牌遊戲，
明日(あした)はなにで遊(あそ)ぼうか	真快樂，明天還要玩些什麼好呢？

第18課

用一個音記其他的單字

だ・ダ

用聽的輕鬆記!!
正常速➡分解音➡正常速

群組①

だれ　誰 名 誰

だめ　駄目 名，形動 不行

だけ 副助 只有

群組②

だんな　旦那 名 丈夫

だるま　達磨 名 不倒翁

だんか　檀家 名 施主

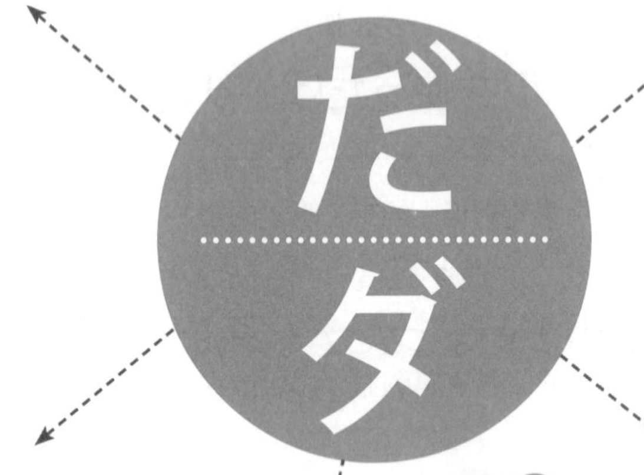

群組③

だんとう　暖冬 名 暖冬

だんぼう　暖房 名 暖氣機

だいひょう　代表 名，他サ 代表

群組④

だって 接續 可是；因為

だじゃれ　駄洒落 名 冷笑話

だらけ 接尾 滿是

群組⑤

ダンス 名，自サ 舞蹈

ダンサー 名 舞者

だんボール　段ボール 名 瓦楞紙板

用學過的單字造句

誰(だれ)がだめだと言っているの？
是誰說不行的？

旦那(だんな)は子供(こども)たちと庭(にわ)で雪(ゆき)だるまを作(つく)っているわ。（作る）
我先生跟孩子們一起在庭院裡堆雪人。

今年(ことし)は暖冬(だんとう)だから暖房(だんぼう)は要(い)らないでしょう。（要る）
今年是暖冬，應該不需要開暖氣吧！

だって、この駄洒落(だじゃれ)面白(おもしろ)くないもの。（面白い）
這個笑話真的不好笑嘛！

彼女(かのじょ)はあのダンサーと一緒(いっしょ)に社交(しゃこう)ダンスをした。
她跟那位舞者一起跳了一支舞。

用語萬花筒輕鬆看

だるま 不倒翁

「だるま」雖為「不倒翁」。另外前面若加了「雪」字，即成了「雪人」的意思。日本做的雪人一般來說不堆手，像個圓圓不倒翁似的樣子，所以雪人稱作「雪だるま」。

用唱的記單字

曲調 旅愁(りょしゅう)（中譯 送別）

僕(ぼく)は大(おお)きな雪(ゆき)だるま	我是一個大大的雪人，
僕(ぼく)と一緒(いっしょ)にダンスしないか	要不要跟我一起跳舞呀！
暖房(だんぼう)をつけちゃだめだよ	跟我跳舞不要把暖氣打開唷，
だって僕(ぼく)は溶(と)けちゃうから	不然這樣我會融化掉的。

用聽的輕鬆記!!
正常速➡分解音➡正常速

以字首だ、ダ還有哪些單字

だいけい
台形

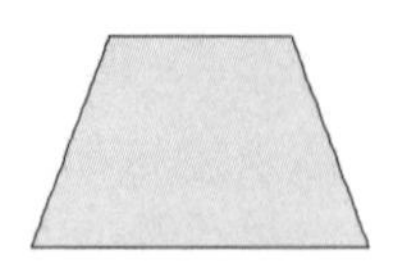

名 梯形

だいこん
大根

名 蘿蔔

だえん
楕円

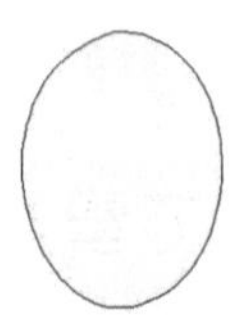

名 橢圓形

だく
抱く

他五 抱

だす
出す

他五 發出；拿出

だちょう
駝鳥

名 駝鳥

だつごく
脱獄

名, 自サ 逃獄

だらしない

形 邋遢；馬虎；沒出息

だるい
怠い

形 慵懶

だんらん
団欒

名, 自サ 團圓

ダーツ

名 射飛鏢遊戲

ダイビング

名, 自サ 浮潛

ダイヤモンド

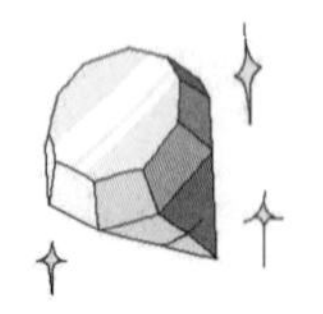

名 鑽石

ダム

名 水壩

ダメージ

名 損壞；損傷

ダンベル

名 啞鈴

同義漢字一網打盡

[だ]

陏

だらく　堕落 名, 自サ 墮落

だらくもの　堕落者 名 墮落的人

だたい　堕胎 名, 自サ 墮胎

★ だ音的字另有“惰、打、駄”等字可推想

妥

だきょう　妥協 名, 自サ 妥協

だとう　妥当 名, 形動 妥當

だけつ　妥結 名, 自他サ 妥協；商量好

[だく]

濁

だくおん　濁音 名（日文）濁音

おだく　汚濁 名, 自サ 污濁

こんだく　混濁 名, 自サ 混濁

★ だく音的字另有“諾”等字可推想

[だん]

男

だんせい　男性 名 男性

だんじょ　男女 名 男女

だんしゃく　男爵 名 男爵

[だん]

団

だんご　団子 名 丸子

だんけつ　団結 名, 自サ 團結

だんち　団地 名 社區

★ だん音的字另有“壇、暖、檀、段、談、弾”等字可推想

断

だんじき　断食 名, 自サ 中斷進食

だんねん　断念 名, 他サ 死心

むだん　無断 名, 形動 未經許可；擅自

第19課

|用一個音記其他的單字|

ち・チ

用聽的輕鬆記!!
正常速➡分解音➡正常速

ち
チ

群組①

ちゃかい　茶会 名 茶會

ちゅうし　中止 名,他サ 中止

ちかい　近い 形 近的

群組②

ちゃんと 副,自サ 端正地；好好地

ちつじょ　秩序 名 秩序

ちょうど　丁度 副 剛好

群組③

ちちのひ　父の日 名 父親節

ちょっぴり 副 一點點

ちいさい　小さい 形 小的

群組④

チョコレート 名 巧克力

チャレンジ 名,他サ 挑戰

チンパンジー 名 猩猩

群組⑤

チャンネル 名 頻道

チェンジ 名,他サ 更換

チャーハン 名 炒飯

用學過的單字造句

雨(あめ)で茶会(ちゃかい)は中止(ちゅうし)された。
茶會因為遇到下雨而中止了。

秩序(ちつじょ)をちゃんと維持(いじ)しましょう。
好好的維持秩序吧！

父(ちち)の日(ひ)にプレゼントをもらって、お父(とう)さんは感動(かんどう)でちょっぴり涙(なみだ)ぐんでいた。（涙ぐむ）
爸爸在父親節時收到了禮物，感動地流下了一些些的眼淚。

チョコレート作(づく)りにチャレンジした。
我挑戰做巧克力。

越後(えちご)チャンネルのある美食番組(びしょくばんぐみ)では、明日(あした)チャーハンを紹介(しょうかい)するそうだ。
越後頻道有某個美食節目，聽說明天要介紹炒飯。

用語萬花筒輕鬆看

茶会 茶會

邀請客人到家中品茶的聚會。通常喝抹茶並搭配和菓子一起享用。日本的茶道文化禮儀繁多，一般社會相當重視。古時甚至是騎馬打仗的武士，也得學習參加茶會品茶之道。

用唱的記單字

曲調 かもめの水兵(すいへい)さん（中譯 海鷗水手）

茶会(ちゃかい)にやってきた	有一隻可愛的小猩猩，
小(ちい)さいチンパンジー	也跟人來到茶會參與茶道。
ちゃんとお点前(てまえ)できるかな	不過牠這個樣子，真的沒問題嗎？
ちょっぴり　どきどき　緋毛氈(ひもうせん)	這場茶會還真是讓人感到緊張萬分耶！

★「緋毛氈」是日本茶會時鋪在地上的緋紅色毛氈，具有茶會的象徵性。

用聽的輕鬆記!!
正常速➡分解音➡正常速

以字首ち、チ還有哪些單字

ち
血

名 血

ちかう
誓う

自五 發誓

ちがう
違う

自五 有所不同

ちから
力

名 力量

ちきゅう
地球

名 地球

ちず
地図

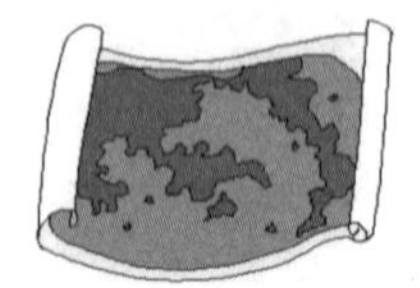

名 地圖

ちゅうしゃき
注射器

名 針筒

ちょうちょう
蝶々

名 蝴蝶

ちょうちん
提灯

名 手提燈籠

ちょうほうけい
長方形

名 長方形

ちょろい

形 輕而易舉；潦草從事

ちる
散る

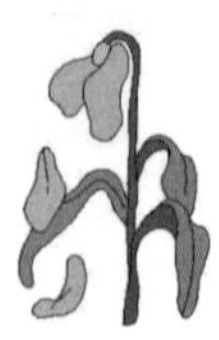

自五 凋謝；飛散

チェス

名 西洋棋

チャンス

名 機會

チャンピオン

名 冠軍

チョッキ

名 西裝背心

同義漢字一網打盡

[ち]

痴

ちかん　痴漢 名 色狼

おんち　音痴 名 音痴

ほうこうおんち　方向音痴 名 路痴

置

ちかん　置換 名, 他サ 置換

いち　位置 名, 自サ 位置；位於

そうち　裝置 名, 他サ 裝設；裝置

★ ち音的字另有“值、地、恥、智、池、治、知、稚、緻、致、遲”等字可推想

[ちく]

竹

ちくりん　竹林 名 竹林

ちくわ　竹輪 名（關東煮食材）竹輪

ばくちく　爆竹 名 爆竹

蓄

ちくせき　蓄積 名, 他サ 積蓄

ちくでん　蓄電 名, 自サ 蓄電

ちょちく　貯蓄 名, 他サ 貯蓄

★ ちく音的字另有“逐”等字可推想

[ちょう]

腸

ちょうない　腸內 名 腸內

だいちょう　大腸 名 大腸

せいちょう　整腸 名 整腸

張

ちょうほんにん　張本人
名 元凶；首謀

ちょうりょく　張力 名 張力

きんちょう　緊張 名, 自サ 緊張

★ ちょう音的字另有“兆、嘲、寵、帳、弔、彫、徵、懲、暢、朝、潮、澄、牒、町、脹、調、諜、超、跳、長、頂、鳥”等字可推想

第20課 | 用一個音記其他的單字 | つ・ツ

用聽的輕鬆記!!
正常速➡分解音➡正常速

つ
ツ

群組1

つゆ　梅雨 名 梅雨

つく　着く 自五 到達

つる　鶴 名 鶴

群組2

つばき　椿 名 山茶花

つぼみ　蕾 名 花苞

つよい　強い 形 強的

群組3

つなみ　津波 名 海嘯

つらい　辛い 形 辛苦的；難過的

つねに　常に 副 經常

群組4

つうがく　通学 名, 自サ 通學

ついてる 自下一 幸運

つうやく　通訳 名, 自サ 口譯

群組5

ツアー 名 旅行團

ツナ 名 鮪魚罐頭；海底雞

ツール 名 工具

用學過的單字造句

古里(ふるさと)が梅雨(つゆ)の季節(きせつ)に入(はい)ったと同時(どうじ)に、私(わたし)はブルキナファソに着(つ)いた。 ─ 着く

當故鄉進入了梅雨季的同時，我抵達了布吉納法索。

淡(あわ)いピンクの椿(つばき)の蕾(つぼみ)がかわいい。

淡淡粉色山茶花的花苞好可愛喔。

彼(かれ)は津波(つなみ)で家族(かぞく)を失(うしな)い、辛(つら)い気持(きも)ちを抱(いだ)いている。 ─ 失う ─ 抱く

他因為海嘯而失去家人，哀慟的心情遲遲無法平復。

通学中(つうがくちゅう)に転(ころ)んでしまった。ついてないなぁ。 ─ しまう ─ ついてる

真倒霉！在上學途中跌到了！

外国(がいこく)のツアーは初(はじ)めてだったので、食事(しょくじ)が合(あ)わなかったときのためにツナの缶詰(かんづめ)を持(も)ってきた。 ─ 合う

這是第一次出國，為了不在國外用餐時感到口味不合，所以帶了鮪魚罐頭在身上。

用語萬花筒輕鬆看

梅雨 梅雨

提到梅雨，可以一提「梅雨前線」這個字眼。日本是國土狹長，每個縣市分佈的緯度不一，梅雨季時因為緯度的落差，進入時間也不一樣。於是氣象廳就會預測每個地區進入這個季節的時間，規劃成一條線，為「梅雨前線」，即線到雨到的意思。

用唱的記單字

曲調 紅葉(こうよう)（中譯 楓葉）

ツアーで行(い)った　南国(なんごく)のビーチ	上回參加旅行團，前往了東南亞的海灘。
着(つ)いたとたんに強(つよ)い津波(つなみ)が	一到當地就遇到了突然來襲的強烈海嘯！
遊(あそ)ぶどころか　ホテルに缶詰(かんづ)め	還想說要去玩咧，結果都被困在飯店裡。
これで終(お)わりじゃついてない	最後這段倒霉的旅程就這樣的結束了。

用聽的輕鬆記 !!
正常速 ➡ 分解音 ➡ 正常速

以字首つ、ツ還有哪些單字

つえ
杖

名 拐杖

つかう
使う

他五 使用

つき
月

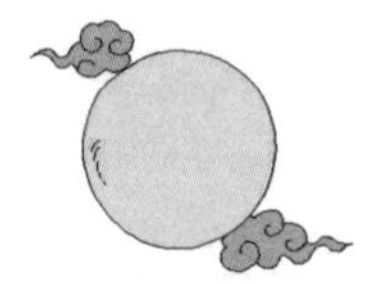

名 月亮

つくえ
机

名 茶机

つくろう
繕う

他五 修補；修整

つじ
辻

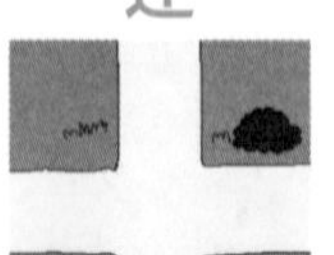

名 十字路口

つたえる
伝える

他下一 傳達

つち
土

名 土壤

つつましい
慎ましい

形 儉樸；謹慎恭謙

つづみ
鼓

名 日本鼓

つきひ
月日

名 太陽及月亮；光陰

つつもたせ
美人局

名 仙人跳

つみほろぼし
罪滅ぼし

名, 自サ 贖罪

つりばし
吊り橋

名 吊橋

つるはし
鶴嘴

名 十字鎬

ツインルーム

名 雙人房

[つい]

墜

つういらく　墜落 名, 自サ 墜落

げきつい　擊墜 名, 他サ 擊落

しっつい　失墜 名, 他サ （名譽、信用）喪失

追

ついか　追加 名, 他サ 追加

ついきゅう　追究 名, 他サ 追究

ついげき　追擊 名, 他サ 追擊

[つう]

痛

つうかく　痛覚 名 痛覺

つうかい　痛快 名, 形動 痛快

ずつう　頭痛 名 頭痛

通

つうか　通過 名, 自サ 通過

つうか　通貨 名 流通的貨幣

ふつう　普通 名, 形動, 副 普通、一般

[つめ]

つめ　爪 名 指甲

つめきり　爪切り 名 指甲刀

つめきりばさみ　爪切り鋏 名 指甲剪

[つ]

つきみ　月見 名 賞月

つきごと　月毎 名 每個月

つきばらい　月払い 名 月結；月繳

つ・ツ

用聽的輕鬆記!!
正常速➡分解音➡正常速

群組①

なつ　夏 名 夏天

いつ　何時 代 何時

もつ　持つ 他五 持有；拿

群組②

かじつ　果実 名 果實

きせつ　季節 名 季節

めだつ　目立つ 自五 顯眼

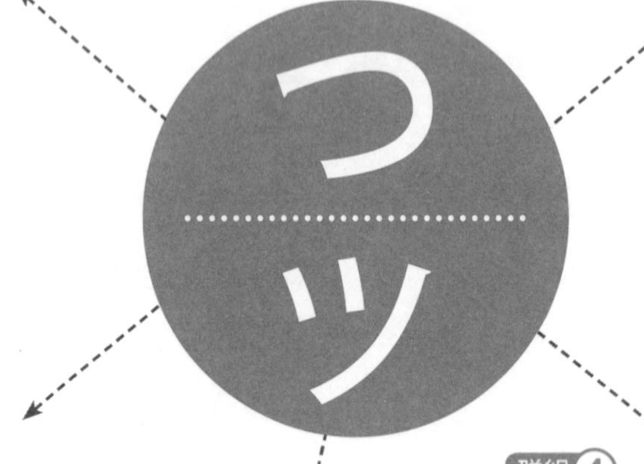

群組③

いくつ　幾つ 名 多少；幾歲

ひとつ　一つ 名 一個

じじつ　事実 名 事實

群組④

じゅうじつ　充実 名，自サ 充實

しちがつ　七月 名 七月

えんぴつ　鉛筆 名 鉛筆

群組⑤

キャベツ 名 高麗菜

メンチカツ 名 炸肉餅

スポーツ 名 運動項目

用學過的單字造句

夏(なつ)はいつ来(く)るのだろう？

夏天什麼時候會到來呢？

もう桃(もも)の果実(かじつ)をもぐ季節(きせつ)になったか？

已經到了可以摘水蜜桃果實的季節了啊？

『飴(あめ)をいくつ持(も)っているの？』

『一(ひと)つです。』

「你有幾個糖果？」「一個。」

この夏休(なつやす)みはいろんな所(ところ)へ行(い)って充実(じゅうじつ)した七月(しちがつ)を過(す)ごした。 過ごす

這個暑假我去了好多地方，度過了一個充實的七月。

今夜(こんや)の晩(ばん)ご飯(はん)はキャベツ入(い)りのメンチカツだ。

今天的晚餐是加了高麗菜的炸肉餅喔。

用語萬花筒輕鬆看

スポーツ

運動項目

一般來說，「スポーツ」指的帶有娛樂、觀賞性質的「運動項目」的名詞意思。好比說在電視上常會看到「スポーツニュース（運動新聞）」這樣的用法。如果純粹要表達我在運動，那就必需以漢字的「運動（例如：運動します)」來表達。

用唱的記單字

曲調 牛若丸(うしわかまる)（中譯 牛若丸）

大好(だいす)きな季節(きせつ)は夏(なつ)	我最喜歡的季節是夏天，
七月(しちがつ)に入(はい)って僕(ぼく)は元気(げんき)いっぱい	到了七月，我的精神就充滿活力。
晩(ばん)ご飯(はん)は何(なに)にしましょうか？	今天的晚餐要吃些什麼呢！
メンチカツ一(ひと)つでお願(ねが)いします！	不然就請給我一個炸肉餅。

第21課 ｜用一個音記其他的單字｜ て・テ

用聽的輕鬆記!!
正常速➡分解音➡正常速

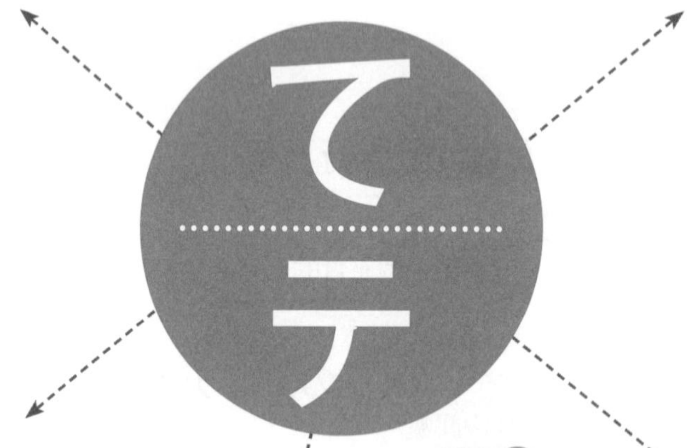

群組1

てきぎ　適宜 名 適當

てんき　天気 名 天氣

ていし　停止 名, 自他サ 停止

群組2

てらてら 副, 自サ 發亮；油亮

てかてか 副, 自サ 光滑；發亮

てぐるま　手車 名 手推車

群組3

てにもつ　手荷物 名 隨身行李

てくてく 副 步行貌

ていこく　帝国 名 帝國

群組4

てきぱき 副, 自サ 手腳俐落的

てんかい　展開
名, 自他サ 展開

てあらい　手洗い
名 洗手間

群組5

テニス 名 網球

ティーシャツ 名 T恤

ティータイム 名 下午茶時間

用學過的單字造句

一時停止した列車は天気の回復を待って運行を再開する。
一度停止的列車，將會因為天氣好轉而再度營運。

油を差したばかりの手車はてらてらと光っている。 光る
剛上了油的手推車，看起來油亮油亮的。

彼は手荷物を持って空港までてくてく歩いていった。
他提著行李徒步走到機場。

彼女は会社につくとすぐてきぱきと仕事を展開した。
她一到公司就馬上手腳俐落的展開工作。

テニスをするにはティーシャツが一番適切だ。
打網球穿T恤最適合了。

用語萬花筒輕鬆看

ティータイム

下午茶時間

來自英文的Tea time。時間多在下午三、四點，工作暫時告一段落時，吃點心或是喝茶來補充體力，也暫做休息。

用唱的記單字

曲調 大きな栗の木の下で（中譯 大栗樹下）

テニス日和のいい天気	今天真是個適合打網球的好天氣。
ティーシャツにラケット	換上T恤、拿好球拍，
てきぱき支度して	手腳快速地準備了一下，
てくてく歩こう　コートまで	走吧走吧！到球場去吧！

用聽的輕鬆記!!
正常速➡分解音➡正常速

以字首て、テ還有哪些單字

て
手

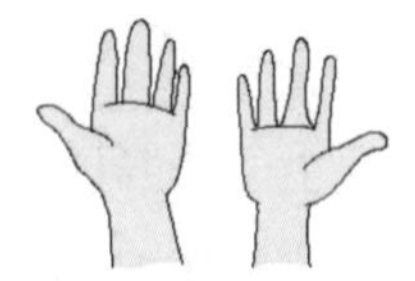

名 手

てがたい
手堅い

形（行事）踏實、穩健

てすり
手摺

名 扶手；欄杆

てばやい
手早い

形 敏捷；迅速

てら
寺

名 寺廟

てらす
照らす

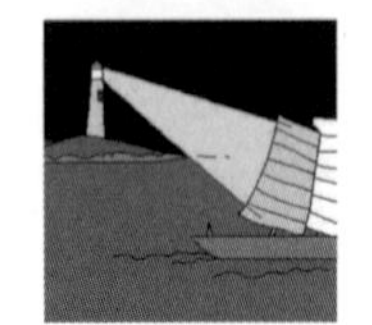

他五 照耀；參照

てりあめ
照り雨

名 太陽雨

てりゅうだん
手榴弾

名 手榴彈

てるてるぼうず
照る照る坊主

名 晴天娃娃

てれくさい
照れ臭い

形 害羞

てんのう
天皇

名 天皇

テレスコープ

名 望遠鏡

テープカッター

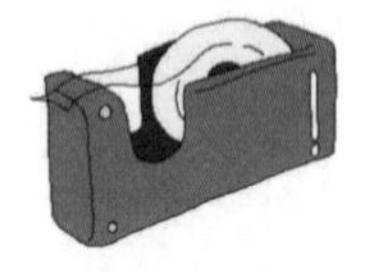

名 膠台

テーブル

名 桌子

テーマパーク

名 主題樂園

テコンドー

名 跆拳道

同義漢字一網打盡

[てい]

低

ていがく　低額 名 低額

ていか　低下 名, 自サ 低下

ていおん　低温 名 低溫

程

ていど　程度 名 程度

かてい　過程 名 過程

かてい　課程 名 課程

定

ていか　定価 名 定價

ていしょく　定職 名 正職

ていちゃく　定着 名, 自他サ 穩定；定居；定著

停

ていがく　停学 名 停學

ていしょく　停職 名 停職

バスてい　バス停 名 公車站牌

★ てい音的字另有“丁、亭、偵、呈、堤、帝、底、庭、廷、弟、抵、逝、提、締、艇、訂、諦、貞、邸、鼎、逓”等字可推想

[てつ]

哲

てつがく　哲学 名 哲學

てつがくしゃ　哲学者 名 哲學家

てつがくし　哲学史 名 哲學史

★ てつ音的字另有“徹、鉄”等字可推想

[てっ]

撤

てっかい　撤回 名, 他サ 撤回

てっしゅう　撤収 名, 他サ 撤收

てったい　撤退 名, 自サ 撤退

第22課 用一個音記其他的單字 で・デ

用聽的輕鬆記!!
正常速➡分解音➡正常速

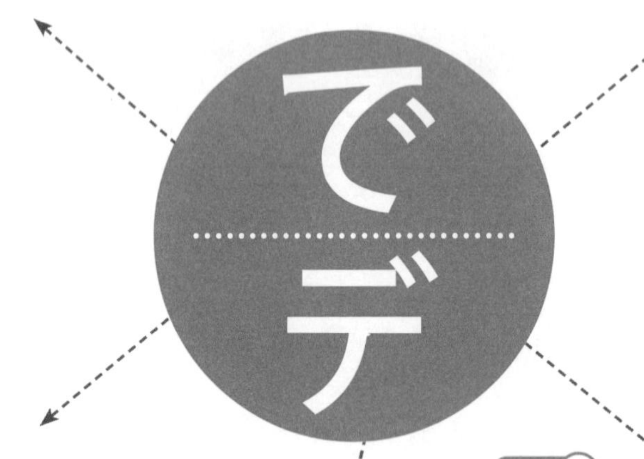

群組①

でんぱ　電波 名 電波

でんわ　電話 名, 自サ 電話

でかた　出方 名 態度；作法

群組②

であう　出会う 自五 遇到；邂逅

できる　出来る 自五 可以；能作到

でんぶ　臀部 名 臀部

群組③

できあい　溺愛 名, 他サ 溺愛

でかせぎ　出稼ぎ 名 到外地工作

でなおし　出直し 名 重新再來

群組④

デート 名, 自サ 約會

デリシャス
形動 （報章雜誌用語）美味

デラックス
形動 （報章雜誌用語）奢華

群組⑤

ディナー 名 晚餐

ディスコ 名 迪士可

デリケート 名, 形動 纖弱；敏感

用學過的單字造句

今電波の調子が悪いので、後ほどまたお電話をかけなおします。
（いま でんぱ ちょうし わる のち でんわ）
かけなおす

現在收訊不是很好，我待會再回撥給您。

いつか運命の人に出会うことができるはずだ。
（うんめい ひと であ）

總有一天一定能遇到生命中的另一半。

親に溺愛されてきた彼が家を離れて出稼ぎをするなんて無理だ。
（おや できあい かれ いえ はな でかせ むり）
離れる

從小被父母親溺愛的他不可能會離鄉背井去工作的。

雑誌で紹介される「マヤデラックスホテル」でデートしたいなぁ～
（ざっし しょうかい）

真想在雜誌裡介紹的「瑪雅豪華飯店」裡約會呀！

ディナーを終えたらディスコへ行こう。
（お い）

吃完晚餐後就到迪斯可去吧！

用唱的記單字

曲調 うさぎとかめ（中譯 龜兔賽跑）

ディスコで出会った女の子（であ おんな こ）出会う	在迪士可遇到一個心儀的女孩。
次の日デートに誘おうと（つぎ ひ さそ）	隔天，我打個電話想要約她出門。
電話をかけたら話し中（でんわ はな ちゅう）	撥個電話，聽了一下，唉呀！電話中。
しばらくしてから出直そう（でなお）出直す	好吧！那麼我等等再撥吧！

用語萬花筒輕鬆看

出稼ぎ

到外地工作

所謂「出稼ぎ」，並非單純出門在外工作！而是僅特別的某段時間到外地去工作。日本早期是農業社會，農閑時期農人沒有收入，便到外地去打零工貼補家用。

用聽的輕鬆記!!
正常速➡分解音➡正常速

以字首で、デ還有哪些單字

でっかい

形（俗語）很大的

でぐち
出口

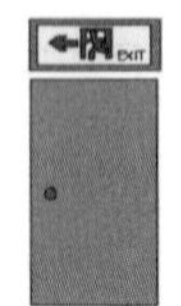

名 出口

でほうだい
出放題

名, 形動 胡說八道；信口開河

でむかえ
出迎え

名 迎接

でる
出る

自下一 出來；出現；發生

でんぐりがえし
でんぐり返し

名, 自サ 翻筋斗

でんごん
伝言

名 留言

でんでんだいこ
でんでん太鼓

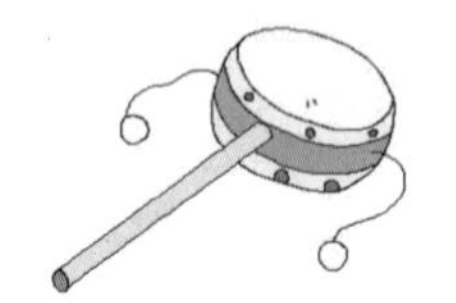

名 波浪鼓

でんぷん
澱粉

名 澱粉

でかける
出掛ける

自下一 外出

デジタルカメラ

名 數位相機

ディアボロ

名 扯鈴

デッサン

名 素描稿

デビュー

名, 自サ 出道

デモ（ンストレーション）

名 示威遊行

ディベート

名 辯論

同義漢字一網打盡

[でい]

泥

うんでい　雲泥 名 天壤之別

おでい　汚泥 名 污泥

こうでい　拘泥 名,自サ 拘泥

[でん]

殿

でんか　殿下 名 殿下

ほんでん　本殿 名 正殿

しんでん　神殿 名 神殿

[でん]

伝

でんせつ　伝説 名 傳說

でんしょう　伝承 名,他サ 傳承

でんじゅ　伝授 名,他サ 傳授

でんせんびょう　伝染病 名 傳染病

でんそう　伝送 名,他サ 傳送

でんとう　伝統 名 傳統

電

でんき　電気 名 電

でんりゅう　電流 名 電流

でんりょく　電力 名 電力

でんじは　電磁波 名 電磁波

はつでん　発電 名,自サ 發電

せいでんき　静電気 名 靜電

★ てい音的字另有“田”等字可推想

第23課

用一個音記其他的單字

と・ト

用聽的輕鬆記!!
正常速➡分解音➡正常速

群組①

とし 年 名 年

とり 鳥 名 鳥

とし 都市 名 都市

群組②

とくに 特に 副 特別；尤其

といき 吐息 名 吐氣

とおい 遠い 形 遠的

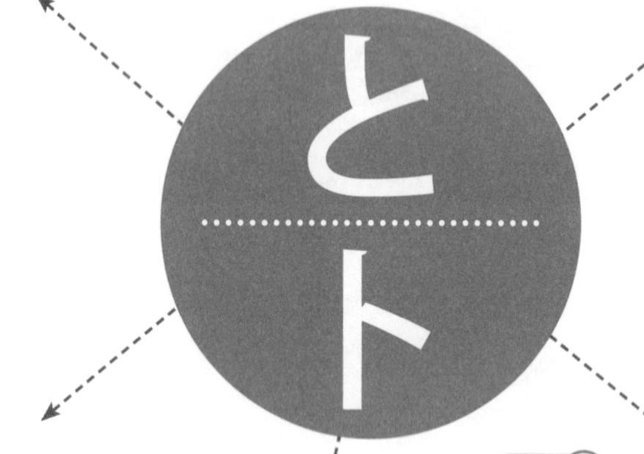

群組③

ところ 所 名 場所

とりこ 虜 名 俘虜

とても 副 非常地

群組④

とくせい 特製 名 特製

とうめい 透明
名, 形動 透明

ともだち 友達 名 朋友

群組⑤

トラック 名 卡車

トンネル 名 隧道

トップ 名 頂點；頂尖

用學過的單字造句

毎年冬になるとここの鳥たちは南の方へ飛んでいきます。

每年冬天這裡的鳥兒都會飛向南方。

特に家が遠い方は遠慮なさらずお泊まりください。（なさる／泊まる）

特別是住的遠的人士，請別客氣就住下來吧！

そこはとても綺麗なところでした。

那裡曾是非常美麗的地方。

この靴はシンデレラのイメージで作られた特製のもので、全体がガラスの靴のように透明になっている。

這雙鞋是以灰姑娘的概念特製而成，整體造型有如玻璃鞋般的透明。

トラックがトンネルに入った。

卡車進入山洞了。

用語萬花筒輕鬆看

吐息 吐氣

人吐出來的氣體。也可以用來形容嘆氣。

用唱的記單字 ♪曲調 村祭り（中譯 村祭）

トンネル抜けたら銀世界（抜ける）	穿過了隧道，眼前是一片銀白色的世界。
私の吐息も真っ白に	連吐了口氣，都變成白茫茫的一團。
遠くで飛んでる鳥一羽	遠在天邊飛翔的那隻鳥呀！
こっちで一緒に遊ぼうよ	過來跟我一同悠遊吧！
遊べばたちまち友達さ	只要你肯飛來，相信我們馬上就能夠打成一片喔！

用聽的輕鬆記!!
正常速➡分解音➡正常速

以字首と、ト還有哪些單字

とうぎゅう
闘牛

名 鬥牛

とうろう
灯籠

名（立在地面上的）日式燈籠

とこ
床

名 地板

とびら
扉

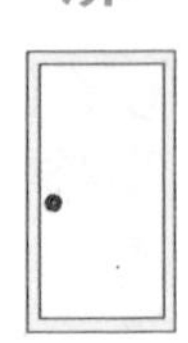

名（單扇的）門

とぶ
飛ぶ

自五 飛翔

とぼしい
乏しい

形 貧乏；缺乏

とる
取る

他五 拿取；得到

とんでもない

形 出乎意料

とんぼ
蜻蛉

名 蜻蜓

トースター

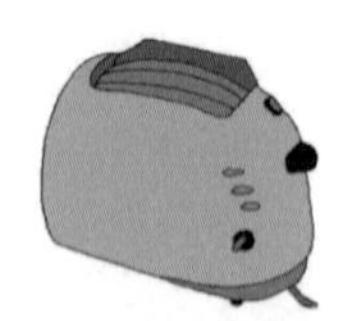

名 烤麵包機

トーチカ

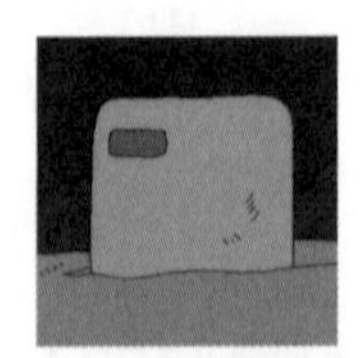

名 防禦雕堡

トランクス

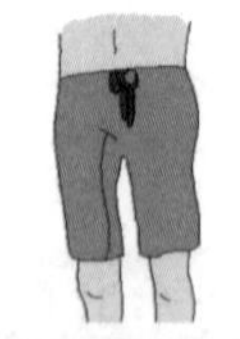

名 男用泳褲

トランプ

名 撲克牌

トルネード

名 龍捲風

トレー

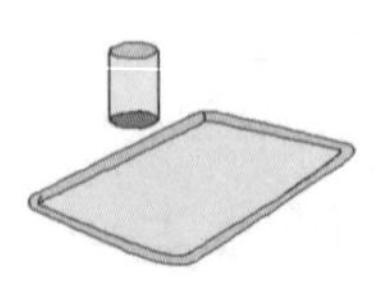

名 托盤

トング

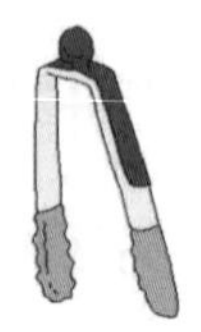

名 夾子

同義漢字一網打盡

[とう]

透

とうか　透過 名,他サ 透過

とうし　透視 名,他サ 透視

しんとう　浸透 名,自サ 滲透

投

とうか　投下 名,他サ 投下；投入資本

とうこう　投稿 名,自サ 投稿

とうし　投資 名,自サ 投資

騰

とうき　騰貴 名,自サ 物價高漲

ふっとう　沸騰 名,自サ 沸騰

こうとう　高騰 名,自サ 物價高漲

答

とうあん　答案 名 答案

とうべん　答弁 名,自サ 答辯

かいとう　解答 名 解答

★ とう音的字另有"倒、冬、凍、刀、到、唐、塔、套、島、悼、東、桃、桐、棟、湯、燈、痘、登、盜、等、筒、糖、統、蕩、藤、討、謄、豆、踏、逃、陶、頭、党、鬪、稲、当、涛"等字可推想

[とく]

得

とくい　得意 名,形動 得意；自豪

とくいさき　得意先 名 常客；熟客

とくてん　得点 名 得分

特

とくぎ　特技 名 特技

とくしつ　特質 名 特質

とくしょく　特色 名 特色

★ とく音的字另有"匿、徳、督、篤"等字可推想

用一個音記其他的單字

用聽的輕鬆記!!
正常速➡分解音➡正常速

群組 1

せいと　生徒 名 學生

そっと 副 悄悄地

ずっと 副 一直

群組 2

できごと　出来事 名 偶發事件

まるごと　丸ごと 副 一整個；全般

こいびと　恋人 名 戀人

と

ト

群組 3

おとうと　弟 名 弟弟

ままごと　飯事 名 扮家家酒

もとそと　元々

副, 名 原本；和原來一樣

群組 4

デザート 名 甜點

トースト 名 烤吐司

ダイエット 名 減肥

群組 5

デパート(メントストア) 名 百貨公司

スカート 名 裙子

コート 名 外套

用學過的單字造句

一人(ひとり)の生徒(せいと)がそっと教室(きょうしつ)から抜け出(ぬけだ)した。 抜け出す

有一個學生悄悄地溜出教室。

昨日(きのう)の出来事(できごと)を丸ごと(まるごと)説明(せつめい)してください。

請把昨天發生的事情全部說明清楚。

弟(おとうと)たちはままごとをしている。

弟弟們在玩扮家家酒。

デザートを食(た)べ過(す)ぎたので、明日(あした)からはダイエットしなくちゃならない。

吃太多甜點，明天開始要減肥了。

デパートでスカートを買(か)った。

我在百貨公司買了裙子。

用語萬花筒輕鬆看

トースト

烤吐司

在日語中，單單一個吐司因狀況不同，會有不同的稱呼，烤好的土司即稱「トースト」。完全沒有烤過的白吐司則稱作「食パン」。

用唱的記單字 曲調 鳩(はと)（中譯 鴿子）

デパートで買(か)ってきた	哎啊！氣死了！氣死了！
フルーツデザートを弟(おとうと)が	在百貨公司，買到的水果甜點。
丸ごと(まるごと)こっそり一人(ひとり)で食(た)べた	居然被弟弟一個人偷偷吃光了！

第24課 ｜用一個音記其他的單字｜ な・ナ

用聽的輕鬆記!!
正常速➡分解音➡正常速

な
ナ

群組1

なんよう　南洋 名 南洋

なんぷう　南風 名 南風

ないよう　內容 名 內容

群組2

なつぞら　夏空 名 夏天的天空

なおさら　尚更 副 更加地

なめらか　滑らか 形動 光滑

群組3

なつかしい　懐かしい
形 令人懷念的

なつやすみ　夏休み 名 暑假

なさけない　情けない
形 無情的；可憐的

群組4

なんとなく
副 （不知為何）總覺得…

なりひびく　鳴り響く
自五 響徹；聞名

なぎたおす　薙ぎ倒す
他五 擊倒

群組5

ナイーブ 形動 純真的

ナチュラル 形動 自然的

ナイフ 名 刀子

用學過的單字造句

南洋(なんよう)諸島(しょとう)で暖(あたた)かい南風(なんぷう)を思(おも)い切(き)り味(あじ)わいたい。 味わう

真想在南洋諸島上，盡情享受溫暖的南風。

友達(ともだち)と一緒(いっしょ)にいればこの夏空(なつぞら)はなおさら綺麗(きれい)に見(み)える。

若是跟朋友在一起，這片夏季的天空看起來就會更加美麗。

あの年(とし)の夏休(なつやす)みが懐(なつ)かしい。

那年的暑假真令人懷念。

織田信長(おだのぶなが)は居並(いなら)ぶ強敵(きょうてき)をなぎ倒(たお)して武名(ぶめい)が天下(てんか)に鳴(な)り響(ひび)いたが本能寺(ほんのうじ)で自害(じがい)したという。 なぎ倒す 鳴り響く

據說織田信長雖然打倒所有的強敵，威名響遍天下，但最後在本能寺自盡了。

うちの店(みせ)で扱(あつか)っているナイフの柄(え)にはすべてナチュラルな素材(そざい)を使用(しよう)しています。 扱う

敝店所販賣的刀具的刀柄全都是由天然材質所製成的。

用語萬花筒輕鬆看

夏休み 暑假

「夏休み」是個再普通不過的單字，不過說到日本的暑假，跟台灣則有小小的不同。差別在於日本通常是7月多才開始放到8月底，而台灣通常學校是6月中旬就開始放到9月上旬。

用唱的記單字

♪曲調 ロッホローモンド（中譯 羅莽湖畔）

南風(なんぷう)吹(ふ)けばあの夏空(なつぞら) （吹く）	每每南風吹動，
なんとなく思(おも)い出(だ)すよ	那年夏季的天空，不由得地縈迴其中。
ナイーブだった自分(じぶん)のこと	令人懷念起當時，
懐(なつ)かしく思(おも)えてくるよ （懐かしい）	自然、純真的自我。

用聽的輕鬆記 !!
正常速 ➡ 分解音 ➡ 正常速

以字首な、ナ還有哪些單字

なぎさ
渚

名 海灘

ながい
長い

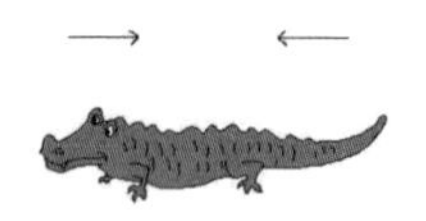

形 長的

ながし
流し

名 流理台

ながめる
眺める

他五 眺望

なく
泣く

自五 哭泣

なく
鳴く

自五（鳥獸、昆蟲）啼鳴

なさけぶかい
情け深い

形 富人情味；富同理心

なまけもの
樹懶

名 樹懶

なまこ
海鼠

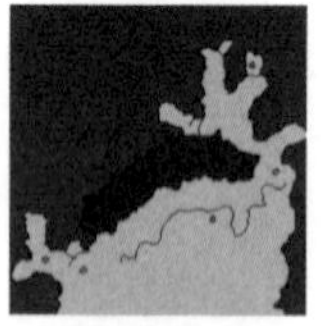

名 海参

なみ
波

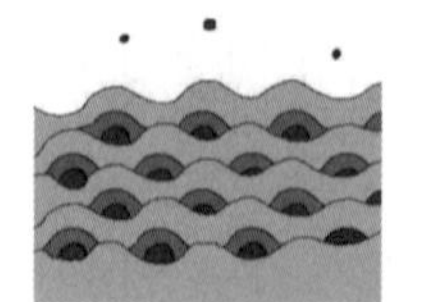

名 波浪

なみだ
涙

名 眼淚

ならう
習う

他五 學習

ならぶ
並ぶ

自五 並列

なわとび
縄跳び

名 跳繩

ナイロン

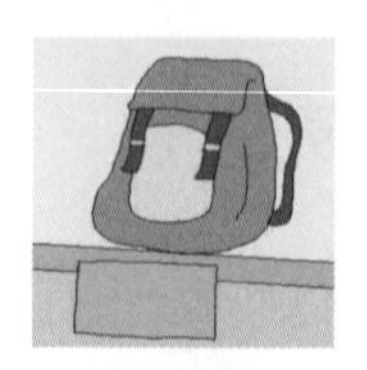

名 尼龍

ナプキン

名 衛生棉

同義漢字一網打盡

[ない]

內

ないしょ　内緒 名,自サ 保密

ないか　内科 名 內科

かない　家内 名 家裡；（男人稱自己的）妻子

[なま]

生

なまいき　生意気 名,形動 神氣活現

なまたまご　生卵 名 生雞蛋

なまほうそう　生放送 名,他サ 現場直播

[なみ]

並

なみき　並木 名 行道樹

あしなみ　足並 名 步伐

いえなみ　家並 名 並排的房子

[なん]

難

なんかい　難解 名,形動 難解

なんざん　難産 名,自サ 難產

そうなん　遭難 名,自サ 遇難

[なん]

南

なんきょく　南極 名 南極

なんばん　南蛮 名（日本古時稱）南歐人

しなん　指南 名,他サ 指導

軟

なんこつ　軟骨 名 軟骨

なんじゃく　軟弱 名,形動 軟弱

じゅうなん　柔軟 名,形動 柔軟

| 用一個音記其他的單字 |

な・ナ

用聽的輕鬆記!!
正常速➡分解音➡正常速

群組①

さかな　魚 名 魚

おとな　大人 名 成人

きずな　絆 名 羈絆

群組②

おんな　女 名 女人

けあな　毛穴 名 毛孔

てじな　手品 名 魔術

な

ナ

群組③

うのはな　卯の花
名 齒葉溲疏；豆腐渣

いけばな　生け花 名 插花

よなよな　夜な夜な 副 每天晚上

群組④

バナナ 名 香蕉

スタミナ 名 精力

イグアナ 名 鬣蜥

群組⑤

オカリナ 名 陶笛；小鵝笛

コンテナ 名 貨櫃

サウナ 名 三溫暖

用學過的單字造句

魚(さかな)は子供(こども)の頃(ころ)苦手(にがて)だったけど、大人(おとな)になったら食(た)べられるようになった。

我小時候不太敢吃魚，長大就漸漸敢吃了。

女(おんな)はみんな毛穴(けあな)を気(き)にするのです。

女性都會在意毛孔的問題。

卯(う)の花(はな)を使(つか)って生(い)け花(ばな)をしてみました。

我嘗試用齒葉溲疏進行插花。

今朝(けさ)バナナのスタミナジュースを飲(の)んだ。

今天早上我喝了香蕉打製的精力果汁。

コンテナの内容物(ないようぶつ)は台湾(タイワン)の鶯歌(インガー)で作(つく)られるオカリナだ。

貨櫃裡的貨品，是台灣鶯歌產的陶笛。

用語萬花筒輕鬆看

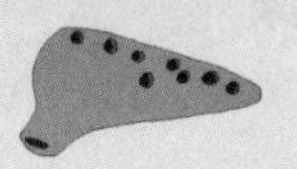

オカリナ 陶笛

用陶土作的吹奏樂器。外型上有8~10個指孔，音色類似風琴。也有近似手槍型狀的。陶笛在古時候，也是日本忍者用來矇騙敵人用的忍具。

用唱的記單字

曲調 村祭(むらまつ)り（中譯 村祭）

旅(たび)で出(で)かけたコスタリカ	旅行來到了哥斯大黎加，
地元(じもと)の友(とも)と魚釣(さかなつ)り	跟當地的朋友到河邊釣魚體驗自然。
夜(よ)な夜(よ)な彼(かれ)が手品(てじな)	這幾天的夜晚他會表演魔術，
僕(ぼく)はオカリナ　ピーヒャララ	我吹陶笛應合，嗶嗶叭叭。
イグアナ　つられて踊(おど)り出(だ)す	哇！連鬣蜥都被吸引，跟著笛聲舞動了起來。

第25課

用一個音記其他的單字

に・二

用聽的輕鬆記!!
正常速 ➡ 分解音 ➡ 正常速

に
二

群組①

にし　西 名 西；西邊

にじ　虹 名 彩虹

にい　二位 名 第二名

群組②

にもつ　荷物 名 行李

にげる　逃げる 自下一 逃離

にがつ　二月 名 二月

群組③

にっき　日記 名 日記

にんき　人気 名 受歡迎

にがい　苦い 形（口感）苦的

群組④

にぎやか　賑やか
名，形動 熱鬧

にやにや 副，自サ 嘻皮笑臉

にこやか 形動 笑容可掬

群組⑤

ニュースキャスター 名 新聞主播

ニューヨーク 名 紐約

ニックネーム 名 外號

用學過的單字造句

西の空に虹が掛かっている。（掛かる）
西方的天空上掛著一道彩虹。

彼女は荷物を持って逃げた。
她拿著行李逃跑了。

人気のある陳選手が自らのトレーニング日記を出版した。
萬眾矚目的陳選手將自我訓練的日記出版成書。

賑やかな教室の中で彼は一人で嬉しそうににやにやしながら座っている。（座る）
在鬧哄哄的教室裡，他一個人看起來很開心的坐在位置上笑著。

あのニュースキャスターはニューヨーク出身です。
那位新聞主播是在紐約出生的。

用語萬花筒輕鬆看

にこやか

笑容可掬

「にこやか」與「にやにや」雖同樣形容「笑容」，但細微處不盡相同。にこやか是指親切和藹，讓人感到舒服的微笑；にやにや則常指一個人不知因為何事而自己一個在那邊笑。

用唱的記單字

曲調 大きな栗の木の下で（中譯 大栗樹下）

荷物を纏めて虹の（纏める）	收拾好了行囊，
呼んでいる方向へ	朝著錦繡的未來前進。
賑やかなニューヨークで	我將會在熱鬧繁華的紐約，
人気者目指そう（目指す）	努力成為萬眾矚目的人物。

用聽的輕鬆記!!
正常速➡分解音➡正常速

以字首に、ニ還有哪些單字

にあう
似合う

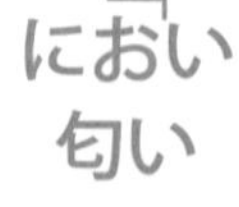

自五 相稱；搭配得好

におい
匂い

名（特別、異樣的）味道

にきび
面皰

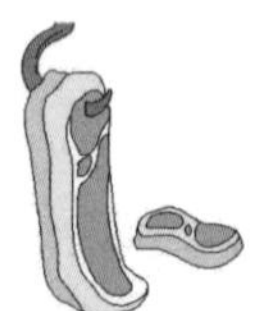

名 青春荳

にく
肉

名 肉

にくまんじゅう
肉饅頭

名 肉包

ににんさんきゃく
二人三脚

名 兩人三腳

にぶい
鈍い

形 鈍；（思考、動作）遲鈍

にまいめ
二枚目

名 美男子

にら
韮

名 韭菜

にる
煮る

他五 煮

にる
似る

自五 相似

にんぎょ
人魚

名 人魚

にんぎょうじょうるり
人形浄瑠璃

名（日本傳統藝能）人形淨瑠璃

にんじゃ
忍者

名 忍者

ニッパー

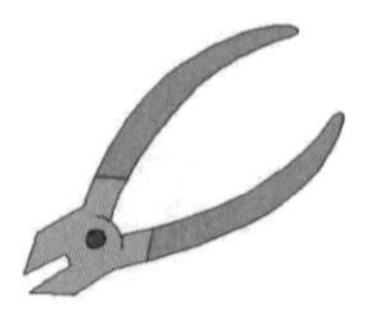

名 鉗子

ニューフェース

名 新進人員

同義漢字一網打盡

[にゅう]

乳

にゅうぎゅう　乳牛 名 乳牛

にゅうさんきん　乳酸菌 名 乳酸菌

しょうにゅうせき　鍾乳石 名 鐘乳石

入

にゅうがく　入学 名，自サ 入學

こうにゅう　購入 名，他サ 購入

ゆにゅう　輸入 名，他サ（貿易）進口

[にん]

人

にんげん　人間 名 人類

にんぎょう　人形 名 日本人型娃娃

にんそう　人相 名 人的相貌

任

にんむ　任務 名 任務

にんき　任期 名 任期

かいにん　解任 名，自サ 解任

忍

にんじゅつ　忍術 名 忍術

ざんにん　残忍 名，形動 殘忍

かんにん　堪忍 名，自サ 容忍；忍耐

★ にん音的字另有“妊”等字可推想

認

にんしき　認識 名，他サ 認知

かくにん　確認 名，他サ 確認

しょうにん　承認 名，他サ 承認

第26課 ｜用一個音記其他的單字｜

ね・ネ

用聽的輕鬆記!!
正常速➡分解音➡正常速

群組①

ねむい　眠い 形 想睡的

ねがい　願い 名 願望

ねらい　狙い 名（瞄準的）目標

群組②

ねぎる　値切る 他五 殺價

ねだる 他五 強求

ねかす　寝かす 他五 使…入睡

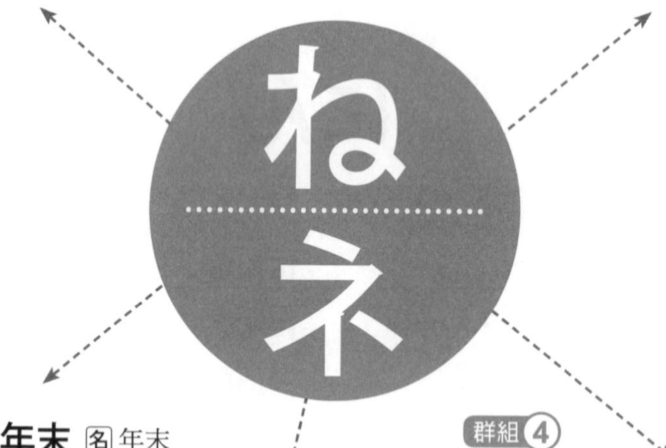

群組③

ねんまつ　年末 名 年末

ねぶそく　寝不足 名 睡眠不足

ねばつく 自五 黏黏的

群組④

ネクタイ 名 領帶

ネックレス 名 項鍊

ネガティブ
形動 悲觀；負面地

群組⑤

ネイルサロン 名 指甲沙龍

ネオンサイン 名 霓虹招牌

ネット 名 網路

用學過的單字造句

今すごく眠い(ねむい)の、お願い(ねがい)だから寝(ね)かせてください。（寝かせる）
我現在真的很睏，拜託你讓我睡覺。

私(わたし)は「値切(ねぎ)って」とオーナーにねだった。
我強行跟老闆殺價。

年末(ねんまつ)は忙(いそが)しいので、毎日(まいにち)寝不足(ねぶそく)なんです。
因為年末是最忙的時期，所以弄得我每天都睡眠不足。

ネクタイをくれた（くれる）お礼(れい)に彼女(かのじょ)にネックレスをプレゼントした。
我送給她一條項鍊，作為她送我領帶的回禮。

あの有名(ゆうめい)なネイルサロンのネオンサインは派手(はで)でとても目立(めだ)つのだ。
那間有名的指甲沙龍店的霓虹招牌，相當花俏又醒目。

用語萬花筒輕鬆看

ネイリスト 美甲師

提到「指甲沙龍」，則可以聯想到「ネイリスト」，就是「美甲師」的意思。專業的美甲師需考過相關的檢定測驗。所以女性們的手指，都能在指甲沙龍裡得到相當專業的服務。

用唱的記單字

曲調 紅葉(こうよう)（中譯 楓葉）

年末(ねんまつ)のバーゲン　今年(ことし)の狙(ねら)いは	我在今年的大特賣，最想要得到的是，
ネオンのきれいなお店(みせ)のネックレス	那家掛有炫麗霓虹招牌店家賣的一條項鍊。
値切(ねぎ)って（値切る）みたらやさしいオーナーが	我試著殺價，而和藹的老板一句也不囉嗦，
文句(もんく)も言(い)わずに負(ま)けてくれた	很直接就便宜地賣給我了。

用聽的輕鬆記!!
正常速➡分解音➡正常速

L26_2.MP3

以字首ね、ネ還有哪些單字

ね
根

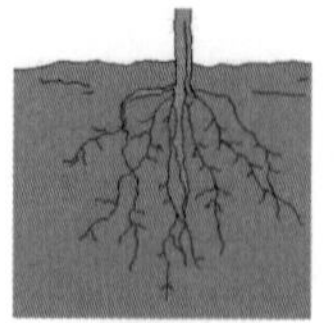

名 根

ねかえる
寝返る

自五 叛變；（躺著狀態）翻身

ねこぐるま
猫車

名（運沙石用）單輪手推車

ねこぜ
猫背

名 駝背

ねじ
螺子

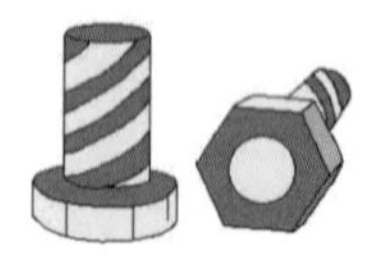

名 螺絲

ねずみ
鼠

名 老鼠

ねつ
熱

名 發燒

ねづよい
根強い

形 根深蒂固的

ねばりづよい
粘り強い

形 黏性強；（個性）不屈不撓

ねぶくろ
寝袋

名 睡袋

ねらう
狙う

他五 以…為目標；瞄準；盯上

ねんど
粘土

名 粘土

ねんりょう
燃料

名 燃料

ねんりん
年輪

名 年輪

ネイルアート

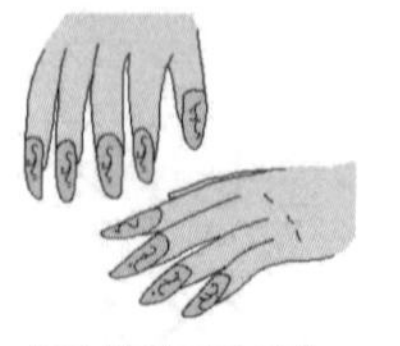

名 指甲彩繪

ネッカチーフ

名 領巾

同義漢字一網打盡

[ねい]

寧

ていねい　丁寧
名, 形動 鄭重；小心周到

あんねい　安寧 名, 形動 安寧

りょうねい　遼寧 名 遼寧

[ねつ]

熱

ねつあい　熱愛 名, 他サ 熱愛

ねつい　熱意 名 盛情

じょうねつ　情熱 名 熱情

[ねん]

年

ねんかん　年間 名 一年之內

ねんがじょう　年賀状 名 賀年卡

ねんだい　年代 名 年代

念

ねんがん　念願 名, 他サ 祈願

ねんぶつ　念仏 名, 自サ 念佛

がいねん　概念 名 概念

燃

ねんしょう　燃焼 名, 自サ 燃燒

ふねん　不燃 名 不可燃燒；不易燃燒

かねん　可燃 名 可燃燒；容易燃燒

★ ねん音的字另有“稔”等字可推想

粘

ねんせい　粘性 名 黏性

ねんえき　粘液 名 黏液

ねんちゃく　粘着 名, 自サ 黏住、黏著

用一個音記其他的單字

ね・ネ

用聽的輕鬆記!!
正常速➡分解音➡正常速

群組①

かね　金 名 金錢

むね　胸 名 胸部；內心

はね　羽 名 羽毛；翅膀

群組②

あね　姉 名 姊姊

いね　稲 名 稻子

たね　種 名 種子

ね
ネ

群組③

ふね　船 名 船

まね　真似 名,自サ 行為；模仿

ほね　骨 名 骨頭

群組④

きがね　気兼ね
名,自サ（對他人）顧慮

ほんね　本音 名 真心話

めがね　眼鏡 名 眼鏡

群組⑤

アテネ 名 雅典

（クロード）モネ 名（畫家）莫內

ラムネ 名 彈珠汽水

用學過的單字造句

お金（かね）がなくても胸（むね）を張（は）って生（い）きたい。（ない）（張る）
就算貧困，我仍要抬頭挺胸的活下去。

姉（あね）は農家（のうか）の稲（いね）刈（か）りを手伝（てつだ）った。（手伝う）
姊姊到一戶農家裡去幫忙收割。

船（ふね）の上（うえ）ではそんなまねをしないで、危（あぶ）ないから。
在船上不要做那種行為，太危險了。

彼（かれ）は気兼（きが）ねして本音（ほんね）を言（い）い出（だ）せなかった。（言い出す）
他因為對周圍有所顧慮，因而說不出真心話。

そのとき、テレビの前（まえ）で私（わたし）はラムネを飲（の）みながら、アテネオリンピックの生放送（なまほうそう）を見（み）て応援（おうえん）していた。
記得那時，我在電視機前面喝彈珠汽水，邊收看雅典奧運的現場直播，並替出賽者聲援加油。

用語萬花筒輕鬆看

姉（我的）姊姊

「姉」與「お姉さん」都是姊姊的意思，但是「姉」只有稱自己姊姊的時候會說的謙讓語。而「お姉さん」則是稱自家人或是對方的姊姊都可以如此稱呼。相同的，其它的家屬也適用這套原則。

用唱的記單字

曲調 かもめの水兵（すいへい）さん（中譯 海鷗的水手）

有（あ）り金（がね）はたいて豪華（ごうか）な船（ふね）に（はたく）	倒出了皮夾裡僅有的銅板，登上了豪華的遊輪，
アテネを出発（しゅっぱつ）　エーゲ海（かい）めぐり（めぐる）	我從雅典出發，環繞著愛琴海。
きれいな景色（けしき）　海（うみ）か神殿（しんでん）か	海上的景觀、沿岸的島上神殿，這些應該映入眼簾的美麗景色，
眼鏡（めがね）を忘（わす）れてよく見（み）えぬ（見える）	結果我卻忘了帶眼鏡，通通看不清楚啦！

第27課 ｜用一個音記其他的單字｜ の・ノ

用聽的輕鬆記!!
正常速➡分解音➡正常速

L27_1.MP3

の
ノ

群組 1

のはら　野原 名 原野

のばら　野薔薇 名 野玫瑰

のばな　野花 名 野花

群組 2

のうか　農家 名 農家

のりば　乗り場 名（候車）站牌

のうは　脳波 名 腦波

群組 3

のらねこ　野良猫 名 野貓

のろのろ 副, 自サ 慢吞吞地

のみもの　飲み物 名 飲料

群組 4

のりまき　海苔巻 名 海苔捲

のんびり 副, 自サ 悠然地

のりあい　乗り合い 名 共乘

群組 5

ノーマル 形動 普通；正常

ノート 名 筆記本

ノック 名, 他サ 敲門

用學過的單字造句

咲く

野原（のはら）に野薔薇（のばら）がたくさん咲（さ）いている。
原野上開滿了野玫瑰。

このあたりは一面（いちめん）の農家（のうか）だから、バス乗（の）り場（ば）ならもっと遠（とお）くに行（い）かなきゃだめだよ。
這一帶整片都是農家，如果你要到能搭車的地方，可能要走遠一點喔！

野良猫（のらねこ）がのろのろと歩（ある）いている。
野貓緩緩地行走著。

今（いま）はのんびりと海苔巻（のりま）きを食（た）べる場合（ばあい）ではないだろう。
現在不是悠閒地吃海苔卷的時候吧！

詳しい

ノーマルタイプの操縦法（そうじゅうほう）は例（れい）のノートに詳（くわ）しく記録（きろく）してある。
普通型的操縱方法，在之前提到的筆記本裡有詳細的記載。

用語萬花筒輕鬆看

海苔巻き

海苔捲

以葫蘆乾等其他食材，再用海苔卷起來的食物，海苔捲共分為粗細兩種。分別為「太巻き、細巻き」。

用唱的記單字

曲調 旅愁（りょしゅう）（中譯 送別）

野薔薇（のばら）の咲（さ）いてる草原（そうげん）で	野玫瑰盛開在草原上。
野良猫（のらねこ）のんびり　昼寝中（ひるねちゅう）	一隻野貓悠閒的享受午睡。
農家（のうか）の煙突（えんとつ）　煙（けむり）もくもく	農家的煙囪上裊裊生煙。
ノートの詩句（しく）を思（おも）い出（だ）す	這景像，讓我想起了筆記本裡的詩意。

用聽的輕鬆記!!
正常速➡分解音➡正常速

以字首の、ノ還有哪些單字

のう
能

名（日本傳統藝能）能劇

のき
軒

名 屋簷

のこぎり
鋸

名 鋸子

のうめん
能面

名（能劇表演用的）能面具

のせる
乗せる

他下一 擺上；搭載；刊登

のぞましい
望ましい

形 符合期望

のどぼとけ
喉仏

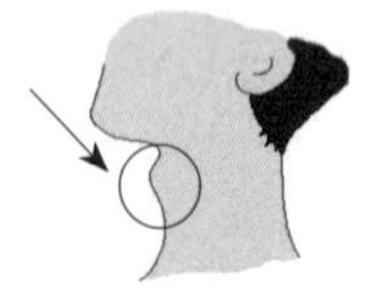

名 喉結

ののしる
罵る

他五 破口大罵

のみのいち
蚤の市

名 跳蚤市場

のりもの
乗り物

名 交通工具

のる
乗る

自五 搭乘

のれん
暖簾

名（日式商店）印有字號的門前布簾

ノーハウ

名 專業知識

ノーベルしょう
ノーベル賞

諾貝爾文學獎

名 諾貝爾獎

ノギス

名 游標卡尺

ノンフィクション

名 非虛構；（小說）文藝作品

同義漢字一網打盡

[のう]

濃

のうこう　**濃厚** 名,形動 濃厚

のうど　**濃度** 名 濃度

のうみつ　**濃密** 名,形動 濃密

濃

のうえん　**脳炎** 名 腦炎

のうみそ　**脳味噌** 名 腦漿

しゅのう　**首脳** 名 首腦

能

のうりょく　**能力** 名 能力

きのう　**機能** 名 機能

かのう　**可能** 名 可能

納

のうきん　**納金** 名,自サ 繳款；付款

のうき　**納期** 名 交貨期限；付款期限

ゆいのう　**結納** 名 下聘；聘禮；聘金

農

のうみん　**農民** 名 農民

のうじょう　**農場** 名 農場

のうそん　**農村** 名 農村

のうぎょう　**農業** 名 農業

のうさんぶつ　**農産物** 名 農產品

らくのう　**酪農** 名 酪農

★ のう音的字另有“嚢、悩”等字可推想

第28課

用一個音記其他的單字

は・ハ

用聽的輕鬆記!!
正常速➡分解音➡正常速

群組1

はいる　入る 自五 進入

はくしゅ　拍手 名,自サ 拍手

はこぶ　運ぶ 他五 搬運

群組2

はしる　走る 自五 跑

はしゃぐ　燥ぐ 自五 嘻鬧

はれる　晴れる 自下一 放晴

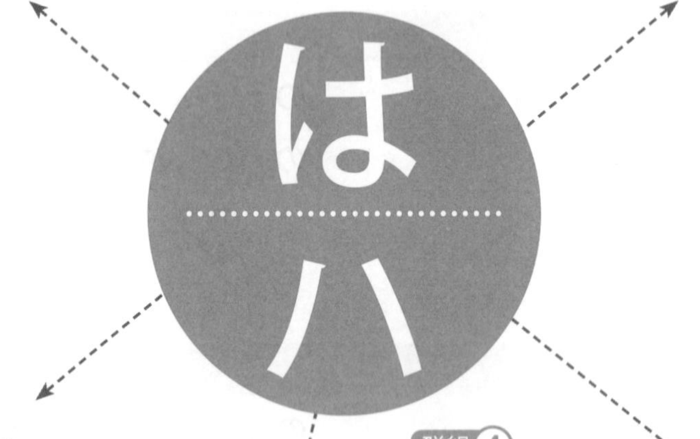

群組3

はなび　花火 名 煙火

はやい　早い 形 早的

はかい　破壊 名,他サ 破壞

群組4

はちがつ　八月 名 八月

はたらく　働く 自五 工作

はじまる　始まる 自五 開始

群組5

ハーモニカ 名 口琴

ハーモニー 名 合諧；諧調

ハーブ 名 香料

用學過的單字造句

山田くんが教室に入った途端みんな拍手し始めた。
山田同學一走進教室，大家就立刻鼓掌歡迎。

（はしゃぐ）
子供たちははしゃいで走りまわっている。
孩子們邊跑邊嬉鬧著。

今年の花火大会の時間はいつもより早いね。
今年的煙火大會的時間比以往早耶。

八月からここで働くことにしました。
我決定了，八月起開始要在這裡工作。

ハーモニカとギターのハーモニーが抜群だ。
口琴與吉他的搭配，相當地合諧。

用語萬花筒輕鬆看

花火 煙火

提到了「花火」，就能聯想到「花火大会（花火大會）」。花火大會為日本的重要慶典之一，多半於盛夏、秋末舉辦。其中秋田縣的「全国花火競技大会」、茨城県的「土浦全国花火競技大会」及新潟縣的「長岡まつり大花火大会」，並稱日本三大花火大會。

用唱的記單字

曲調 案山子（中譯 稻草人）

八月の花火　夜空を華麗に飾り（飾る）	八月的煙火，華麗地點綴了夜空，
素敵で完璧　音楽とのハーモニー	伴隨著煙火現場的調和的音樂，棒的無懈可擊。
はしゃいだ（はしゃぐ）雰囲気　拍手も止まぬ	在大聲喧鬧的氛圍中，鼓掌的聲音此起彼落，
来年も来ようと心に決めたの	「明年也要來喔」！心中響起了這份希冀。

用一個音記其他的單字

は・ハ

用聽的輕鬆記!!
正常速➡分解音➡正常速

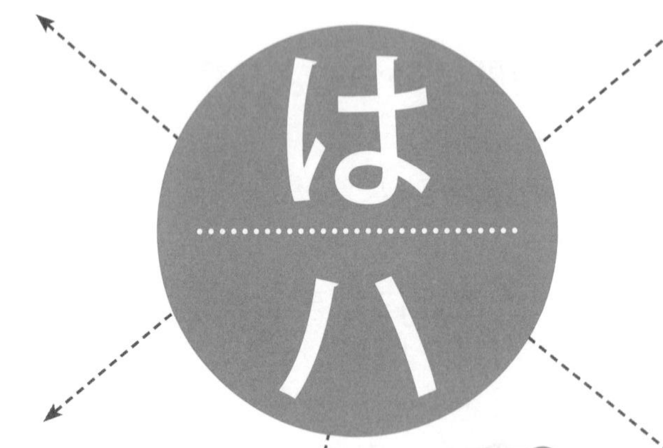

群組 1

はす　蓮 名 蓮花

はず　筈 名 理應

はく　穿く 他五 穿（下半身衣物）

群組 2

はは　母 名 母親

はだ　肌 名 肌膚

はな　鼻 名 鼻子

群組 3

はいく　俳句 名 俳句

はまる　嵌る 自五 熱衷

はかる　測る 他五 測量

群組 4

はたち　二十歳 名 二十歳

はやり　流行り 名 流行

はいち　配置 名, 他サ 配置

群組 5

ハイヒール 名 高跟鞋

ハイキング 名, 自サ 健行

ハイテク 名 高科技

用學過的單字造句

この池に蓮が咲いているはずです。

這個池塘應該開著蓮花才對。

母の肌はこの年になっても相変わらずすべすべです。

我母親的肌膚即使上了年紀，仍然是一樣光滑。

私は最近俳句にはまっている。

我最近很熱衷於俳句。

二十歳の誕生日にはやりの時計をもらった。

二十歲生日的時候，我收到一只款式流行的手錶。

ハイヒールを履いてハイキングをするなんて、なにを考えているの?

穿高跟鞋來健行，妳到底在想什麼啊？

用語萬花筒輕鬆看

俳句 俳句

日本知名的文學詩體。由5音、7音、5音的音節調式組成，為世界上最短的詩種。由於日語發音要押韻並非難事，所以填寫俳句時注重的並非韻腳，而是深入的意境。作俳句的人稱之為「俳人」。

用唱的記單字

曲調 おおスザンナ（中譯 喲！蘇珊娜！）

最近はやりのアウトドア	健行是最近很流行的戶外運動，
わたしもはまったハイキング	我也這麼一頭熱地迷上了。
母の健康考えて	考量讓母親能夠更健康，
一緒に山へ行きました	這次也把她一起拉去了。
喜ぶはずと思ったら	本想說母親會因此開心的，
「疲れたわ」と怒られた	想不到母親大喊「太累」，反而生氣了！

用聽的輕鬆記!!
正常速➡分解音➡正常速

以字首は、ハ還有哪些單字

は
葉

名 葉子

はいゆう
俳優

名 演員

はえ
蠅

名 蒼蠅

はか
墓

名 墳墓

はかり
秤

名 秤

はくぶつかん
博物館

名 博物館

はさみ
挾み

名 剪刀

はだか
裸

名 裸體

はと
鳩

名 鴿子

はなたば
花束

名 花束

はまき
葉巻

名 雪茄

はり
針

名 針

ハーバードだいがく
ハーバード大学

名 哈佛大學

ハンガー

名 衣架

ハンバーガー

名 漢堡

ハンモック

名 吊床

同義漢字一網打盡

[はい]

廃

はいき　廃棄 名,他サ 銷毀；廢除

はいきょ　廃墟 名 廢墟

こうはい　荒廃 名,自サ 荒廢

配

はいかん　配管 名,自サ 配置管線

はいごう　配合 名,他サ 配合

はいりょ　配慮 名,他サ 關照；關懷

★ はい音的字另有“佩、俳、敗、杯、胚、肺、輩”等字可推想

[はく]

白

はくじょう　白状 名,他サ 招認

くうはく　空白 名,形動 空白

こくはく　告白 名,他サ 告白；自白

博

はくがく　博学 名,形動 博學

はくあい　博愛 名 博愛

はくしかてい　博士課程 名 博士課程

★ はく音的字另有“伯、帛、拍、泊、箔、舶、薄、迫、駁、魄、剥”等字可推想

[はん]

判

はんだん　判断 名,他サ 判斷

はんけつ　判決 名 判決

ひはん　批判 名,他サ 批判

販

はんばい　販売 名,他サ 販賣

じどうはんばいき　自動販売機 名 自動販賣機

つうはん　通販 名 通信販賣

★ はん音的字另有“半、反、阪、帆、搬、斑、板、汎、煩、版、犯、班、畔、範、繁、般、藩、阪、頒、飯、坂”等字可推想

第29課

用一個音記其他的單字

ひ・ヒ

用聽的輕鬆記!!
正常速➡分解音➡正常速

群組①

ひとり　一人 名 一個人

ひっし　必死 名,副 拚命地

ひつじ　羊 名 羊

群組②

ひさびさ　久々 名,副 過了一段時間

ひとがら　人柄 名 人品

ひらひら 副,自サ 輕輕地飄動

ひ
ヒ

群組③

ひょうげん　表現 名,他サ 表現

ひょうばん　評判
名,自動,他サ 評價

ひょうたん　瓢箪 名 葫蘆

群組④

ひさしぶり　久し振り
名,副 久違

ひまつぶし　暇潰し
名 打發時間

ひだりきき　左利き
名 左撇子

群組⑤

ヒット 名,自サ 安打；廣受歡迎

ヒーロー 名 英雄

ヒント 名 提示；要點

用學過的單字造句

彼（かれ）は毎晩（まいばん）一人（ひとり）で必死（ひっし）に勉強（べんきょう）していた。
他每天晚上都自己一個人拚命地唸書。

久々（ひさびさ）に会（あ）ったけど、その素敵（すてき）な人柄（ひとがら）は相変（あいか）わらずね。
這麼久沒看到了，他那優秀的人品一如從前。

役者（やくしゃ）の表現力（ひょうげんりょく）が高（たか）かったため、この舞台（ぶたい）の評判（ひょうばん）はすごく良（よ）かった。
（高かった—高い；良かった—良い）
因為演員的表現相當出色，使得這齣舞台劇的評價非常高。

久（ひさ）しぶりにテレビゲームで暇（ひま）つぶしをする。
很久沒有玩電動了，來玩一下打發時間。

今日（きょう）の試合（しあい）で四打席連続（よんだせきれんぞく）ヒットを打（う）って、一躍（いちやく）ヒーローとなった。
今天的比賽中，他連續打了四支安打而一躍成為人們心中的英雄。

用語萬花筒輕鬆看

久しぶり

久違

「久しぶり」這句話當形容動詞時可以用來形容久違了的人、事、物，也可以單純地當作經久再見的打招呼的用語，如同中文的「好久不見」。

用唱的記單字

曲調 うさぎとかめ（中譯 龜兔賽跑）

羊（ひつじ）が好（す）きで左利（ひだりき）き	「我是左撇子，我喜歡羊，
野球（やきゅう）じゃいつもヒット打（う）つ	在棒球比賽中常常打出安打，
人柄（ひとがら）よくて大評判（だいひょうばん）	人品、名聲、統統沒得挑」
これを見合（みあ）いで話（はな）しましょう（話す）	就把這些特點在相親時提出來聊吧！

用聽的輕鬆記!!
正常速➡分解音➡正常速

以字首ひ、ヒ還有哪些單字

ひがし
東

名 東

ひきがえる
蟇

名 蟾蜍

ひきだし
引き出し

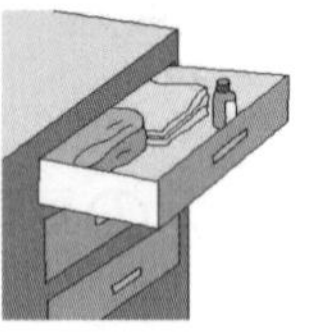

名 抽屜

ひざ
膝

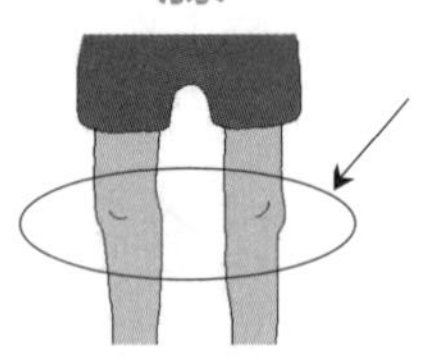

名 膝蓋

ひざまずく
跪く

自五 跪下

ひじ
肘

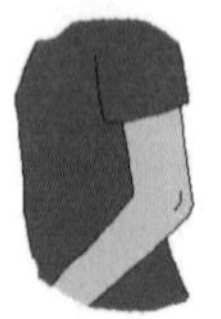

名 手肘

ひしがた
菱形

名 菱形

ひしゃく
柄杓

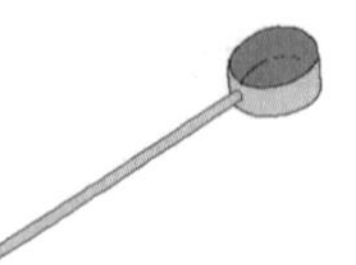

名 杓子

ひどい
酷い

形 殘酷；（程度）嚴重、厲害

ひとしい
等しい

5公尺 ＝ 500公分

形 相等

ひとみ
瞳

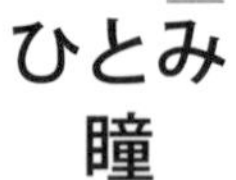

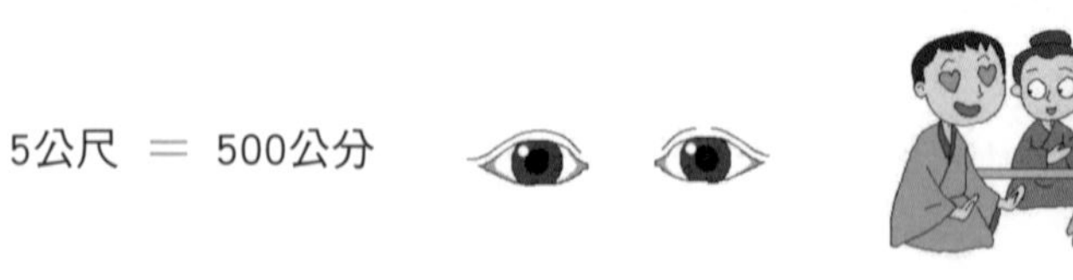

名 瞳孔

ひとめぼれ
一目惚れ

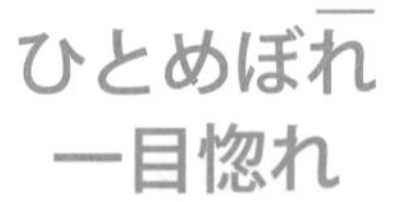

名, 自サ 一見鐘情

ひまわり
向日葵

名 向日葵

ヒステリー

名 歇斯底里

ヒトラー

名 希特勒

ヒューズ

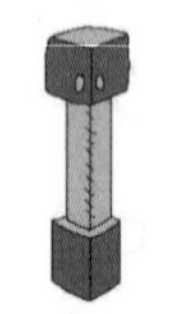

名 保險絲

同義漢字一網打盡

[ひ]

費

ひよう　**費用** 名 費用

じょうひ　**消費** 名, 他サ 消費；消耗

かいひ　**会費** 名 會費

秘

ひしょ　**秘書** 名 祕書

ひみつ　**秘密** 名, 形動 祕密

ごくひ　**極秘** 名, 形動 極機密

★ ひ音的字另有“卑、否、妃、婢、悲、彼、罪、批、披、比、疲、皮、碑、罷、肥、被、避、鄙、非、飛”等字可推想

[ひょう]

評

ひょうろんか　**評論家** 名 評論家

ひょうぎ　**評議** 名, 他サ 評論

こうひょう　**好評** 名 好評價

表

ひょうじ　**表示** 名, 他サ 表示

ひょうじょう　**表情** 名 表情

こうひょう　**公表** 名 廣為發表

★ ひょう音的字另有“俵、標、漂、票、表、評、氷”等字可推想

[ひん]

貧

ひんけつ　**貧血** 名 貧血

ひんみん　**貧民** 名 貧民

ひんぷ　**貧富** 名 貧富

品

ひんしゅ　**品種** 名 品種

ひんめい　**品名** 名 品名

じょうひん　**上品** 名, 形動 上等；品格高雅

★ ひん音的字另有“濱、賓、頻”等字可推想

第30課

用一個音記其他的單字
ふ・フ

用聽的輕鬆記!!
正常速➡分解音➡正常速

群組①

ふゆ　冬 名 冬天

ふる　降る 自五（雨、雪）降下

ふぐ　河豚 名 河豚

群組②

ふく　服 名 衣服

ふく　拭く 他五 擦拭

ふむ　踏む 他五 踩；踏

群組③

ふうふ　夫婦 名 夫妻

ふえる　増える 自下一 增加

ふくむ　含む 他五 包含

群組④

ファー 名 皮草

ファッション 名 時尚；流行

フォーク 名 叉子

群組⑤

ファン 名 支持者

ファイト 名 鬥志

フォンデュ 名 起士火鍋

用學過的單字造句

冬(ふゆ)には雪(ゆき)が降(ふ)る。
冬天會下雪。

服(ふく)で口(くち)を拭(ふ)いてはいけないよ。（拭く）
不可以用衣服擦嘴巴。

最近離婚(さいきんりこん)する夫婦(ふうふ)が増(ふ)えてきた。（増える）
近來，離婚的夫妻愈來愈多了。

ファーは今年(ことし)のファッションポイントだ。
皮草是今年的時尚重點。

ファンがファイトと書(か)かれたボードを高(たか)く掲(かか)げている。（掲げる）
球迷高舉著寫著「FIGHT」的牌子。

用語萬花筒輕鬆看

ファイト

鬥志

來自英文的FIGHT，有鬥志、戰鬥力的意思。「ファイト」也常常用在加油打氣的場合。當某人要參加比賽或考試，普遍也會叫喊「ファイト」來為他聲援。

用唱的記單字

曲調 案山子(かかし)（中譯 稻草人）

アイドルがおしゃれな服(ふく)着(き)て野外(やがい)ファッションショー	偶像明星身著時尚服裝，參演室外的時尚秀，
集(あつ)まるファンがどんどん増(ふ)えてきた	圍觀的歌影迷，人數愈來愈多。
大雨(おおあめ)降(ふ)り出(だ)し　誰(だれ)もかれもびしょ濡(ぬ)れ	可是突然來了場傾盆大雨，所有的人都成了落湯雞，
ファッションショーは台無(だいな)しになった	可惜一場好好的時尚服裝秀也泡湯了。

用聽的輕鬆記!!
正常速➡分解音➡正常速

以字首ふ、フ還有哪些單字

ふうとう
封筒

名 信封

ふえ
笛

名 笛子

ふくろ
袋

名 袋子

ふくろう

梟

名 貓頭鷹

ふで
筆

名 毛筆

ふでいれ
筆入れ

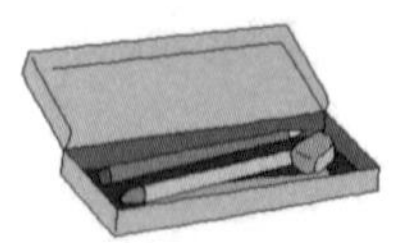

名 鉛筆盒

ふとん
布団

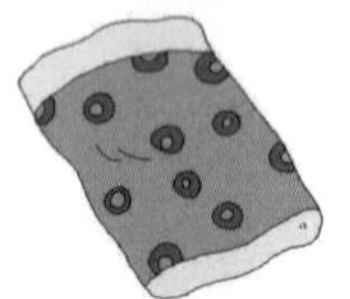

名 棉被

ふるい
古い

形 舊的

ファイル

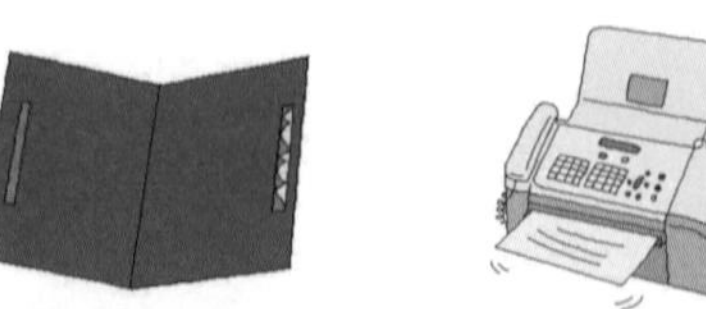

名 文件夾

ファックス

名 傳真；傳真機

フィギュアスケート

名 花式溜冰

フェリー

名 豪華遊輪

フェンシング

名 西洋劍

フライパン

名 平底鍋

フライングディスク

名 飛盤

フィン

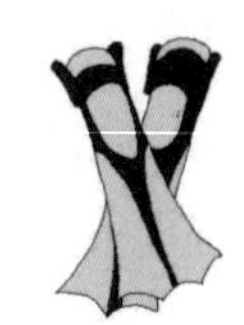

名 蛙鞋

同義漢字一網打盡

[ふ]

不

ふかけつ　**不可欠** 名,形動 不可或缺

ふしぎ　**不思議** 名,形動 不可思議

ふうん　**不運** 名,形動 不幸運

譜

ごせんふ　**五線譜** 名 五線譜

がくふ　**楽譜** 名 樂譜

けいふ　**系譜** 名 家系；宗譜

扶

ふそう　**扶桑** 名（日本的古稱）扶桑

ふよう　**扶養** 名,他サ 扶養

ふじょ　**扶助** 名,他サ 扶助

腐

ふらん　**腐乱** 名,自サ 腐爛

ふはい　**腐敗** 名,自サ 腐敗

とうふ　**豆腐** 名 豆腐

★ ふ音的字另有“付、夫、婦、富、布、府、怖、敷、普、浮、父、符、腑、膚、訃、負、賦、赴、附”等字可推想

[ふん]

噴

ふんか　**噴火** 名,自サ 火山爆發；噴火

ふんしゃ　**噴射** 名,自サ 噴射

ふんしゅつ　**噴出** 名,自サ 噴出

奮

ふんき　**奮起** 名,自サ 奮起

ふんせん　**奮戦** 名,自サ 奮戰

ふんとう　**奮闘** 名,自サ 奮鬥

★ ふん音的字另有“墳、憤、粉、紛”等字可推想

第31課

用一個音記其他的單字

ほ・ホ

L31_1.MP3

用聽的輕鬆記!!
正常速➡分解音➡正常速

ほ
ホ

群組1

ほたる　蛍 名 螢火蟲

ほれる　惚れる 自下一 喜歡上…

ほめる　褒める 他下一 誇獎

群組2

ほうび　褒美 名 獎賞

ほしい　欲しい 形 想要

ほうき　放棄 名,他サ 放棄

群組3

ほんとう　本当 名,副 真的

ほうしゅう　報酬 名 報酬

ほうそう　放送 名,他サ 播放

群組4

ほし　星 名 星星

ほり　堀 名 護城河；溝渠

ほじ　保持 名,他サ 保持

群組5

ホテル 名 旅館

ホワイトチョコレート 名 白巧克力

ホイッスル 名 哨子

用學過的單字造句

蛍(ほたる)を見(み)つめている彼女(かのじょ)の横顔(よこがお)に惚(ほ)れた。（惚れる）

我愛上了她凝視著螢火蟲的側臉。

一生懸命(いっしょうけんめい)に頑張(がんば)ったからご褒美(ほうび)がほしいな。（頑張る）

總算是拚命的努力過了，所以真想要點獎賞呀！

本当(ほんとう)に報酬(ほうしゅう)を払(はら)ってくれるのね。（払う）

真的會支付我報酬吧？

北海道(ほっかいどう)の五稜郭(ごりょうかく)では星型(ほしがた)の堀(ほり)が見(み)えるよ。

在北海道的五稜郭城能看到星星形狀的護城河喔！

高級(こうきゅう)ホテルでホワイトチョコレートをいただいた。

我在高級飯店享用了白巧克力。

用語萬花筒輕鬆看

欲しい 想要

「欲しい」是「想要某物」的意思，亦也可以用在對他人的期許。一般的表現法如：「水が欲しい（想要水）」等。另可用於「希望別人作某事的情況」，則表現法則如：「休んでほしい（你休息吧）」等。

用唱的記單字

曲調 主(しゅ)われを愛(あい)す（中譯 耶穌愛我）

ホテルの庭(にわ)に蛍(ほたる)を発見(はっけん)	在飯店的庭園裡，螢火蟲引人目光，
きらきら光(ひか)る満天(まんてん)の星(ほし)	成群閃閃地發亮，彷若滿天的星辰。
本当(ほんとう)に綺麗(きれい)　いつまでも	真的好美麗，閃耀又動人，
輝(かがや)いていてほしいな（輝く）	真希望這份美麗，能夠永保長存。

用聽的輕鬆記!!
正常速➡分解音➡正常速

以字首ほ、ホ還有哪些單字

ほうちょう
包丁

名 菜刀

ほお
頬

名 臉頰

ほこる
誇る

自五 自豪；誇耀

ほる
掘る

他五 挖掘

ほしょうきん
保証金

名 保證金

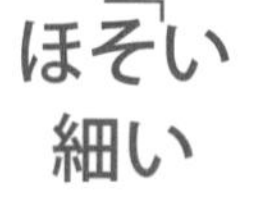
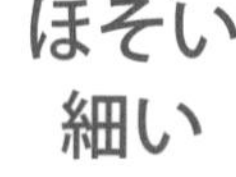

ほそい
細い

0.1公分

形 細

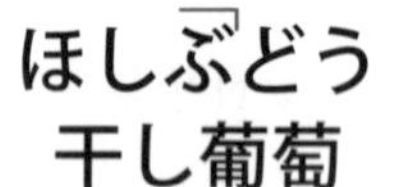

ほしぶどう
干し葡萄

名 葡萄乾

ほっきょくぐま
北極熊

名 北極熊

ほととぎす
不如帰

名 杜鵑鳥

ほにゅうびん
哺乳瓶

名 奶瓶

ほん
本

名 書

ホルン

名 法國號

ホース

名 水管

ホームレス

名 無業遊民

ホッケー

名 曲棍球

ホッチキス

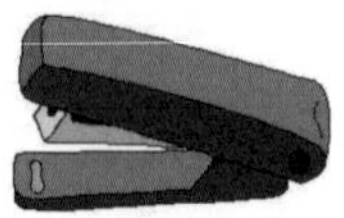

名 訂書機

同義漢字一網打盡

[ほ]

保

ほあん　**保安** 名 保安

ほいく　**保育** 名, 他サ 保育

ほりゅう　**保留** 名, 他サ 保留

★ ほ音的字另有“歩、浦、舗、補、輔”等字可推想

捕

ほげい　**捕鯨** 名 捕鯨

ほしょく　**捕食** 名, 他サ 捕食

ほりょ　**捕虜** 名 俘虜

[ほう]

包

ほうい　**包囲** 名, 他サ 包圍

ほうかつ　**包括** 名, 他サ 包括

ほうそう　**包装** 名, 他サ 包裝

放

ほうか　**放火** 名, 自サ 縱火

ほうか　**放課** 名 放學

ほうしゃじょう　**放射状** 名 放射狀

邦

ほうがく　**邦楽**
名（日本人自稱）自國音樂

ほうじん　**邦人** 名（日本人自稱）本國人

ほうぎん　**邦銀**
名（日本人自稱）本國銀行

方

ほうい　**方位** 名 方位

ほうがく　**方角** 名 方角

ほうげん　**方言** 名 方言

★ ほう音的字另有“俸、倣、報、奉、蜂、崩、抱、抛、法、砲、縫、胞、芳、褒、訪、鋒、飽、鳳、宝、豊”等字可推想

第32課 用一個音記其他的單字 ま・マ

用聽的輕鬆記!!
正常速➡分解音➡正常速

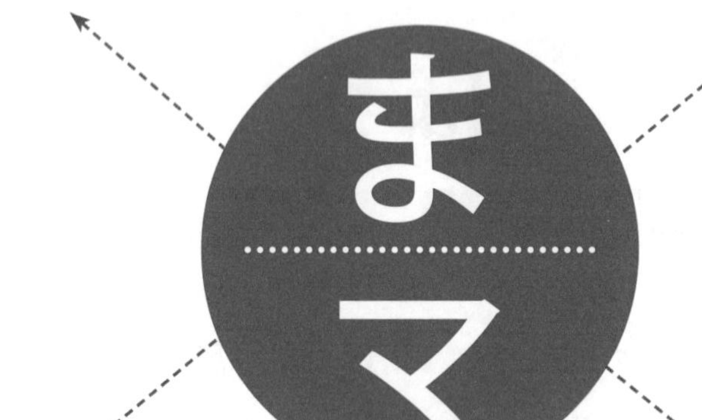

群組 1

まもなく　間も無く 副 不久

まにあう　間に合う 自五 趕上；足夠

まっすぐ　真っ直ぐ 副, 形動 筆直；直接

群組 2

まち　町 名 小鎮

まひ　麻痺 名, 自サ 痲痺

まい　舞 名 舞蹈

群組 3

まおう　魔王 名 魔王

まほう　魔法 名 魔法

ましょう　魔性 名 魔性

群組 4

まつげ　睫毛 名 睫毛

まるで 副 宛如…一樣

まゆげ　眉毛 名 眉毛

群組 5

マラソン 名 馬拉松

マンゴー 名 芒果

マンション 名 公寓

用學過的單字造句

まもなくディナーの時間だ、間に合うだろうか？
晚餐的時間快到了，來得及嗎？

その町は冬ともなると手足が麻痺するほど寒いよ。
那個小鎮到了冬天，可是有如手腳會發麻般地天寒地凍喔！

大魔王の魔法はとても強力だ。
大魔王的法力非常高強。

まつ毛を丁寧にカールしたら、まるで別人のように綺麗になった。
仔細的把睫毛夾彎後，就像是變了個人似的，變漂亮了。

あのマラソン選手はマンゴーが大好物だそうだ。
聽說那位馬拉松選手很喜歡吃芒果。

用語萬花筒輕鬆看

睫毛 睫毛

「睫毛」雖然是個普通的字眼。但在日本，對於女性要求美的服務真是無微不至。光是美睫修整都有專門店家，提供「燙睫毛」、「夾睫毛」等專業服務。美女們可以在網路上輸入「まつ毛カール」來了解一下。美睫甚至於有協會存在。

用唱的記單字

曲調 牛若丸（中譯 牛若丸）

まっすぐに行ったら魔法の町	再向前走是一座「魔法小鎮」。
マンゴー好きな魔女が支配	那裡是被一個愛吃芒果的魔女所統治的。
どうやって彼女にダメージを？	那要怎麼才能給這個魔女重重一擊呢？
見にくい眉毛をからかおう（からかう）	不如就恥笑她那雙很醜的眉毛吧！

用一個音記其他的單字

ま・マ

用聽的輕鬆記!!
正常速➡分解音➡正常速

L32_2.MP3

群組 1

まくら　枕 名 枕頭

まんが　漫画 名 漫畫

まさか 副 難道…；該不會…

群組 2

またたく　瞬く 自五 眨眼；閃爍

まぎれる　紛れる 自下一 混入；注意力分散

まちがう　間違う 他五 弄錯

ま
マ

群組 3

まんかい　満開 名 盛開

まいにち　毎日 名 每天

まんざい　漫才 名 日式相聲

群組 4

まんげつ　満月
名 滿月

まんきつ　満喫
名，他サ 充份享受

まんぞく　満足
名，形動，自サ 滿足

群組 5

マシュマロ 名 棉花糖

マシーン 名 機器

マッシュルーム 名 蘑菇

用學過的單字造句

枕（まくら）の下（した）に漫画（まんが）が隠（かく）されている。
漫畫藏在枕頭底下。

歩（ある）き出（だ）した彼女（かのじょ）は瞬（またた）く間（ま）に人（ひと）ごみに紛（まぎ）れて見（み）えなくなった。
她走出去後，隨即消失於人海之中。

歩き出す
紛れる

満開（まんかい）の桜（さくら）は毎日（まいにち）見（み）ても飽（あ）きない。
盛開的櫻花，就算每天看也不會膩。

飽きる

一人（ひとり）で京都（きょうと）の満月（まんげつ）を満喫（まんきつ）する
一個人在京都，享受滿月的月色。

マシュマロを作（つく）るマシーンを買（か）った。
我新買了做棉花糖的機器。

用語萬花筒輕鬆看

マシュマロ 棉花糖

「マシュマロ」指的是市面上常見的一顆顆的棉花糖。關於「マシュマロ」的街談巷議中，它與3月14日的白色情人節有點淵源。傳說早期福岡的糖果商打起了在3月14日買棉花糖回禮的宣傳活動，而這便是白色情人節的起源說法。

用唱的記單字

曲調 お祭（まつ）り（中譯 祭典）

毎日（まいにち）溜（た）まるよ　ストレスが	每天不斷累積了精神壓力。
今日（きょう）は気楽（きらく）に過（す）ごそうよ	今天一定要好好的放鬆放鬆。
好（す）きな漫画（まんが）読（よ）んでマシュマロ食（た）べて	看看漫畫，吃吃棉花糖。
満開（まんかい）の桜（さくら）見（み）て　「満足（まんぞく）！」	再觀賞盛開的櫻花，「大滿足」啦！

溜まる

用聽的輕鬆記!!
正常速➡分解音➡正常速

以字首ま、マ還有哪些單字

まつ
松

名 松樹

まきば
牧場

名 牧場

まぎらわしい
紛らわしい

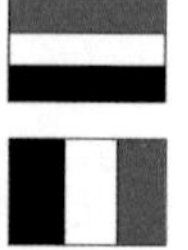

形 容易混淆

まずしい
貧しい

形 貧乏

まなぶ
学ぶ

他五 學習

まぶしい
眩しい

形 眩目；刺眼

まぶた
瞼

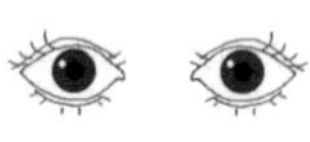

名 眼瞼

まほうびん
魔法瓶

名 保溫瓶

まゆ
繭

名 繭

まる
丸

名 圓形

マーガリン

名 人造奶油

マウス

名 滑鼠

マグマ

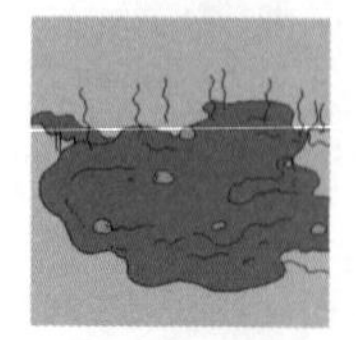

名 岩漿

マッサージ

名, 他サ 按摩

マラリア

名 瘧疾

マント

名 披風

同義漢字一網打盡

[まく]

膜

もうまく　網膜 名 網膜

のうまく　脳膜 名 腦膜

おうかくまく　横隔膜 名 橫隔膜

幕

へいまく　閉幕 名,自サ 閉幕

じまく　字幕 名 字幕

かいまく　開幕 名,自サ 開幕

[まい]

埋

まいせつ　埋設 名,他サ 埋設

まいそう　埋葬 名,他サ 埋葬

まいぞう　埋蔵 名,他サ 埋藏

毎

まいあさ　毎朝 名 每天早上

まいばん　毎晩 名 每天晚上

まいげつ　毎月 名 每個月

[まん]

慢

まんせい　慢性 名 慢性

じまん　自慢 名,他サ 自誇

がまん　我慢 名,自他サ 忍耐

満

まんいん　満員 名 客滿

まんしつ　満室 名 客滿

まんさい　満載 名,他サ
載滿；（報章雜誌）大幅登載

| 用一個音記其他的單字 |

ま・マ

用聽的輕鬆記!!
正常速➡分解音➡正常速

群組1

つま　妻 名 妻子

いま　居間 名 客廳

ごま　胡麻 名 芝麻

群組2

いま　今 名 現在

ひま　暇 名 閒暇

うま　馬 名 馬

ま
マ

群組3

なかま　仲間 名 夥伴

くるま　車 名 車

あたま　頭 名 頭

群組4

けんだま　剣玉
名（日本傳統玩具）劍球

ときたま　時偶 副 偶爾

わがまま　我儘
名, 形動 任性

群組5

ドラマ 名 連續劇

パーマ(ネットウエーブ) 名 燙髮

トラウマ 名 心靈創傷

用學過的單字造句

妻（つま）は居間（いま）にいる。
我太太在客廳。

いま暇（ひま）？どこかへ行（い）かない？
你現在有空嗎？要不要到哪去玩啊？

仲間（なかま）と車（くるま）で海（うみ）へ行（い）った。
我跟夥伴們一起開車到海邊去。

剣玉（けんだま）は時（とき）たまにしかやらない。
我只有偶爾會玩劍球而已。

来週（らいしゅう）、放送予定（ほうそうよてい）のドラマは大震災（だいしんさい）によるトラウマをテーマにするノンフィクションだそうだ。
聽說下週即將播放的是由真實故事改編，探討由大地震造成心靈創傷的連續劇。

用語萬花筒輕鬆看

剣玉 劍球

日本傳統玩具的一種。由十字狀的「劍」，與鑽了洞的「球」構成。必須運用各種技巧將紅球停在十字「劍」的上端。

用唱的記單字

曲調 桃太郎（ももたろう）（中譯 桃太郎）

馬（うま）と車（くるま）　どっちにする？	騎馬跟搭車，要怎麼去呀？
わがままな妻（つま）が馬（うま）にした	我太太一直吵著要騎馬去。
馬（うま）から落（お）ちて（落ちる）トラウマに	結果她從馬上摔了下來，到現在心裡都還留有恐懼。

第33課 ｜用一個音記其他的單字｜ み・ミ

用聽的輕鬆記!!
正常速➡分解音➡正常速

群組①

みどり　緑 名 綠色

みずぎ　水着 名 泳衣

みあい　見合い 名, 自サ 相親

群組②

みんな　皆 名 大家

みかた　味方 名 同伴

みずな　水菜 名 京水菜

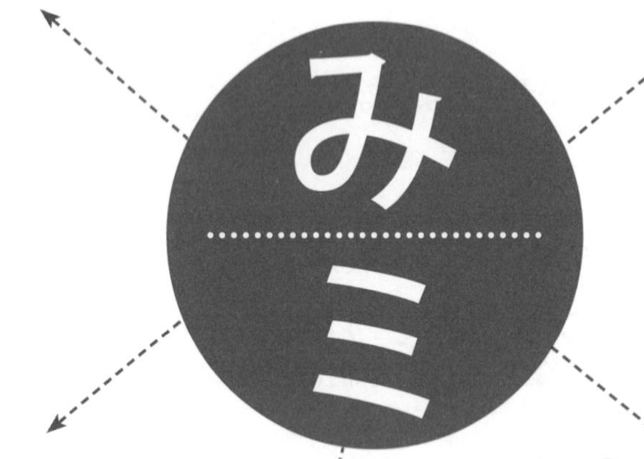

群組③

みずうみ　湖 名 湖泊

みかづき　三日月 名 弦月

みじかい　短い 形 短的

群組④

みずたまり　水溜り
名 水窪

みずあそび　水遊び
名, 自サ 玩水

みずくさい　水臭い
形 見外的

群組⑤

ミルク 名 牛奶

ミキサー 名 果汁機

ミイラ 名 木乃伊

用學過的單字造句

彼女(かのじょ)は緑(みどり)の水着(みずぎ)を着(き)ている。
她穿著一身綠色的泳衣。

みんな僕(ぼく)の味方(みかた)だ。
大家都是站在我這一邊的。

穏(おだ)やかな湖(みずうみ)の上(うえ)に三日月(みかづき)が掛(か)かっている。
平靜的湖泊上，掛著一勾弦月。

水溜(みずたま)りで水遊(みずあそ)びするんじゃない！
不可以在水窪玩水！

お母(かあ)さんはミルクとリンゴをミキサーに入(い)れた。
媽媽把牛奶和蘋果放到果汁機裡。

用語萬花筒輕鬆看

見合い 相親

日本的相親模式一般是男女穿上正式的和服，在雙親的安排下見面，接著會有一段小小的獨處時間。若有一方事後拒絕，另一方則不可再加以糾纏。此外，日本的相親文化甚至於也深入職場，單身的男女有時也得配合公司要求，不得已參加與合作公司安排的相親活動。

用唱的記單字

曲調 牛若丸(うしわかまる)（中譯 牛若丸）

地元(じもと)のみんなと一緒(いっしょ)に	跟在地的朋友們一起，
湖(みずうみ)で水遊(みずあそ)び	到湖邊玩水去。
早(はや)く水着(みずぎ)に着替(きが)えよう	快換上泳衣吧！
疲(つか)れたらミルク一杯(いっぱい)！	玩累時，喝杯牛奶補充元氣吧！

用聽的輕鬆記!!
正常速➡分解音➡正常速

以字首み、ミ還有哪些單字

みずでっぽう
水鉄砲

名 水槍

みずぼうそう
水疱瘡

名 水痘

みずむし
水虫

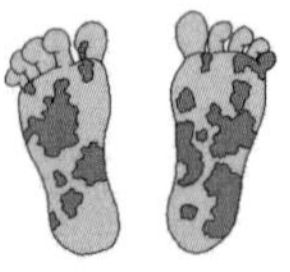

名 足癬（香港腳）

みだれる
乱れる

自五 雜亂；動亂

みち
道

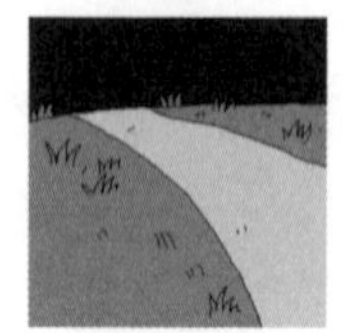

名 道路

みっともない
LIVE

形 不像樣；丟人現眼

みなみ
南

名 南方

みにくい
醜い

形（外貌）難看；醜陋；可恥

みまう
見舞う

他五 探病

みみ
耳

名 耳朵

みみず
蚯蚓

名 蚯蚓

ミサ

名 彌撒

ミサイル

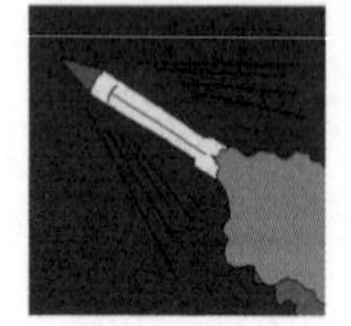

名 飛彈

ミシン

名 裁縫機

ミネラルウォーター

名 礦泉水

ミルクティー

名 奶茶

同義漢字一網打盡

[み]

魅

みりょく　**魅力** 名 魅力

みわく　**魅惑** 名, 他サ 魅惑

みりょう　**魅了** 名, 他サ 吸引

★ み音的字另有“弥、未”等字可推想

味

みそ　**味噌** 名 味噌

みらい　**味蕾** 名 味蕾

いちみ　**一味** 名 同夥

[みゃく]

脈

みゃくはく　**脈拍** 名 脈博

みゃくらく　**脈絡** 名 脈絡

さんみゃく　**山脈** 名 山脈

[みょう]

妙

みょうあん　**妙案** 名 妙點子；絕佳構思

きみょう　**奇妙** 形動 奇妙

こうみょう　**巧妙** 名, 形動 巧妙

[みん]

民

みんい　**民意** 名 民意

みんえい　**民営** 名 民營

なんみん　**難民** 名 難民

眠

とうみん　**冬眠** 名, 自サ 冬眠

あんみん　**安眠** 名, 自サ 安眠

かみん　**仮眠** 名, 自サ 淺眠

| 用一個音記其他的單字 |

み・ミ

用聽的輕鬆記!!
正常速➡分解音➡正常速

群組①

せみ　蝉 名 蟬

のみ 副助 僅…；只有

かみ　髪 名 頭髮

群組②

うみ　海 名 海

ごみ　塵 名 垃圾

しゅみ　趣味 名 興趣

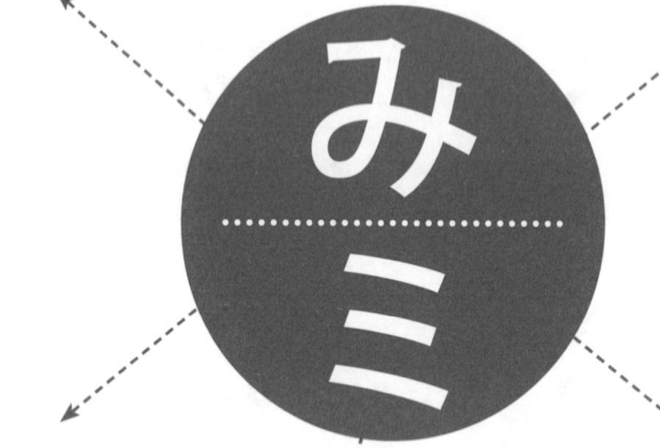

群組③

しじみ　蜆 名 蜆

なかみ　中身 名 內容；裡面

かがみ　鏡 名 鏡子

群組④

さしみ　刺身 名 生魚片

あじみ　味見 名, 他サ 試味道

きょうみ　興味 名 感興趣

群組⑤

チヂミ 名 韓式煎餅

マスコミ 名 媒體

サラミ（ソーセージ） 名 薩拉米香腸

用學過的單字造句

森(もり)の中(なか)で鳴(な)り響(ひび)いているのは蝉(せみ)の声(こえ)のみだった。
整個森林裡只聽得見蟬鳴的迴響而已。

海(うみ)に行(い)ったらごみだらけで失望(しつぼう)した。
到海邊去之後發現到處都是垃圾，讓我們好失望。

この蜆(しじみ)の中身(なかみ)はもう腐(くさ)ってるよ。（腐る）
這個蜆裡面的肉已經腐壞了耶。

出来立(できた)ての刺身(さしみ)をオーナーが味見(あじみ)した。
老闆在試吃剛做好的生魚片的味道。

ここのサラミは有名(ゆうめい)でマスコミでも報道(ほうどう)されているよ。
這裡的薩拉米香腸很有名，連媒體都有報導喔。

用語萬花筒輕鬆看

趣味 嗜好

「趣味」指的是一個人的嗜好「あなたの趣味は何ですか？（你的興趣是什麼呢？）」。而「興味」則是對一件事物的注目與關心「私、そういうのに興味ないから（我對那種事情沒有興趣）」。

用唱的記單字

曲調 お祭(まつ)り（中譯 祭典）

この夏(なつ)は蝉(せみ)の声(こえ)を	這個夏天，離開蟬鳴的世界，
離(はな)れて待望(たいぼう)の海(うみ)へ	來到期待已久的海邊。
蜆拾(しじみびろ)いを楽(たの)しんで	重拾大快朵頤生魚片、薩拉米香腸，
サラミと刺身(さしみ)をいただこう	與撿拾蜆的快樂時光。

第34課 | 用一個音記其他的單字 |

む・ム

用聽的輕鬆記 !!
正常速 ➡ 分解音 ➡ 正常速

L34_1.MP3

群組①

むし　虫 名 蟲

むり　無理 名, 形動, 自サ
無理；強迫

むぎ　麦 名 麥子

群組②

むじゃき　無邪気 名, 形動 天真無邪

むいみ　無意味 名, 形動 無意義

むかい　向かい 名 對面

む
ム

群組③

むかし　昔 名 以前

むくち　無口 名, 形動 沉默寡言

むやみ　無闇
名, 形動 莽撞；超過

群組④

むつまじい　睦まじい
形 和睦的

むずかしい　難しい
形 困難的

むなさわぎ　胸騒ぎ
名 心中的悸動

群組⑤

ムード 名 氣氛

ムービー 名（報章雜誌用語）電影

ムース 名 慕絲

用學過的單字造句

麦(むぎ)に虫(むし)が一匹(いっぴき)付(つ)いてる。

麥桿上有一隻小蟲。

あんなに無邪気(むじゃき)で子(こ)どもみたいな彼(かれ)を首脳(しゅのう)サミットに連(つ)れて行(い)っても無意味(むいみ)だと思(おも)いますよ。

您就算把孩子氣的他帶到首腦高峰會議去，我想也沒什麼用吧！

彼(かれ)は昔(むかし)は無口(むくち)な人(ひと)だった。

他以前是個沉默寡言的人。

睦まじい

仲睦(なかむつ)まじくいるのはそんなに難(むずか)しいことか？

和睦相處真的有那麼困難嗎？

ムードのある喫茶店(きっさてん)でムースを注文(ちゅうもん)して寛(くつろ)ぐのが最高(さいこう)だ。

在燈光美、氣氛佳的咖啡廳裡，點一份慕絲蛋糕，好好休憩一下是最棒的！

用語萬花筒輕鬆看

ムービー

(報章雜誌用語)電影

「ムービー」一字是電影的意思，但它在日文中扮演的是報章雜誌裡的用語。在一般生活會話中，提及電影時仍以「映画（えいが）」為主。

用唱的記單字

曲調 旅愁(りょしゅう)（中譯 送別）

昔(むかし)　無邪気(むじゃき)な小娘(こむすめ)は	很久前，有個天真無邪的小女孩，
ムースが大好(だいす)き　無闇(むやみ)に食(た)べた	她很愛吃慕絲蛋糕，常常無節制的享用。
今(いま)では　すっかり「大娘(おおむすめ)」	時至今日，她已經變得「很大一隻」了。
ダイエット難(むずか)しい　たぶん無理(むり)	要減肥也難囉！不，應該是根本沒望囉。

用聽的輕鬆記!!
正常速➡分解音➡正常速

以字首む、ム還有哪些單字

むかで
百足

名 蜈蚣

むぎこ
麦粉

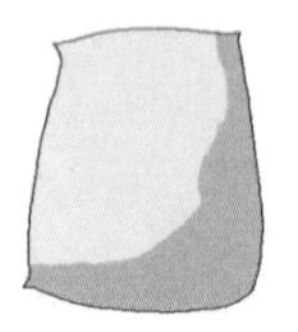

名 麵粉

むごい
酷い

形 悽慘；狠毒

むこいり
婿入り

名 入贅

むささび
鼯鼠

名 鼯鼠

むしかご
虫籠

名 生態箱

むしめがね
虫眼鏡

名 放大鏡

むす
蒸す

自他五 悶熱；（食物）蒸

むすこ
息子

名 兒子

むすめ
娘

名 女兒

むだ
無駄

名, 形動 白費工夫；沒用

むち
鞭

名 鞭子

むつかしい
難しい

形 困難的

むてっぽう
無鉄砲

名, 形動 莽撞

むほん
謀反

名, 自サ 造反

ムエタイ

名 泰拳

同義漢字一網打盡

[む]

務

ぎむ　**義務** 名 義務

こうむいん　**公務員** 名 公務員

じむしょ　**事務所** 名 事務所

夢

むちゅう　**夢中** 名, 形動 沉迷其中

むそう　**夢想** 名 夢想

はくちゅうむ　**白昼夢** 名 白日夢

霧

むちゅう　**霧中** 名 霧中

むひょう　**霧氷** 名 霧冰

えんむ　**煙霧** 名 煙霧

武

むしゃ　**武者** 名 武士

むしゃにんぎょう　**武者人形** 名 武士娃娃

かげむしゃ　**影武者** 名 武士的替身

無

むがい　**無害** 名, 形動 無害

むがく　**無学** 名, 形動 無才學

むきゅう　**無休** 名 無休假

むけつ　**無血** 名, 形動 不流血地；和平

むこう　**無効** 名, 形動 無效

むげんれんさこう　**無限連鎖講** 名 老鼠會

｜用一個音記其他的單字｜

む・ム

用聽的輕鬆記!!
正常速➡分解音➡正常速

群組①

かこむ　囲む 他五 包圍

はげむ　励む 自五 努力

しずむ　沈む 自五 下沉

群組②

はにかむ 自五 靦腆

かきこむ　書き込む 他五 填寫

ほほえむ　微笑む 自五 微笑

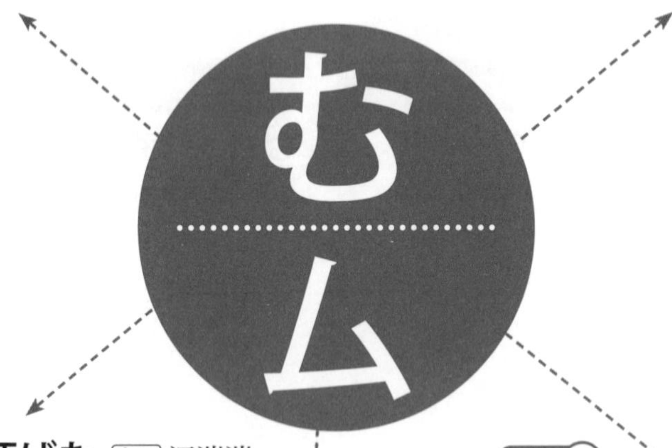

群組③

あせばむ　汗ばむ 自五 汗涔涔

いきごむ　意気込む
自五 下定決心

うりこむ　売り込む 他五 推銷

群組④

アルバム 名 專輯；相簿

リズム 名 旋律；週期

ゲーム 名 遊戲

群組⑤

チャイム 名 鐘聲；鈴聲

ジム 名 健身房

シュークリーム 名 泡芙

用學過的單字造句

みんなはテーブルを囲んで勉強に励む。

囲む

大家圍著桌子用功念書。

彼女ははにかみながら婚姻届に名前を書き込んだ。

はにかむ　書き込む

她很靦腆的在結婚證書上填寫自己的名字。

汗ばむ手を握り締め、絶対合格すると意気込む。

握り締める

握緊汗濕的手心，下定決心一定要通過考試。

それはリズムに合わせて太鼓を叩くテレビゲームだ。

那是隨著旋律敲擊太鼓的電視遊樂器的遊戲。

チャイムが鳴ったらジムに行こう。

鳴る

鐘響了之後，我們就去健身房吧！

用語萬花筒輕鬆看

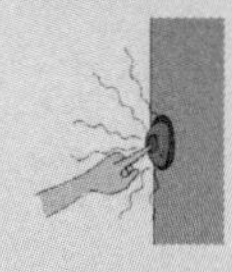

チャイム

鐘(鈴)聲

「チャイム」，可以指門鈴，或是上下課鐘聲。舉凡任何由金屬、電子儀器發出具有通知性的聲響，皆屬「チャイム」。

用唱的記單字

曲調 おおスザンナ（中譯 喲！蘇珊娜！）

ジムのエアロビクス教室に	參加了健身房裡的有氧舞蹈班，
参加して最初は女性たちに	剛開始因為都被女性們圍繞著。
囲まれてはにかんでいた俺が	讓我感到有點靦腆，
リズムに乗って踊るうちに	但隨著旋律全身舞動。
「けっこうかっこいいじゃないか」	突然發現「這樣不是很有風采嗎？」
鏡を見ていて自信が出た	當我看著鏡中的自己，整個自信都展現了出來。

用聽的輕鬆記!!
正常速➡分解音➡正常速

以字尾む、ム還有哪些單字

あむ
編む

他五 編織

ぬすむ
盜む

他五 偷；盜

うらむ
恨む

他五 怨恨

すすむ
進む

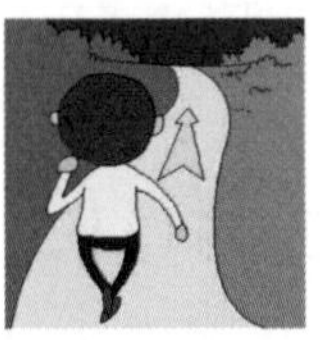

自五 前進

つつむ
包む

他五 包；包圍

きざむ
刻む

他五 雕刻；刻畫

くむ
汲む

他五 （水）汲取

くむ
組む

他五 使… 交差、打結；組織起

にじむ
滲む

自五 滲出

のむ
飲む

他五 喝

すむ
済む

自五 完事；了結

ゆがむ
歪む

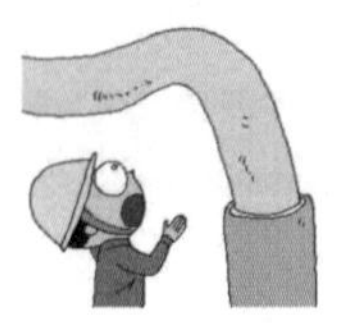

自五 扭曲；歪掉

なやむ
悩む

自五 煩惱

いとなむ
営む

他五 經營

からむ
絡む

自五 纏繞；糾纏

アクアリウム

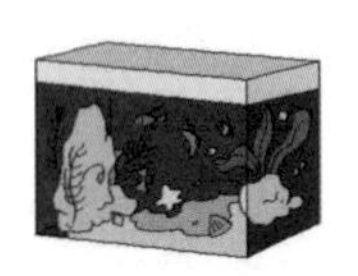

名 （造景缸）魚缸

同義漢字一網打盡

[むぎ]

麦

むぎちゃ　麦茶 名 麥茶

むぎわら　麦藁 名 麥稈

おおむぎ　大麦 名 大麥

[むし]

虫

むしば　虫歯 名 齲齒

むしよけ　虫除け 名 除蟲藥劑；道具

うじむし　蛆虫 名 蛆

[むすび]

結び

むすびめ　結び目 名（繩子等）打結處

むすびこんぶ　結び昆布 名（食材）打結的海帶

むすびのかみ　結びの神 名 掌管姻緣的神明

[むかし]

昔

むかしばなし　昔話 名 古時的傳說

むかしかたぎ　昔気質 名，形動 守舊

むかしなじみ　昔馴染み 名 老朋友

[むな]

胸

むなびれ　胸鰭 名 胸鰭

むなげ　胸毛 名 胸毛

むなもと　胸元 名 胸口

[むね]

胸

むねはば　胸幅 名 胸圍

むねあて　胸当て 名 圍兜；盔甲

むねやけ　胸焼け 名，自サ 胃灼熱

第35課 ｜用一個音記其他的單字｜ めּメ

用聽的輕鬆記!!
正常速➡分解音➡正常速

L35_1.MP3

群組1

めがみ　女神 名 女神

めったに　滅多に 副 極罕見的

めまい　目眩 名 頭暈

群組2

めざわり　目障り 名, 形動 礙眼

めいれい　命令 名, 他サ 命令

めいかい　明快 形動 清晰的

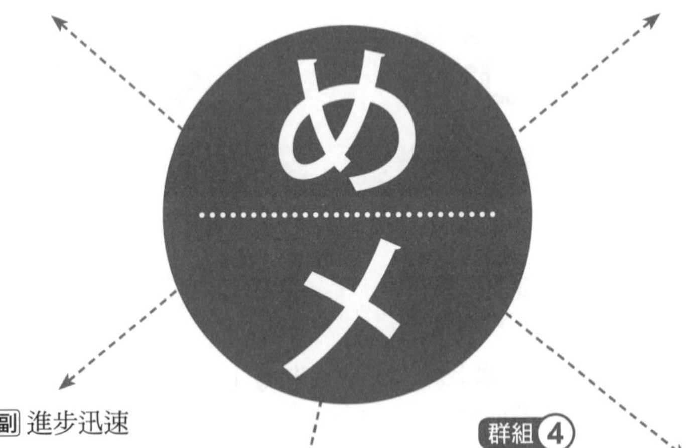

群組3

めきめき 副 進步迅速

めでたい 形 值得慶賀的

めかくし　目隠し
名, 自サ （用布）遮住眼睛

群組4

メートル 名 公尺

メダル 名 獎牌

メドレー 名 （游泳）混合式接力；（音樂）組曲

群組5

メリーゴーラウンド 名 旋轉木馬

メロディー 名 旋律

メモリー 名 記憶

用學過的單字造句

このチーム に勝利（しょうり）の女神（めがみ）はめったに微笑（ほほえ）まない。（微笑む）

勝利的女神鮮少對這支球隊釋出微笑。

「あの目障（めざわ）りな盆栽（ぼんさい）を捨（す）てろ」と社長（しゃちょう）に命令（めいれい）された。（捨てる）

社長命令我把那礙眼的盆栽丟掉。

日本語（にほんご）の能力（のうりょく）がめきめきと進歩（しんぽ）しているね、めでたいことだ。

日文能力迅速的進步，真是值得慶賀啊！

彼（かれ）は１００（ひゃく）メートル平泳（ひらおよ）ぎで金（きん）メダルを取（と）った！（取る）

他在一百公尺蛙式游泳競賽中獲得金牌。

メリーゴーラウンドが動（うご）き出（だ）した途端（とたん）、馴染（なじ）みのメロディーが流（なが）れてきた。（動き出す）

旋轉木馬一啟動，就開始聽到了熟悉的音樂。

用語萬花筒輕鬆看

目隱し（用布）遮住眼睛

「目隠し」指的是用布遮住眼睛，或可說是保護家裡隱私的圍牆或是籬笆。「目隠し」後加個「鬼」字，「目隠し鬼」即是小朋友常玩的遊戲捉迷藏。當鬼的人用布矇住眼睛，再去抓人，被抓到的就當鬼。

用唱的記單字

曲調 村祭（むらまつ）り（中譯 村祭）

絶対（ぜったい）取（と）ろうぜ　金（きん）メダル	這次一定要勇奪金牌！
あの目障（めざわ）りな敵（てき）を倒（たお）せ（倒す）	把礙眼的對手全都擊倒吧！
４００（よんひゃく）メートルメドレーで奇跡（きせき）のようなリレー	400公尺混合式接力，這是場奇蹟性的競賽。
勝利（しょうり）の女神（めがみ）が微笑（ほほえ）んだ	總覺得連勝利女神都對我們微笑著呢！

用聽的輕鬆記!!
正常速➡分解音➡正常速

L35_2.MP3

以字首め、メ還有哪些單字

め
目

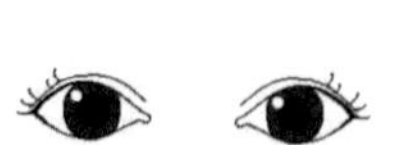

名 眼睛

めくら
盲

名 盲人

めぐる
巡る

自五 環繞；循環

めしあげる
召し上げる

他五 沒收；召見

めじろ
目白

名 綠繡眼

めずらしい
珍しい

形 珍奇的

めだまやき
目玉焼き

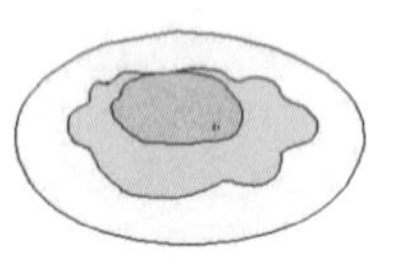

名 荷包蛋

めのう
瑪瑙

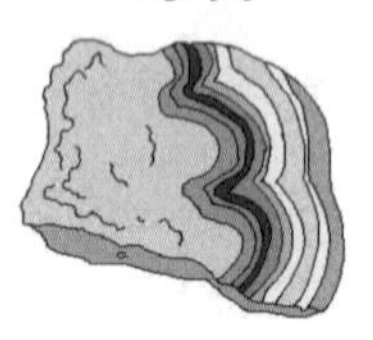

名 瑪瑙

めめしい
女々しい

形 娘娘腔

めんきょ
免許

名 駕照

メイド

名 女僕

メガホン

名 擴音器

メッセージ

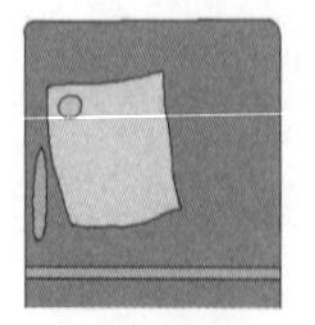

名 留言

メディア

名 媒體

メニュー

名 菜單

メロン

名 香瓜

同義漢字一網打盡

[めい]

名

めいしょ　**名所** 名 名勝古蹟

めいしょう　**名勝** 名 名勝古蹟

めいし　**名詞** 名 名詞

命

うんめい　**運命** 名 命運

めいちゅう　**命中** 名,自サ 命中

めいめい　**命名** 名,自サ 命名

迷

めいわく　**迷惑** 名,形動 迷惑

めいそう　**迷走** 名,自サ
脫離固定路線的行進

めいろ　**迷路** 名 迷宮

明

めいさい　**明細** 名,形動 明細

めいじ　**明示** 名,他サ 明示

せつめい　**説明** 名,他サ 說明

★ めい音的字另有“冥、盟、銘、鳴”等字可推想

[めん]

面

めんせき　**面積** 名 面積

めんだん　**面談** 名,自サ 面談

めんどう　**面倒** 名,形動 感到麻煩

免

めんえき　**免疫** 名 免疫

めんぜいてん　**免税店** 名 免稅店

ひめん　**罷免** 名,他サ 罷免

★ めん音的字另有“棉、綿、麵”等字可推想

めㆍメ

用聽的輕鬆記!!
正常速 ➡ 分解音 ➡ 正常速

群組 ①

ゆめ　夢 名 夢想；作夢

ため　為 名 為了

かめ　亀 名 烏龜

群組 ②

よめ　嫁 名 媳婦；新娘

あめ　雨 名 雨

まめ　豆 名 豆子

め
メ

群組 ③

はつゆめ　初夢 名
（新年度的第一晚）作夢

はなよめ　花嫁 名 新娘

でたらめ　出鱈目
名，形動 胡謅地

群組 ④

しゅうとめ　姑
名 婆婆

はるさめ　春雨
名 冬粉

わたあめ　綿飴
名 棉花糖

群組 ⑤

グルメ 名 美食家

エンタメ 名（電視節目用語）綜藝娛樂

アニメ(ーション) 名 卡通

用學過的單字造句

夢(ゆめ)を実現(じつげん)するために頑張(がんば)るのだ。

為了實現夢想則需更加努力。

嫁(よめ)さんは雨(あめ)の日(ひ)に出(で)かけた。

媳婦在下雨的日子出門去。

今年(ことし)の初夢(はつゆめ)は花嫁(はなよめ)衣装(いしょう)を着(き)る夢(ゆめ)だった。

今年作的第一個夢是自己披上嫁裳的夢。

姑(しゅうとめ)は春雨(はるさめ)が大好物(だいこうぶつ)です。

冬粉是我婆婆最喜歡的食物。

あの有名(ゆうめい)なグルメ作家(さっか)がなんとアニメに関(かん)する新聞(しんぶん)コラムの連載(れんさい)を始(はじ)めた。

那位知名的美食作家開始在報上的專欄連載跟卡通有關的文章發表。

用語萬花筒輕鬆看

初夢

（新年度的第一晚）

作夢

初夢即「新年第一天晚上作的夢」。用初夢來判斷整年的吉凶是自古以來的習俗。另外日本人認為，如果初夢能夢到富士山、老鷹、茄子，那就是一種天大的吉兆。

用唱的記單字

曲調 証城寺(しょうじょうじ)の狸囃子(たぬきばやし)（中譯 小兔子愛跳舞）

「稽古(けいこ)、稽古(けいこ)、稽古(けいこ)！」　グルメの姑(しゅうとめ)を	「磨練！磨練！再磨練！」為了討好美食家婆婆的歡心，
喜(よろこ)ばせるため　頑張(がんば)って料理(りょうり)しよう（喜ばせる──喜ぶ）	我要努力在廚藝上下功夫。
絶対満点(ぜったいまんてん)の花嫁(はなよめ)になる　これが私(わたし)の夢(ゆめ)だから	因為達到新娘百分百境界是我的小小夢想，
さあさあ　晩(ばん)ご飯(はん)の支度(したく)するわ	好，話不多說！準備做晚餐去。

第36課 用一個音記其他的單字 も・モ

用聽的輕鬆記!!
正常速➡分解音➡正常速

も
モ

群組 1

もてる　持てる 自五 受歡迎

もらう　貰う 他五 得到

もうふ　毛布 名 毛毯

群組 2

もくひょう　目標 名 目標

もうろう　朦朧 形動 朦朧

もくよう(び)　木曜(日) 名 星期四

群組 3

もくもく(と)　黙々(と) 副 默默地

もうける　儲ける 他五 賺取

もとめる　求める 他五 要求

群組 4

もやもや 副,他サ 不明朗地

ものなら 接續 可以的話

もしくは　若しくは 接續 或者

群組 5

モンスター 名 怪物

モデル 名 模特兒

モップ 名 拖把

用學過的單字造句

あの人(ひと)はもてるからバレンタインデーにチョコレートをいっぱいもらう。
那個人因為很受歡迎，情人節的時候總是收到很多巧克力。

事件(じけん)のあった木曜日(もくようび)はたくさん酒(さけ)を飲(の)んだので、記憶(きおく)が朦朧(もうろう)としている。
事件發生的那個星期四，我喝得酩酊大醉的，整個記憶是一片模糊。

彼(かれ)はいつも黙々(もくもく)と働(はたら)いているから、実(じつ)はかなり儲(もう)けているかもしれないよ。
（働いて → 働く；儲けて → 儲ける）
他總是一個人埋首於工作，也許他其實賺的不少喔。

彼(かれ)は坂本竜馬(さかもとりょうま)が京都見廻組(きょうとみまわりぐみ)若(も)しくは新撰組(しんせんぐみ)のどちらに暗殺(あんさつ)されたのか、研究(けんきゅう)を尽(つ)くしても立証(りっしょう)できず、もやもやして日々(ひび)を過(す)ごす。
（尽くしても → 尽くす）
日夜研究卻仍無法證明坂本龍馬究竟是遭到京都見迴組還是新撰組所害的，他總是心情沉沉地過著每一天。

あの人気(にんき)モデルは、今度(こんど)は新型(しんがた)モップのイメージキャラクターとして活躍(かつやく)しています。
那位人氣模特兒這次成為新型拖把的商品代言人，表現相當地活躍。

用語萬花筒輕鬆看

もくもくと 默默地

「もくもくと」若當擬態語時用，則有不同的意思。這時是形容煙或是雲，一團一團的接連出現；或是吃東西將嘴巴塞的滿滿時咀嚼的樣子，例如：もくもく食べる。

用唱的記單字

曲調 主(しゅ)われを愛(あい)す（中譯 耶穌愛我）

油断(ゆだん)はしないさ　いつも黙々(もくもく)	我不會懈怠的，工作上只要默默耕耘，
仕事(しごと)をすれば夢(ゆめ)は叶(かな)うさ	就會有夢想實現的一天。
目標(もくひょう)はもてるモデル	總有一天，要成為萬眾矚目的模特兒，
なれるものならなってみたいな	我相信可以的，所以好想試試看啊！

用聽的輕鬆記!!
正常速➡分解音➡正常速

以字首も、モ還有哪些單字

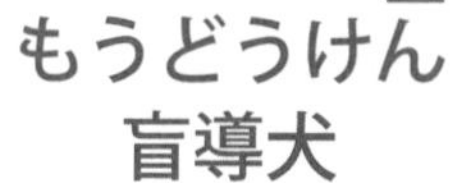

もうす
申す

他五（謙讓語）說

もうどうけん
盲導犬

名 導盲犬

もがく
踠く

自五 掙扎；困獸之鬥

もぎてん
模擬店

名（園遊會的）攤位

もったいない

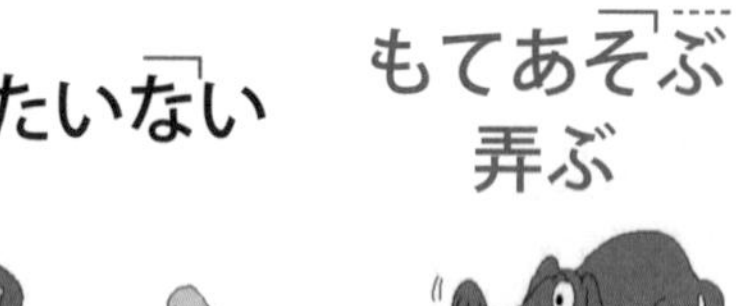

形 浪費；可惜

もてあそぶ
弄ぶ

他五 玩弄；操弄

もどかしい

形 忐忑不安

ものがたり
物語

名 故事

もも
腿

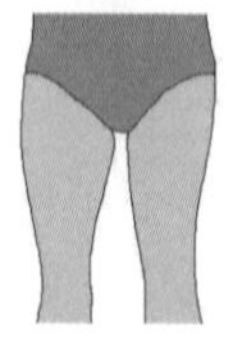

名 大腿

もやし
萌やし

名 豆芽菜

もり
森

名 森林

もろい
脆い

形 脆弱的

モーター

名 馬達

モーターボート

名 快艇

モスク

名 清真寺

モニター

名 螢幕

同義漢字一網打盡

[も]

模

もけい　**模型** 名 模型

もさく　**模索** 名，他サ 摸索

もはんせい　**模範生** 名 模範生

もこ　**模糊** 形動 模糊

もほう　**模倣** 名，他サ 模仿

もよう　**模様** 名 模樣；情況

[もう]

猛

もうれつ　**猛烈** 名，形動 猛烈

もうしん　**猛進** 名，自サ 猛進

もうきんるい　**猛禽類** 名 猛禽類

耗

しょうもう　**消耗** 名，自他サ 消耗

そんもう　**損耗** 名，自他サ 耗損

まもう　**磨耗** 名，自サ 磨損

★ も音的字另有“妄、孟、毛、盲、網、蒙”等字可推想

[もく]

目

もくてきち　**目的地** 名 目的地

もくげき　**目撃** 名，他サ 目擊

ちゅうもく　**注目** 名，自他サ 注目

默

もくぜん　**黙然** 形動 沉默

もくさつ　**黙殺** 名，他サ 默殺

ちんもく　**沈黙** 名，自サ 沉默

第37課

| 用一個音記其他的單字 |

や・ヤ

用聽的輕鬆記!!
正常速➡分解音➡正常速

L37_1.MP3

群組1

やし　椰子 名 椰子

やぎ　山羊 名 山羊

やみ　闇 名 黑暗

群組2

やがい　野外 名 野外

やけい　夜景 名 夜景

やさい　野菜 名 蔬菜

や

ヤ

群組3

やはり　矢張り 副 果然

やるき　やる気 名 幹勁

やばい 形（口語）糟糕的

群組4

やたい　屋台 名 路邊攤

やすみ　休み 名 休息；休假

やすい　安い 形 便宜的

群組5

ヤング 名 年輕人

ヤンキー 名 不良少年

ヤソ　耶蘇 名 耶穌

用學過的單字造句

椰子の木の下に山羊が一匹いる。
椰子樹下有一隻山羊。

野外へ夜景を見に行った。
到野外去看夜景。

あなた、やはりやる気がないようだね。
你啊，真的是沒有什麼幹勁呢！

今日はラーメンの屋台は休みみたいね。
今天賣拉麵的路邊攤好像休息耶。

あのヤンキーはカラオケで「ヤングマン」を歌った。
那個不良少年在卡拉OK裡唱了「YOUNG MAN（Y.M.C.A）」這首歌。

用語萬花筒輕鬆看

ヤンキー 不良少年

早期是用來形容美國人。轉用來形容不良少年的來源眾說紛紜；其中之一是1970年代後期開始，從關西地方開始言語相傳。原因是染著金髮的不良少年們外觀就跟美國人一樣，所以才開始有這樣的稱呼。

用唱的記單字

曲調 わらの中の七面鳥（中譯 稻草裡的火雞）

ヤンキーの息子は足を洗った（洗う）	曾是不良少年的兒子揮別了過去的荒唐，
実家に戻って農場を継いだ（継ぐ）	回到老家來繼承了家裡的農場。
汗かいて野菜を育て（育てる）	他辛勤地揮灑汗水種植蔬菜，
休みもなく働いている	過著沒有假日的勤苦生活。
雨でも雪でも辛くても（辛い） やる気満々	不論是下雨、降雪的日子，再怎麼辛苦仍然充滿幹勁，
闇に差す光	他的前途此時一片光亮，
堂々進め（進める） 我が息子よ	抬頭挺胸前進吧！我的孩子呀！

用聽的輕鬆記!!
正常速➡分解音➡正常速

以字首や還有哪些單字

やかたぶね 屋形船  名（日本傳統）屋形船	やかん 薬缶  名（燒開水的）水壺	やきもち 焼き餅  名 吃醋	やきゅう 野球  名 棒球
やくいん 役員  名 上司；業務負責人	やけど 火傷 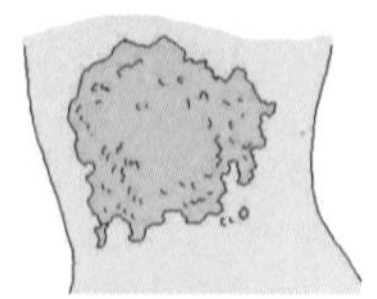 名 燒傷	やさしい 優しい  形 和藹；溫和	やさしい 易しい 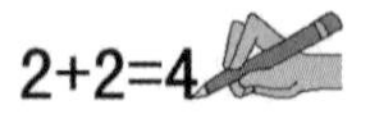 形 容易
やしなう 養う  他五 養育	やすうり 安売り  名, 自サ 賤賣	やとう 野党  名 在野黨	やね 屋根  名 屋頂
やまぼこ 山鉾  名（日本祭典花車）山鉾	やもり 守宮  名 壁虎	やわらかい 柔らかい  形 柔軟	やどかり 宿借り  名 寄居蟹

同義漢字一網打盡

[や]

野

やじゅう　**野獣** 名 野獸

やぼう　**野望** 名 野望

ぶんや　**分野** 名 分野

★ や音的字另有“治、也”等字可推想

夜

やかん　**夜間** 名 夜間

やきん　**夜勤** 名 夜間工作

しんや　**深夜** 名 深夜

[やく]

約

やくそく　**約束** 名, 他サ 約定

やくぶん　**約分** 名, 他サ （數學）約分

じょうやく　**条約** 名 條約

訳

やくぶん　**訳文** 名 譯文

ごやく　**誤訳** 名, 他サ 誤譯

ほんやく　**翻訳** 名, 他サ 翻譯

薬

やくがく　**薬学** 名 藥學

やくざい　**薬剤** 名 藥劑

やくぜん　**薬膳** 名 藥膳

★ やく音的字另有“厄”等字可推想

躍

やくしん　**躍進** 名, 自サ 躍進

やくどう　**躍動** 名, 自サ 躍動

いちやく　**一躍** 名, 副, 自サ 一躍

用一個音記其他的單字

用聽的輕鬆記!!
正常速➡分解音➡正常速

やヤ

群組①

おや　親 名 父母親

いや　嫌 形動 討厭地；使人不悅地

しや　視野 名 視野

群組②

しぶや　渋谷 名 澀谷

おおや　大家 名 房東

やおや　八百屋 名 蔬果店

群組③

つやつや　艶々 副, 自サ 光澤美麗

ちやほや 副, 自サ 吹捧奉承

ほやほや 副 溫柔的；形動 熱呼呼地；剛不久地

群組④

いやいや　嫌々 副 勉為其難地

いざかや　居酒屋 名 居酒屋

すやすや 副（安寧地）沉睡貌

群組⑤

ゴーヤ 名（沖繩）山苦瓜

パパイヤ 名 木瓜

タイヤ 名 輪胎

用學過的單字造句

彼(かれ)は親(おや)に怒(おこ)られて嫌(いや)な顔(かお)をした。

他被父母責罵，露出不開心的表情。

私(わたし)は今(いま)渋谷(しぶや)のアパートに住(す)んでいますが、近所(きんじょ)の人(ひと)も大家(おおや)さんもみんないい人(ひと)なんです。

我現在住在澀谷的公寓裡，鄰居跟房東人都很好相處。

できたてほやほやのシューマイは皮(かわ)がつやつやと光(ひか)っている。

剛蒸好的燒賣，看起來色澤鮮亮。

仕事(しごと)を終(お)えて帰(かえ)りたいのに先輩(せんぱい)に誘(さそ)われて、嫌々(いやいや)居酒屋(いざかや)へついて行(い)った。

工作結束時其實想回家了，但被前輩拉去喝一杯，雖不情願也只好跟大家一起上居酒屋去了。

私(わたし)はゴーヤもパパイヤも食(た)べられないのです。

我不敢吃山苦瓜及木瓜。

用語萬花筒輕鬆看

ゴーヤ

（沖繩）山苦瓜

「ゴーヤ」是沖繩地區方言。盛夏的食材山苦瓜，在沖繩料理中扮演相當重要的角色，健康的沖繩苦瓜料理在日本全國也非常有名，所以ゴーヤ的用法也相當的普遍。

用唱的記單字

曲調 村祭(むらまつ)り（中譯 村祭）

親(おや)と一緒(いっしょ)に渋谷(しぶや)の居酒屋(いざかや)で食事(しょくじ)をして	跟雙親一起來到澀谷的居酒屋用餐，
ゴーヤ食(た)べると肌(はだ)がつやつやになると聞(き)いて	聽說，吃了沖繩的山苦瓜皮膚就能水嫩水嫩地，
たくさん食(た)べた	所以我就卯起來吃不停。

用聽的輕鬆記!!
正常速➡分解音➡正常速

以字尾や還有哪些單字

かじや
鍛冶屋

名 打鐵鋪

くすりや
薬屋

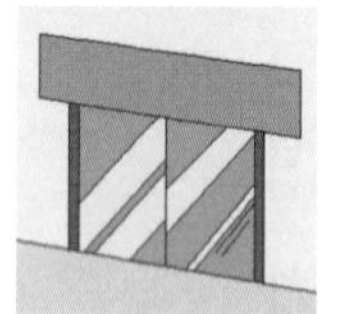

名 藥局

くつや
靴屋

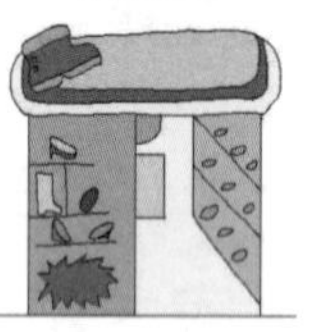

名 鞋店

ころしや
殺し屋

名 殺手

さかなや
魚屋

名 魚販

したてや
仕立屋

名 裁縫師

せいじや
政治屋

名 政客

だふや
だふ屋

名 黃牛

でんきや
電気屋

名 電器行

とこや
床屋

名 理髮廳

にくや
肉屋

名 肉販

はなや
花屋

名 花店

パンや
パン屋

名 麵包店

ふどうさんや
不動産屋

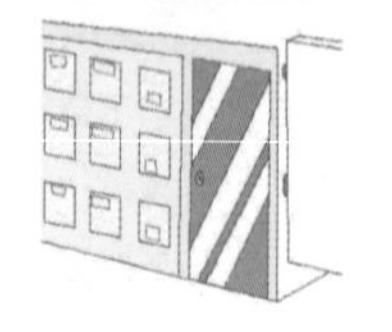

名 房屋仲介商

へや
部屋

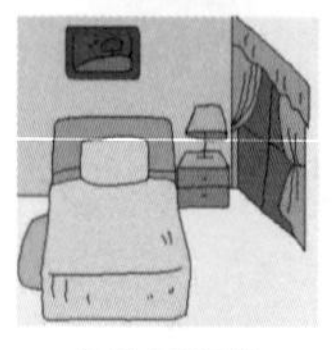

名 房間

ほんや
本屋

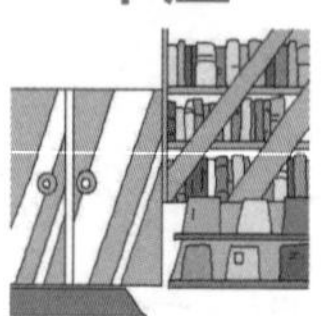

名 書店

同義漢字一網打盡

[や]

矢

や　矢 名 弓箭

やじるし　矢印 名 箭頭標誌

やさき　矢先 名 箭頭（尖）

屋

やしき　屋敷 名 房地；宅邸

やまごや　山小屋 名 山中小屋

しちや　質屋 名 當鋪

[やき]

焼

やきにく　焼肉 名 烤肉

やきとり　焼鳥 名 烤雞肉

てっぱんやき　鉄板焼 名 鐵板燒

[やす]

安

めやす　目安 名 標準；目標

ねやす　値安 名，形動 價格便宜

えんやす　円安 名 日元貶值

[やま]

山

やまあらし　山荒 名 豪豬

やまがた　山形 名 山型；^符號

やまがわ　山川 名 山川

やまがみ　山神 名 山神

やますそ　山裾 名 山麓

やまごし　山越 名，自サ 翻山越嶺

第38課

| 用一個音記其他的單字 |

ゆ・ユ

用聽的輕鬆記!!
正常速➡分解音➡正常速

群組①

ゆき　雪 名 雪

ゆり　百合 名 百合

ゆび　指 名 手指

群組②

ゆうが　優雅 名, 形動 優雅

ゆかた　浴衣 名 浴衣

ゆたか　豊か 形動 豐富

群組③

ゆかい　愉快 名, 形動 愉快

ゆきみ　雪見 名 賞雪

ゆうひ　夕日 名 夕陽

群組④

ゆうじん　友人 名 友人

ゆうびん　郵便 名 郵件

ゆうかん　勇敢
名, 形動 勇敢

群組⑤

ユニホーム 名（工作、運動的）制服

ユニーク 形動 獨特

ユニット 名 單位；一個；成套

用學過的單字造句

雪(ゆき)のように真(ま)っ白(しろ)なゆりです。
雪白般的百合。

浴衣(ゆかた)姿(すがた)が優雅(ゆうが)な彼女(かのじょ)。
穿著浴衣的她，體態相當優雅。

愉快(ゆかい)に雪見(ゆきみ)をしました。
愉快的賞雪。

友人(ゆうじん)からの郵便(ゆうびん)だ。
友人寄來的信件。

私(わたし)たちのユニホームは非常(ひじょう)にユニークです。
我們的制服相當地特別。

用語萬花筒輕鬆看

浴衣 浴衣

所謂「浴衣」並不是指在浴室中的單薄衣服，而是日本輕便和服的一種。一般常見穿著於夏季的祭典或是花火大會。

用唱的記單字

曲調 主(しゅ)われを愛(あい)す（中譯 耶穌愛我）

今日(きょう)のレース後(ご)はユニホーム脱(ぬ)いで（脱ぐ）	在今天的比賽之後，脱下了身上的制服，
ゆりの模様(もよう)の浴衣(ゆかた)に着替(きが)えて	換上有百合圖樣的浴衣，
行(い)こう行(い)こう　友人(ゆうじん)たちと	走吧！走吧！跟好朋友們一起，
愉快(ゆかい)に花火(はなび)を楽(たの)しもう	愉快的欣賞煙火吧！

用聽的輕鬆記!!
正常速➡分解音➡正常速

L38_2.MP3

以字首ゆ、ユ還有哪些單字

ゆう
結う

他五 繫；捆扎

ゆうえんち
遊園地

名 遊樂區

ゆうばえ
夕映え

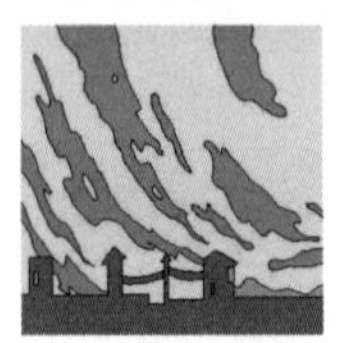

名 晚霞

ゆうびんうけ
郵便受け

名 信箱

ゆうびんきょく
郵便局

名 郵局

ゆうめい
有名

名, 形動 有名

ゆか
床

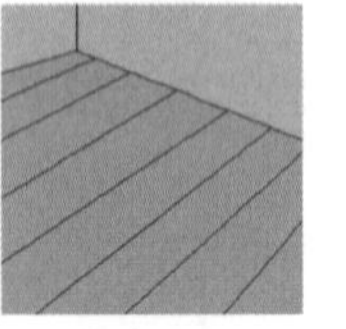

名 地板

ゆきかえり
行き帰り

名 往返

ゆく
逝く

自五 過逝

ゆたんぽ
湯湯婆

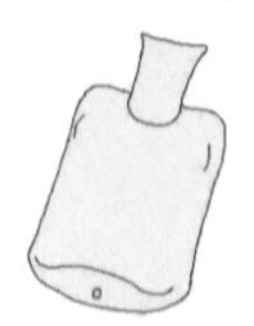

名 熱水袋

ゆずる
譲る

他五 讓給；（商業用語）賣給

ゆみ
弓

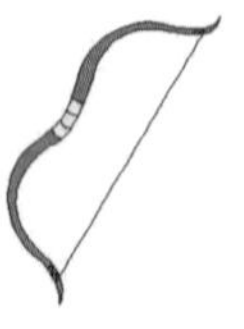

名 弓

ゆるい
緩い

形 鬆；不嚴；緩慢

ゆるぎない
揺るぎ無い

形 屹立不搖

ゆるす
許す

他五 允許；原諒

ユーモア

形動 幽默

同義漢字一網打盡

[ゆ]

輸

ゆしゅう　輸出 名, 他サ （貿易）出口

ゆけつ　輸血 名, 自サ 輸血

ゆそう　輸送 名, 他サ 運輸

油

ゆだん　油断 名, 自サ 粗心大意

きゅうゆ　給油 名, 自サ 輸油；（加油站）加油

せきゆ　石油 名 石油

★ ゆ音的字另有“愉、由、癒、諭”等字可推想

[ゆう]

優

ゆうしょう　優勝 名, 自サ 優勝

ゆうしゅう　優秀 名, 形動 優秀

せいゆう　声優 名 配音員

誘

ゆうわく　誘惑 名, 他サ 誘惑

ゆうかい　誘拐 名, 他サ 誘拐

かんゆう　勧誘 名, 他サ 勸誘

融

ゆうごう　融合 名, 自サ 融合

ゆうし　融資 名, 他サ 融資

きんゆう　金融 名 金融

友

ゆうこう　友好 名 友好

ゆうほう　友邦 名 友邦

こうゆう　校友 名 校友

★ ゆう音的字另有“勇、又、右、幽、悠、憂、有、猶、裕、遊、郵、酉、雄”等字可推想

第39課

｜用一個音記其他的單字｜

よ・ヨ

用聽的輕鬆記!!
正常速➡分解音➡正常速

群組①

よなか　夜中 名 半夜

よぞら　夜空 名 夜空

ようしゃ　容赦 名,他サ 原諒；容忍

群組②

ようしゅ　洋酒 名 洋酒

よそく　予測 名,他サ 予測

よごす　汚す 他五 弄髒

群組③

ようふく　洋服 名 洋裝

よろこぶ　喜ぶ 自五 感到開心

ようしょく　洋食 名 西餐

群組④

よっぱらい　酔っ払い
名 喝得爛醉的人；醉漢

よつんばい　四つん這い
名 四腳著地

ようするに　要するに
副 總而言之

群組⑤

ヨーロッパ 名 歐洲

ヨット 名 帆船；遊艇

ヨガ 名 瑜珈

用學過的單字造句

夜中に夜空を見上げたら、満天の星で綺麗だった。（見上げる）

半夜抬頭仰望夜空，看到滿天美麗的星辰。

将来は洋酒の輸入が８０％に達すると予測できます。

可以預測未來洋酒的進口，應會達到80%的進口量。

彼女は新しい洋服をもらって喜んでいた。

她收到新的洋裝後相當開心。

あの酔っ払いは四つんばいになって吐いていた。（吐く）

那喝醉酒的人四腳著地的趴在地上吐了。

このヨットのオーナーは大阪でヨガ教室を開いてる。

這艘遊艇的主人是在大阪開設瑜珈教室的。

用語萬花筒輕鬆看

四つんばい 四腳著地

「四つんばい」指的是手掌與雙膝著地的姿勢。另外如果形容面朝下身體與四肢都著地的趴臥時，則稱為「うつ伏せる」。

用唱的記單字

曲調 おおスザンナ（中譯 喲！蘇珊娜！）

星きらきらの夜空の下で	在群星閃耀的夜空點綴下，
豪華なヨットの船上パーティー	豪華的遊艇裡舉辦著宴會。
自慢の洋服で参加して	我穿上了最自豪的洋裝出席，
高級洋酒にいい気分	陶醉在陣陣的高級酒香裡。
おいしいな　もう一杯飲もうかな	好甘美呀！ 再來一杯吧！
一時間後酔っ払ってしまった（酔っ払う）	一個小時後，我感覺到醉意濃濃地！

用聽的輕鬆記!!
正常速➡分解音➡正常速

以字首よ、ヨ還有哪些單字

よい
良い

形 好的

よう
酔う

自五 喝醉；（搭車、船）暈

ようちえん
幼稚園

名 幼稚園

よくそう
浴槽

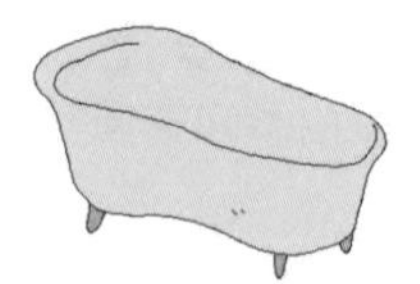

名 浴缸

よし
葦

名 蘆葦

よだれ
涎

名 口水

よど
淀

名 積水處

よとう
与党

名 執政黨

よぶ
呼ぶ

召喚；叫來；稱作

よふかし
夜更かし

名, 自サ 熬夜

よむ
読む

他五 讀

よろい
鎧

名 鎧甲

よろしい
宜しい

形 好的；合宜

よろめく
蹌踉めく

自五（走路）搖搖晃晃

よんどころない
拠ん所無い

形 無可奈何

ヨードチンキ

名 碘酒

同義漢字一網打盡

[よ]

予

よげん　**予言** 名,他サ 預言

よかん　**予感** 名,他サ 預感

よさん　**予算** 名 預算

誉

めいよ　**名誉** 名,形動 名譽

ふめいよ　**不名誉** 名,形動 不名譽

きよ　**毀誉** 名 毀譽

★ **よ**音的字另有“余、与、輿”等字可推想

[よう]

妖

ようき　**妖気** 名 妖氣；邪氣

ようじゅつ　**妖術** 名 妖術

めんよう　**面妖** 名,形動 奇異的

様

ようしき　**様式** 名 樣式；形式

ようす　**様子** 名 情況

たよう　**多様** 名,形動 多樣地

★ **よう**音的字另有“傭、容、幼、庸、揚、擁、曜、洋、溶、用、窯、羊、腰、葉、要、踊、熔、陽、養、揺、遥、謡”等字可推想

[よく]

抑

よくあつ　**抑圧** 名,他サ 強行壓制

よくせい　**抑制** 名,他サ 抑制

よくようとんざ　**抑揚頓挫** 名 抑揚頓挫

浴

にっこうよく　**日光浴** 名 日光浴

しんりんよく　**森林浴** 名 森林浴

にゅうよく　**入浴** 名,自サ 入浴

★ **よく**音的字另有“慾、欲、沃、翌、翼”等字可推想

第40課

| 用一個音記其他的單字 |

ら・ラ

用聽的輕鬆記!!
正常速➡分解音➡正常速

ら
ラ

群組1

むら　村 名 村子

わら　藁 名 稻草

とら　虎 名 老虎

群組2

ながら　乍ら 接助 一邊…一邊…

かつら　鬘 名 假髮

くじら　鯨 名 鯨魚

群組3

よざくら　夜桜 名 夜櫻

はなびら　花弁 名 花瓣

きらきら 副 閃亮地

群組4

これから　此れから
從今以後

いたずら　悪戯 名 惡作劇

いまさら　今更 副 事到如今

群組5

プリクラ 名 大頭貼

カメラ 名 相機

コーラ 名 可樂

用學過的單字造句

この村(むら)の家(いえ)の屋根(やね)はみんな藁(わら)で葺(ふ)いたものです。（葺く）
這個村子裡每戶房子的屋頂，都是用稻草搭建的。

彼(かれ)は笑(わら)いながらかつらをかぶった。（笑う）
他一邊笑著，一邊戴上假髮。

夜桜(よざくら)の舞(ま)い降(お)ちる花(はな)びらは涙(なみだ)が出(で)るほど綺麗(きれい)だった。
夜櫻飄落的花瓣，美的令人感動。

これからは絶対(ぜったい)いたずらをしないって約束(やくそく)してくれる？
你能答應我從今以後再也不惡作劇嗎？

プリクラより私(わたし)は普通(ふつう)のカメラで撮(と)る方(ほう)がいいな。
比起去拍大頭貼，我還比較喜歡用普通的相機拍照。

用語萬花筒輕鬆看

夜桜 夜櫻

「夜桜」不是櫻花的品種，而是夜晚的櫻花。春天是日本人的賞花季，一到夜晚，櫻花周圍會打上漂亮的燈光，賞夜櫻也會跟白天賞櫻有不一樣的風味。日本甚至有「夜桜祭り（夜櫻祭）」，每年都能吸引相當多賞花人潮。

用唱的記單字

曲調 旅愁(りょしゅう)（中譯 送別）

知(し)らない村(むら)へ一人旅(ひとりたび)	隻身旅行到一座不知名的小村莊，
舞(ま)い散(ち)る花(はな)びらに感動(かんどう)した	輕飄飛舞的花瓣，令人駐足。
カメラで写真(しゃしん)を撮(と)りながら（撮る）	我用相機拍下這美景的同時，
これからもっと旅(たび)をしようと決(き)めた	堅定的決心，期待著更遙遠的旅程。

第41課 ｜用一個音記其他的單字｜ り・リ

用聽的輕鬆記!!
正常速➡分解音➡正常速

L41_1.MP3

群組①

りっし　律詩 名 律詩

りょうり　料理 名,他サ 菜餚；烹調

りょうき　猟奇 名 獵奇

群組②

りょこう　旅行 名,自サ 旅行

りそう　理想 名 理想

りゆう　理由 名 理由

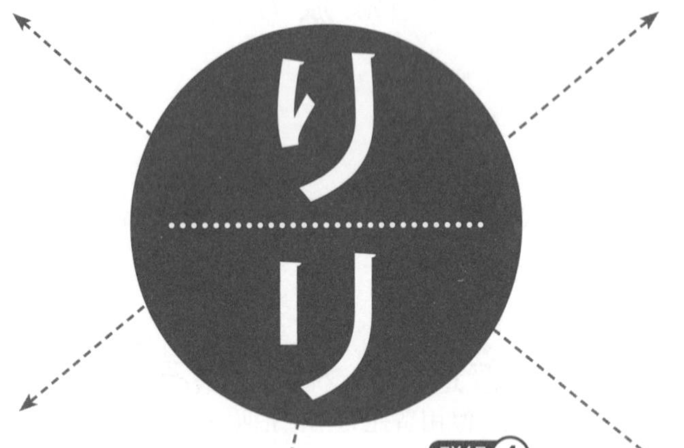

群組③

りょうしん　両親 名 雙親

りょうえん　良縁 名 良緣

りょうきん　料金 名 費用

群組④

リゾートホテル
名 渡假大飯店

リフォーム 名,他サ 改良

リサーチ 名,他サ 研究；調查

群組⑤

リボン 名 緞帶

リング 名 戒指

リビング（ルーム） 名 起居室

用學過的單字造句

猟奇趣味を持つ彼が手作りの料理をご馳走してくれると言った。まさか何か変なものでも…。

擁有奇特僻好的他說要親手製作料理請我們吃！該不會是什麼奇奇怪怪的菜餚吧！

卒業旅行はみんなで一緒に日本に行くのが理想的だ。

畢業旅行跟大家一起去日本是最理想的。

申込書にご両親の名前を記入してから、あのカウンターで料金を支払ってください。

支払う

請在申請書內填您雙親的大名後，到那個櫃台去繳費。

あのリゾートホテルは今リフォームをしているようだ。

那個渡假飯店現在好像在整修。

彼氏からリボンのついたリングをもらってプロポーズされた。

男朋友送我一個綁著蝴蝶結的戒指，並跟我求婚。

用語萬花筒輕鬆看

リビング

起居室

「リビング」是「リビングルーム」的簡稱，指的是「起居室」，指的是一戶住家中，全家共同聚集，休閒娛樂的大房間。

用唱的記單字

曲調 おおスザンナ（中譯 喲！蘇珊娜！）

リングをもらったあの日から	從收到戒指的那一天開始，
目指すは理想のお嫁さん	為了成為一個稱職的新娘，
料理に裁縫　腕を磨き（磨く）	開始磨鍊煮飯、裁縫等持家的各種技巧。
両親も感動の披露宴	在雙親也為我感動之下，婚禮如期完成。
新婚旅行　どこ行こうかな	那麼，蜜月旅行，到哪渡過好呢？
リゾートホテルに泊まってみたいな	心裡還是覺得好想住住看渡假飯店啊！

用聽的輕鬆記!!
正常速➡分解音➡正常速

以字首り、リ還有哪些單字

りきむ
力む

自五 使勁；虛張聲勢

りくつっぽい
理屈っぽい

形 好講道理的

りす
栗鼠

名 松鼠

りっきょう
陸橋

名 天橋；快速道路

りっぱ
立派

形動 優秀

りりしい
凜々しい

形 英勇；威嚴

りれきしょ
履歴書

名 履歷表

りんご　林檎

名 蘋果

リサイクル

名 資源回收

リスク

名 風險

リトマスしけんし
リトマス試験紙

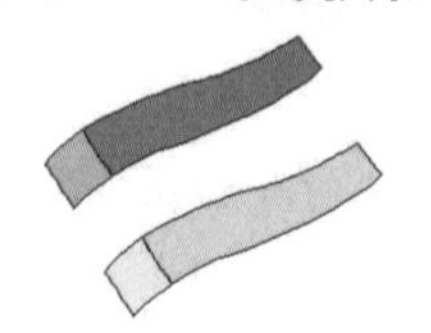

名 石蕊試紙

リハーサル

名 彩排

リハビリ(テーション)

名 復健

リモコン

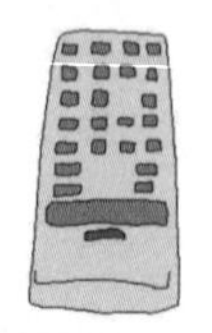

名 搖控器

リウマチ

名 風濕痛

リレー

名 接力賽

同義漢字一網打盡

[り]

利

りえき　**利益** 名 利益

りし　**利子** 名 利息

りじゅん　**利潤** 名 利潤

理

りねん　**理念** 名 理念

りか　**理科** 名（數理、自然學科的總稱）理科

どうり　**道理** 名 道理

★ り音的字另有“俚、吏、履、痢、罹、裏、里、離”等字可推想

[りゅう]

流

りゅういき　**流域** 名 流域

りゅうざん　**流産** 名, 自サ 流產

りゅうしゅつ　**流出** 名, 自サ 流出

留

りゅうがく　**留学** 名, 自サ 留學

りゅうい　**留意** 名, 自サ 留意

りゅうねん　**留年** 名, 自サ 留級

★ りゅう音的字另有“柳、溜、硫、粒、隆、龍”等字可推想

[りょう]

了

りょうかい　**了解** 名, 他サ 了解

りょうしょう　**了承** 名, 他サ 理解

かんりょう　**完了** 名, 自サ 完結

療

りょうほう　**療法** 名 療法

しんりょう　**診療** 名, 他サ 診療

ちりょう　**治療** 名, 他サ 治療

★ りょう音的字另有“僚、寮、料、梁、涼、曬、稜、糧、良、諒、量、陵、領、両、猟”等字可推想

用一個音記其他的單字
り・リ

用聽的輕鬆記!!
正常速➡分解音➡正常速

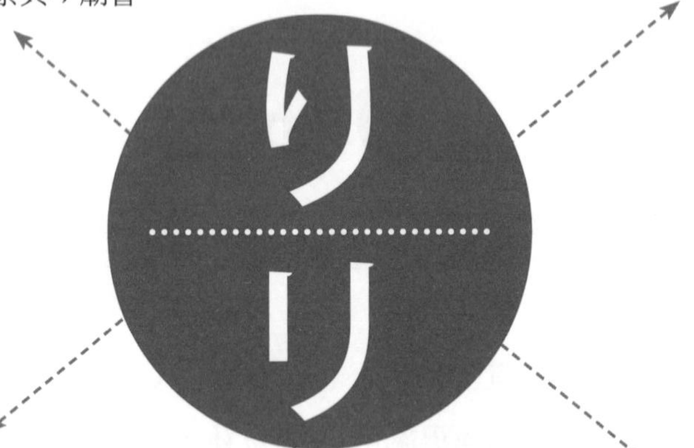

群組①

かなり　可成り 副,形動 非常地；相當

かおり　香り 名 香味

まつり　祭 名 祭典；廟會

群組②

どしゃぶり　土砂降り 名 滂沱大雨

あまもり　雨漏り 名,自サ 漏雨

はっきり 副 明確地；清楚地

群組③

にっこり 副,自サ 笑容滿面地

てづくり　手作り 名 手工製作

にわとり　鶏 名 雞

群組④

あまやどり　雨宿り 名,自サ 躲雨

あめあがり　雨上がり 名 放晴

やつあたり　八つ当たり 名,自サ 遷怒

群組⑤

セロリ 名 芹菜

ナポリ 名 拿坡里

パセリ 名 荷蘭芹

用學過的單字造句

コーヒーのかなり濃厚（のうこう）な香（かお）りが漂（ただよ）ってきた。（漂う）
相當濃郁的一片咖啡香味飄散過來。

朝（あさ）からの土砂降（どしゃぶ）りで、僕（ぼく）の部屋（へや）はまた雨漏（あまも）りし始（はじ）めた。
從早上開始就是滂沱大雨，使得我房間又開始漏雨了。

彼女（かのじょ）はにっこりと微笑（ほほえ）んで、僕（ぼく）に手作（てづく）りのチョコを渡（わた）した。
她面帶微笑的把親手做的巧克力送給我。

バス停（てい）で雨宿（あまやど）りして雨上（あめあ）がりを待（ま）っていた。
我在公車亭躲雨等待放晴。

お母（かあ）さんは市場（いちば）でセロリとパセリを買（か）ってきた。
媽媽在市場買了芹菜和荷蘭芹回來。

用語萬花筒輕鬆看

ナポリ

拿坡里

拿坡里為義大利南部的一座城市，以美麗的夜景舉世聞名。世界知名夜景另外兩處則是日本北海道的函館及香港。

用唱的記單字

曲調 大（おお）きな栗（くり）の木（き）の下（した）で（中譯 大栗樹下）

突然（とつぜん）の土砂降（どしゃぶ）り	突然間下起了滂沱大雨，
屋台（やたい）で雨宿（あまやど）り	我急忙跑到路邊的攤販下躲雨。
セロリの香（かお）りで	飄來了一陣我喜愛的芹菜香，
思（おも）わずにっこり	不自覺的露出了笑意。

第42課

｜用一個音記其他的單字｜

る・ル

用聽的輕鬆記!!
正常速➡分解音➡正常速

群組①

はる　春 名 春天

よる　夜 名 夜晚

する 自他サ 做

群組②

みおくる　見送る 他五 送行

こぼれる　零れる 自下一 溢出

むかえる　迎える 他上一 迎接

る

ル

群組③

たかめる　高る 他下一 提升

こわれる　壊れる 自下一 壞掉

ころがる　転がる
自五 滾動；跌倒

群組④

よみがえる　甦る
自五 甦醒

さきほこる　咲き誇る
自五 盛開

あきらめる　諦める
他下一 放棄

群組⑤

シール 名 貼紙

タイムカプセル 名 時光膠囊

ミラクル 名 奇蹟

用學過的單字造句

涼(すず)しい春(はる)の夜(よる)に夜桜(よざくら)を見(み)に行(い)った。
我們在涼爽的春夜裡去賞了夜櫻。

零れる
彼(かれ)を見送(みおく)るとき涙(なみだ)が零(こぼ)れてしまった。
為他送行時，我忍不住掉下了眼淚。

地震(じしん)で大石(おおいし)が転(ころ)がって車(くるま)が壊(こわ)れた。
因為發生地震，從上方滾落的大石砸壞了車子。

過ぎる　甦る
冬(ふゆ)が過(す)ぎ、万物(ばんぶつ)甦(よみがえ)って花(はな)も咲(さ)き誇(ほこ)る。
冬日離去，萬物甦醒，百花齊放。

あの子(こ)は大好(だいす)きなシールをタイムカプセルに入(い)れた。
那個孩子把心愛的貼紙放進時空膠囊裡。

用語萬花筒輕鬆看

タイムカプセル

時光膠囊

為了將現今的事物保存到下來，當作給未來的留言。或是將現今的紀念品放入一個容器中再掩埋起來，經過長時間後再打開來懷念的膠囊狀的盒子便是「時光膠囊」。タイムカプセル指的是裝那些東西的容器。

用唱的記單字

曲調　主(しゅ)われを愛(あい)す（中譯 耶穌愛我）

夜(よる)の公園(こうえん)で子供(こども)の時(とき)の	夜晚我在公園內，
タイムカプセルを見(み)つけた	找到孩提時代的時空膠囊。
開(あ)けた途端(とたん)　記憶(きおく)が	打開的瞬間，記憶就全被喚醒，
甦(よみがえ)って涙零(なみだこぼ)れた	懷念的思緒也湧出了淚眶。

用聽的輕鬆記!!
正常速➡分解音➡正常速

以字尾る還有哪些單字

あずかる
預かる

他五 保管；受委託

あずける
預ける

他五 寄存

ありふれる
有り触れる

自五 常有；不新奇

いらっしゃる

自五 （尊敬語）來；去

うつる
移る

自五 移動；轉移

うる
売る

他五 賣

おきる
起きる

自上一 起床；發生

おさめる
治める

他下一 統治；管理

おっしゃる
仰る

他五 （尊敬語）說

かえる
帰る

自五 回去

かける
掛ける

他下一 掛上；（數學）乘

かさねる
重ねる

他下一 重疊；周而復始的

かりる
借りる

他上一 借入

かんがえる
考える

他下一 考量；考慮

かんじる
感じる

他上一 感覺

きまる
決まる

自五 決定

用聽的輕鬆記 !!
正常速 ➡ 分解音 ➡ 正常速

以字尾る還有哪些單字

くじける
挫ける

自下一 受挫折

くる
来る

自五 來

くわえる
加える

他下一 增加；（數學）加

こたえる
答える

他下一 回答

さえぎる
遮る

他五 遮蓋；遮擋

さえずる
囀る

自五 （鳥）鳴；囀

さとる
悟る

他五 領悟

さわる
触る

他五 觸碰

しらべる
調べる

他下一 調查

しる
知る

他五 知道；有深入了解

すえる
据える

他下一 安置；穩定下來

たべる
食べる

他下一 吃

だまる
黙る

自五 沉默不語

ためる
溜める

他下一 積存

つくる
作る、造る

他五 創建；製造；作成

つづる
綴る

他五 拼寫

用聽的輕鬆記 !!
正常速 ➡ 分解音 ➡ 正常速

以字尾る還有哪些單字

つめる
詰める

他下一 塞入；擠入

つもる
積る

自五 堆積；累積

とおる
通る

自五 通過

とめる
止める

他下一 使…停止

とりかえる
取り替える

他下一 替換

とる
撮る

他五 拍攝

なる
成る

自五 成為；變成

なる
鳴る

自五 （非生物）
發出鳴響

ぬる
塗る

他五 塗抹

ねじる
捻る

他五 擰；扭

ねむる
眠る

自五 沉睡

ねる
寝る

自下一 就寢

はねる
撥ねる

他下一 彈開；淘汰

わかる
分かる

自五 知道

わる
割る

他五 弄破；（數學）
除

ひかる
光る

自五 發光

用聽的輕鬆記!!
正常速➡分解音➡正常速

以字尾る還有哪些單字

ひきうける
引き受ける

他下一 接受；承接

ひきかえる
引き換える

他下一 兌換

ぶつける

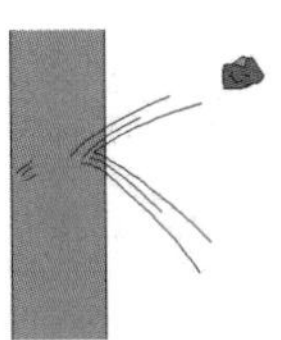

他下一 撞上

ふる
振る

他五 揮動；搖（頭）

ほじる
穿る

他五 摳；挖；揭穿

まいる
参る

自五 （謙讓語）來；去

まかせる
任せる

他下一 交派；委任

まもる
守る

他五 保護；遵守

みえる
見える

自下一 看得見

みつける
見付ける

他下一 找到

みとめる
認める

他下一 認同

みやぶる
見破る

他五 看穿

みる
見る

他上一 看

めしあがる
召し上がる

他五 （尊敬語）吃、喝

もうかる
儲かる

自五 賺錢；獲利

もうしあげる
申し上げる

他下一 （謙讓語）說

用聽的輕鬆記!!
正常速➡分解音➡正常速

以字尾る、ル還有哪些單字

もれる
漏れる

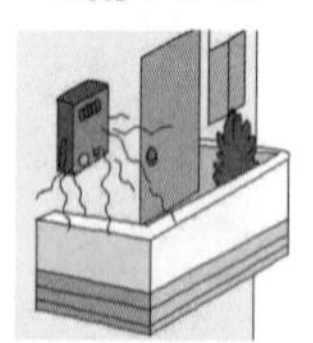

自下一 外洩；漏出

やぶる
破る

他五 弄破；擊破

やる
遣る

他五 作；給予；指派

ゆでる
茹でる

他下一 汆燙

よじのぼる
攀じ上る

自五 攀爬

キャラメル

名 焦糖

ゴーグル

名（護目）蛙鏡

パイナップル

名 鳳梨

バスケットボール

名 籃球

ハンドル

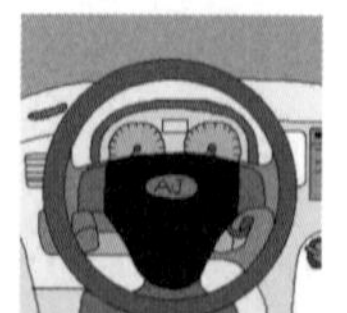

名 方向盤

バレーボール

名 排球

プール

名 游泳池

ブラックホール

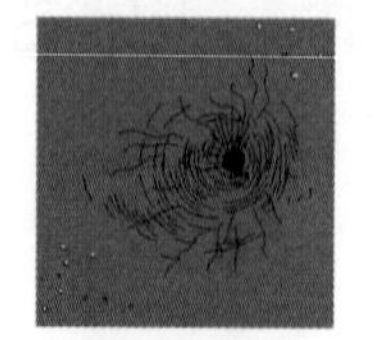

名 黑洞

ポニーテール

名（髮型）馬尾

レール

名 鐵軌

サインポール

名（理髮院）旋轉燈

[るい]

塁

とうるい　盜塁 名, 自サ 盜壘

ほんるい　本塁 名 本壘

まんるい　満塁 名 滿壘

ざんるい　残塁 名, 自サ 殘壘

そうるい　走塁 名, 自サ 跑壘

たいるい　対塁 名, 自サ 對壘

累

るいけい　累計 名, 他サ 累計

るいか　累加 名, 自他サ 累加

るいせき　累積 名, 自他サ 累積

るいげん　累減 名, 自他サ 累減

るいげつ　累月 名 累月

るいじつ　累日 名 連日

類

るいおん　類音 名 類似的發音

るいけい　類型 名 類型

るいじ　類似 名, 自サ 類似

るいすい　類推 名, 自サ 類推

しょるい　書類 名 文件

しゅるい　種類 名 種類

第43課

用一個音記其他的單字

ろ・ロ

用聽的輕鬆記!!
正常速➡分解音➡正常速

ろ

ロ

群組①

ころ　頃 名 時節

ふろ　風呂 名 泡澡間

どろ　泥 名 泥巴

群組②

かいろ　懐炉 名 暖暖包

こころ　心 名 內心

うしろ　後ろ 名 後面

群組③

いどころ　居所 名 居所

てぶくろ　手袋 名 手套

いろいろ　色々
形動 各式各樣地

群組④

ちかごろ　近頃 名 最近

なないろ　七色 名 七色

きょろきょろ
副，自サ 東張西望

群組⑤

チェロ 名 大提琴

ソロ 名 獨奏；個人秀

キロ 名 公斤；公里

用學過的單字造句

子供(こども)の頃(ころ)よく父(とう)さんと一緒(いっしょ)に風呂(ふろ)に入(はい)っていた。
小時候我常常跟父親一起泡澡。

寒(さむ)い日(ひ)に懐炉(かいろ)を使(つか)えば、心(こころ)も温(あたた)めそう。（温める）
天冷的時候使用暖暖包，就連心好像都暖了起來。

デパートではいろいろな手袋(てぶくろ)が売(う)られている。（売る）
百貨公司裡有賣各式各樣的手套。

近頃(ちかごろ)、七色(なないろ)の虹(にじ)が見(み)えなくなったね。
最近，越來越少看到七彩的彩虹耶。

彼(かれ)は今回(こんかい)の公演(こうえん)でチェロのソロをするらしい。
他好像要在這次公演獨奏大提琴。

用語萬花筒輕鬆看

懐炉 暖暖包

放在懷中溫暖身體的器具。江戶時代時是將保溫力強的「懷爐灰」放入鑽有透氣孔的金屬容器中使用，隨著時代演變，1978年首次出現現今普遍使用的「丟棄式懷爐」，也就是暖暖包。當然，金屬容器的懷爐至今仍普遍的廣為使用。

用唱的記單字

曲調 わらの中(なか)の七面鳥(しちめんちょう)（中譯 稻草裡的火雞）

マスクで口元(くちもと)隠(かく)したら	戴上口罩遮蓋面貌，
手袋(てぶくろ)はめて準備(じゅんび)はオーケー	再戴上手套準備就緒。
きょろきょろして忍(しの)び笑(わら)い	東張西望後露出小聲奸笑的傢伙，
近頃(ちかごろ)よく出(で)る泥棒(どろぼう)だ	就是最近惡名昭彰的小偷！
いきなり後(うし)ろの風呂(ふろ)からチェロの音(おと)	突然之間從侵入房子的後方浴室裡，傳來了大提琴的樂聲，
慌(あわ)てて逃(に)げ出(だ)して	小偷嚇得立刻逃出房子，
ちょうど来(き)たパトカーに捕(つか)まった（捕まる）	剛好撞見了巡邏車，被逮個正著。

用聽的輕鬆記 !!
正常速 ➡ 分解音 ➡ 正常速

以字首ろ、ロ還有哪些單字

ろうか
廊下

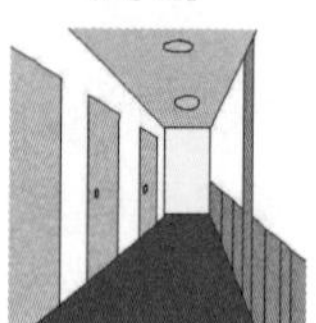

名 走廊

ろうがんきょう
老眼鏡

名 老花眼鏡

ろうごく
牢獄

名 監獄

ろうじんホーム
老人ホーム

名 老人院

ろうそく
蝋燭

名 蠟燭

ろうにん
浪人

名 重考生；求職者；（古代）流浪武士

ろかた
路肩

名 路肩

ろくおん
録音

名, 他サ 錄音

ろくじょう
鹿茸

名 鹿茸

ろじ
路地

名 小巷子

ろば
驢馬

名 驢子

ロータリー

名 圓環

ローブ

名 學士服

ローラースケート

名 溜冰

ロッククライミング

名 攀岩

ロマンチック

形動 羅曼蒂克

同義漢字一網打盡

[ろう]

労

ろうし　労資 名 勞資雙方

ろうむ　労務 名 勞務

ろうどう　労働 名, 自サ 勞動

かろう　過労 名 過勞

ろうりょく　労力 名 勞力

いろう　慰労 名, 他サ 慰勞

老

ろうにゃくだんじょ　老若男女 名 男女老幼

ろうねん　老年 名 老年

ろうれい　老齢 名 老齡

漏

ろうときょう　漏斗胸 名 漏斗胸

ろうでん　漏電 名, 自サ 漏電

ろうすい　漏水 名, 自サ 漏水

★ ろう音的字另有"廊、朗、浪、牢、狼、籠、聾、臘、郎、陋、楼"等字可推想

[ろく]

六

ろくがつ　六月 名 六月

ろくじっしんほう　六十進法 名 六十進位法

ろくどうりんね　六道輪廻 名 六道輪迴

録

ろくが　録画 名, 他サ 錄影

とうろく　登録 名, 他サ 登錄

しゅうろく　収録 名, 他サ 收錄

★ りょう音的字另有"禄、肋"等字可推想

第44課

| 用一個音記其他的單字 |

わ・ワ

用聽的輕鬆記!!
正常速➡分解音➡正常速

群組①

わかい　若い 形 年輕的

わさび　山葵 名 芥茉

わがし　和菓子 名 和菓子

群組②

わだい　話題 名 話題

わらい　笑い 名 笑容

わるい　悪い 形 壞的；不好的

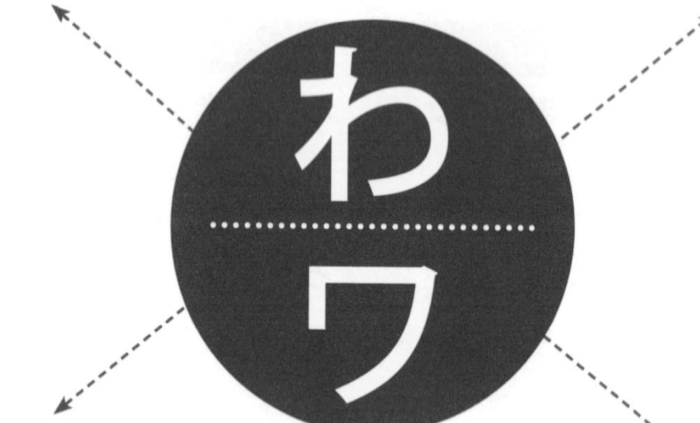

群組③

わゴム　輪ゴム 名 橡皮筋

わける　分ける
他下一 分開；區分；分配

わしょく　和食 名 和風料理

群組④

わんぱく　腕白
名，形動 調皮

わすれる　忘れる
他下一 忘記

わかれる　分かれる
自下一 分離；分手

群組⑤

ワシントン 名 華盛頓

ワンピース 名 連身式洋裝

ワンタン 名 餛飩

用學過的單字造句

若(わか)いときはわさびを食(た)べられなかった。
我年輕的時候不敢吃芥茉。

この話題(わだい)に触(ふ)れるといつも笑(わら)い出(だ)す。
每次談及這個話題我都會大笑。

違(ちが)う色(いろ)の輪(わ)ゴムをそれぞれ分(わ)けてください。
請將不同顏色的橡皮筋分別歸類。

わんぱくな妹(いもうと)はいつも宿題(しゅくだい)を忘(わす)れる。
調皮的妹妹總是會忘記寫回家作業。

ワンピースを買(か)ってから地下一階(ちかいっかい)へワンタンを食(た)べにいこう。
買完連身洋裝之後，我們到地下一樓去吃餛飩吧。

用語萬花筒輕鬆看

ワシントン 華盛頓

華盛頓為美國的首府，簡稱華府，取名來自美國的首任總統。而美國名為華盛頓的地方有兩處，除了一個首都華府之外、另一個則是與加拿大國境相接的一個州。

用唱的記單字

曲調 証城寺(しょうじょうじ)の狸囃子(たぬきばやし)（中譯 小兔子愛跳舞）

大変(たいへん)　大変(たいへん)　大変(たいへん)だ！誰(だれ)の仕業(しわざ)だ？	可惡，可惡，太可惡了！這是誰幹得好事啊？
ワンピースにわさび　輪(わ)ゴムもトイレに	把芥茉塗在洋裝上，橡皮筋丟到馬桶裡。
さ、さ、探(さが)せ！犯人(はんにん)は誰(だれ)だ？	快～快～找出來！犯人到底是誰啊？
わんぱく坊主(ぼうず)め　どこへ逃(に)げた？	這調皮的犯人，到底跑到哪去了？
…………ベッドの下(した)から笑(わら)い声(ごえ)が！	咦！床底下傳來一陣笑聲…

用聽的輕鬆記!!
正常速➡分解音➡正常速

L44_2.MP3

以字首わ、ワ還有哪些單字

わかもの
若者

名 年輕人

わかりやすい
分かり易い

形 容易了解

わかれみち
別れ道

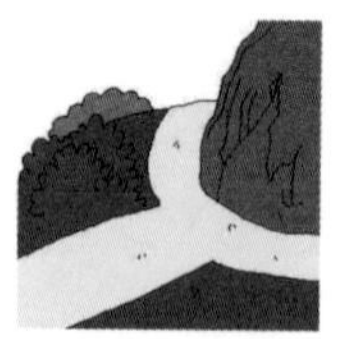

名 岔路

わきが
腋臭

名 狐臭

わじょう
和尚

名 和尚

わずらう
煩う

自五 煩惱

わずらわしい
煩わしい

形動 厭煩；複雜

わたす
渡す

他五 交付；渡河

わたりどり
渡り鳥

名 候鳥

わな
罠

名 陷阱

わに
鰐

名 鱷魚

わらう
笑う

他五 笑

ワールドカップ

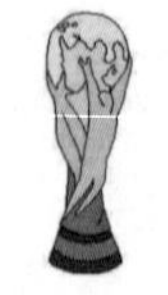

名 世界盃

ワイパー

名 （車子的）雨刷

ワイン

名 葡萄酒

ワンマン

名 獨裁者；獨斷專行者

同義漢字一網打盡

[わ]

和

わかい　和解 名，自サ 和解；和好

わし　和紙 名 日本和紙

かんわ　緩和 名，自他サ 緩和

話

わじゅつ　話術 名 話術

かいわ　会話 名，自サ 會話

こうしゅうでんわ　公衆電話 名 公共電話

[わく]

惑

わくせい　惑星 名 惑星

おもわく　思惑 名 心意；看法；意圖

げんわく　幻惑 名，他サ 蠱惑

[わい]

賄

ぞうわいざい　贈賄罪 名 行賄罪

しゅうわいざい　収賄罪 名 收賄罪

わいろ　賄賂 名 賄賂

★ わい音的字另有“猥”等字可推想

[わん]

腕

わんりょく　腕力 名 腕力

わんこつ　腕骨 名 腕骨

しゅわん　手腕 名 手腕；本領

湾

わんがん　湾岸 名 灣岸

こうわん　港湾 名 港灣

きょうわん　峡湾 名 峽灣

用一個音記其他的單字

わ・ワ

用聽的輕鬆記!!
正常速➡分解音➡正常速

群組①

かわ　川 名 河川

くわ　桑 名 桑樹

あわ　泡 名 泡沫

群組②

とわ　永久 名,副 永久

しわ　皺 名 皺紋

にわ　庭 名 庭院

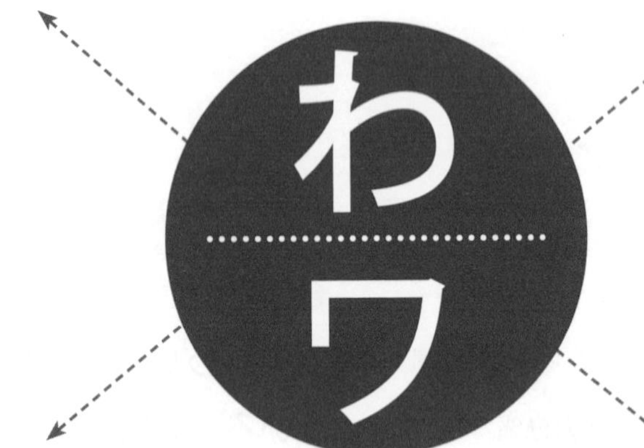

群組③

ゆびわ　指輪 名 戒指

うつわ　器 名 容器；（人的）器度

うちわ　団扇 名 團扇

群組④

かるいざわ　軽井沢
名 輕井澤

あまのがわ　天の川
名 銀河

ひがしがわ　東側
名 東側

群組⑤

モスクワ 名 莫斯科

チワワ 名 吉娃娃

ジャワ 名 爪哇

用學過的單字造句

川（かわ）のそばに桑（くわ）の木（き）が一本（いっぽん）ある。
河邊有一棵桑樹。

永久（とわ）の若（わか）さを保（たも）つために彼女（かのじょ）は皺（しわ）を消（け）す手術（しゅじゅつ）を受（う）けた。 受ける
為了保持青春永駐，她進行了除皺手術。

指輪（ゆびわ）は器（うつわ）の中（なか）に置（お）いてある。
戒指放在一個容器裡。

軽井沢（かるいざわ）へ旅行（りょこう）に行（い）ったとき、綺麗（きれい）な天（あま）の川（がわ）を見（み）た。
到輕井澤旅行時，望見了美麗無瑕的銀河。

私（わたし）はモスクワに住（す）んでいた頃（ころ）、一匹（いっぴき）のチワワを飼（か）っていた。
我住在莫斯科的時候，養過一隻吉娃娃。

用語萬花筒輕鬆看

軽井沢 輕井澤

位在日本群馬縣與長野縣交界處，海拔1000公尺的高原。山明水秀，是日本遠近馳名的高級避暑勝地。全區境內有「雲場池、白糸の滝（白線瀑布）」等景點。

用唱的記單字

曲調 むすんでひらいて（中譯 緊握手，放開手）

恋人（こいびと）とペットのチワワと軽井沢（かるいざわ）へ	帶著情人和寵物吉娃娃一起到輕井澤去，
空気（くうき）はいいし川（かわ）も綺麗（きれい）　空（そら）も青（あお）く澄（す）んでいる 澄む	空氣新鮮、河川清淨，天空也是蔚藍的一片。
指輪（ゆびわ）を彼女（かのじょ）に永久（とわ）の幸（しあわ）せを手（て）に	趁此美景，拿出求婚戒指，祈求永久幸福的降臨。

第45課

用一個音記其他的單字

ん・ン

用聽的輕鬆記!!
正常速➡分解音➡正常速

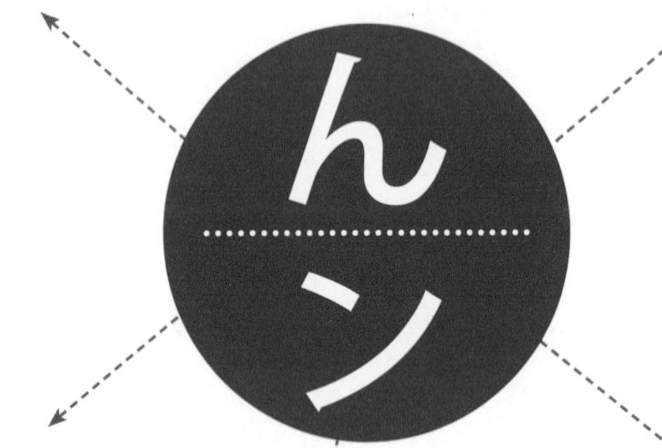

群組①

ちょうせん　挑戦 名,自サ 挑戰

ざんねん　残念 形動 可惜

たいへん　大変 名,形動,副 糟了；相當地

群組②

もちろん　勿論 副 當然

おんせん　温泉 名 溫泉

てんどん　天丼 名 炸蝦蓋飯

群組③

とつぜん　突然 副 突然

ていでん　停電 名,自サ 停電

かいだん　怪談 名 鬼故事

群組④

たんじゅん　単純 名,形動 單純

せいねん　青年 名 青年

しゅっしん　出身 名 出身

群組⑤

バレンタイン（デー）名 情人節

シャンパン 名 香檳

バイオリン 名 小提琴

用學過的單字造句

初(はじ)めてのケーキ作(づく)りに挑戦(ちょうせん)して失敗(しっぱい)したのは残念(ざんねん)だった。
第一次挑戰做蛋糕卻失敗了，真是可惜。

伊香保(いかほ)の石段街(いしだんがい)で天丼(てんどん)を食(た)べてから温泉旅館(おんせんりょかん)に入(はい)った。
在伊香保溫泉石街吃了炸蝦蓋飯後，就進了溫泉旅館。

突然(とつぜん)の停電(ていでん)でみんな驚(おどろ)いた。
突然停電大家都嚇了一跳。

彼(かれ)は単純(たんじゅん)な青年(せいねん)だ。
他是個單純的青年。

バレンタインの日(ひ)は恋人(こいびと)とシャンパンでお祝(いわ)いしたい。
我想在情人節跟戀人一起開香檳慶祝。

用語萬花筒輕鬆看

温泉 溫泉

溫泉可謂是日本的象徵物之一。日本幾乎四處都有的溫泉，其種類有溫泉、冷泉及砂溫泉等等，特色性相當明顯。

用唱的記單字 ♪曲調 鳩(はと)（中譯 鴿子）

青年(せいねん)はバレンタインに	有位年輕人，選在情人節，
彼女(かのじょ)と一緒(いっしょ)に温泉(おんせん)に	帶著女友一起去溫泉旅行，
旅館(りょかん)が停電(ていでん)したのは残念(ざんねん)だった	卻遇到旅館停電，興頭都毀了。

用一個音記其他的單字

ん・ン

用聽的輕鬆記!!
正常速➡分解音➡正常速

群組①

しんせん　新鮮 名, 形動 新鮮

かんしん　感心 名, 形動, 自サ 敬佩

ようかん　羊羹 名 羊羹

群組②

まんめん　満面 名 滿面

おうえん　応援 名, 他サ 聲援

うんてん　運転 名, 他サ 駕駛

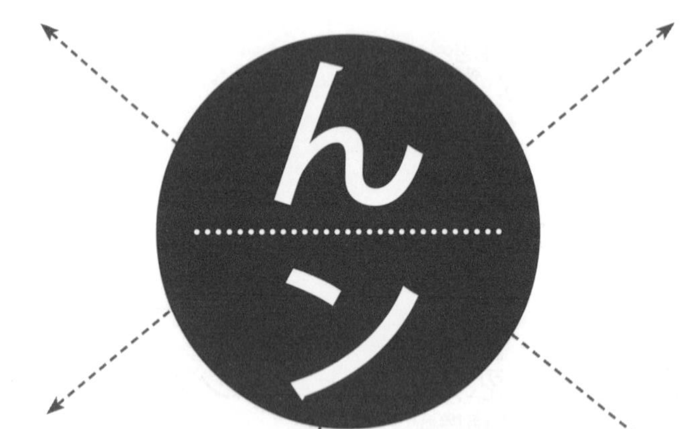

群組③

こうえん　公演 名, 自サ 公演

こうふん　興奮 名, 自サ 興奮

ていえん　庭園 名 庭園

群組④

しちごさん　七五三
名（日本傳統行事）七五三

どうぶつえん　動物園
名 動物園

しきぶとん　敷布団
名 日式床墊

群組⑤

サイン 名, 自サ 簽名；暗號

ホームラン 名 全壘打

ラーメン 名 拉麵

用學過的單字造句

お刺身(さしみ)の新鮮(しんせん)さに感心(かんしん)した。
對於這生魚片的生鮮度真是大感驚嘆。

彼女(かのじょ)は満面(まんめん)の笑(え)みで僕(ぼく)を応援(おうえん)した。
她滿臉微笑地為我聲援。

初公演(はつこうえん)なのでみんな興奮(こうふん)して眠(ねむ)れない。（眠る）
因為是第一次公演，大家都興奮的睡不著覺。

七五三(しちごさん)をお祝(いわ)うために動物園(どうぶつえん)でイベントをやるそうだ。
為了慶祝七五三節，聽說動物園會舉辦活動。

あの選手(せんしゅ)にホームランボールにサインしてもらった。
我請那位選手幫我在全壘打球上簽名。

用語萬花筒輕鬆看

七五三

(日本傳統行事)七五三

慶祝孩童成長，當孩童三歲，五歲與七歲時，於每年11月15日行加禮的節日。三歲開始男、女孩皆留髮、五歲男孩穿袴裙、七歲女孩換上成人的衣裝。主要的目的是在祈求孩童健康成長。依地區不同，有些地方三歲男童會不參加。

用唱的記單字 ♪曲調 うさぎとかめ（中譯 龜兔賽跑）

幼稚園(ようちえん)の運動会(うんどうかい)	今天是幼稚園運動會的日子，
パパの運転(うんてん)で応援(おうえん)に	爸爸特別開車載大家來幫我加油。
かけっこ一等(いっとう)　大興奮(だいこうふん)！	我在跑步比賽拿到第一名，大家都好開心喔！
満面(まんめん)の笑(え)みで「はい、ポーズ！」	爸爸開心地用鏡頭對著我說「準備好！要照囉」。

日本地圖

にほんこく
日本国

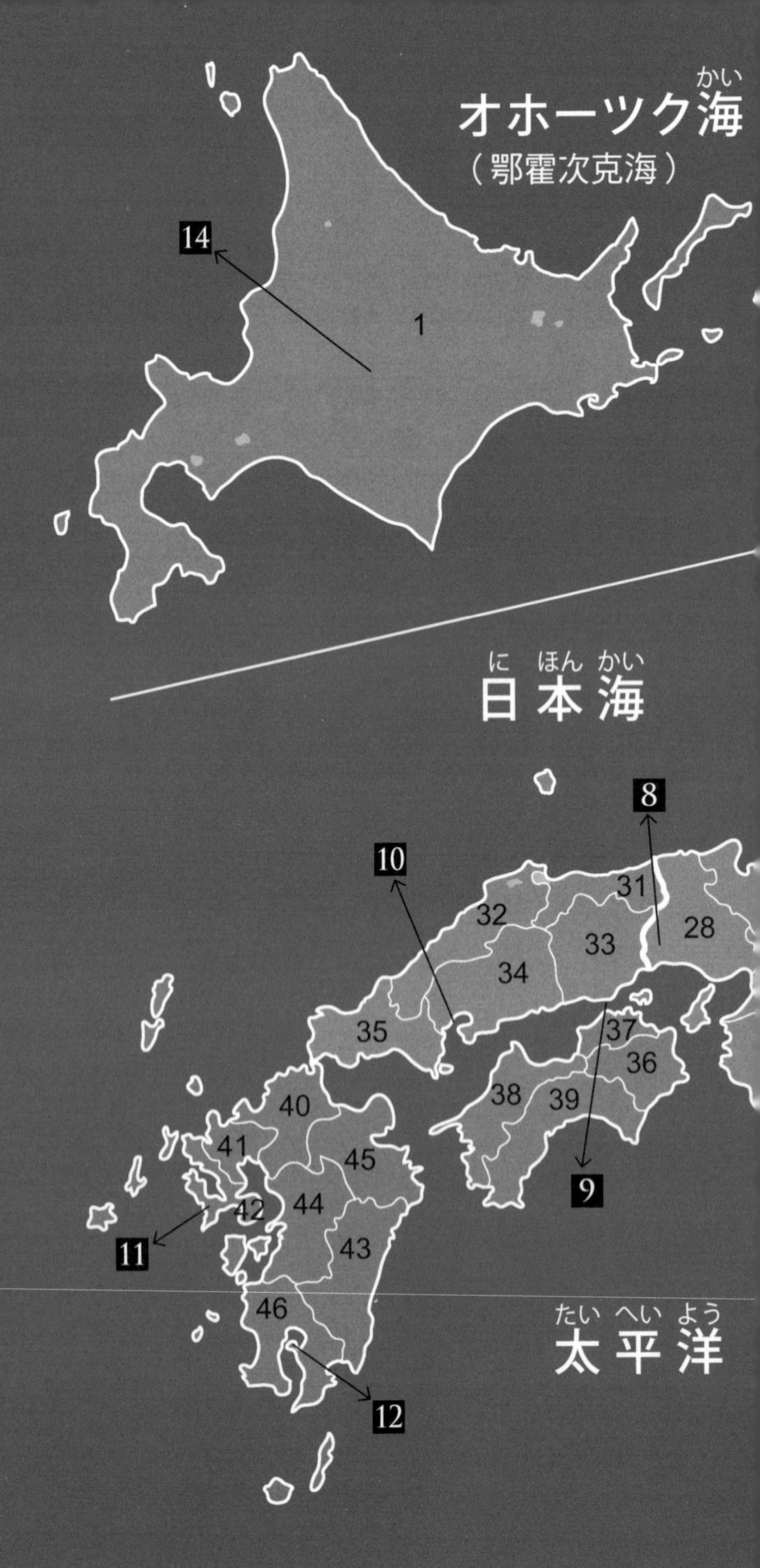
かい
オホーツク海
（鄂霍次克海）
14
1
にほんかい
日本海
8
10
31
32
28
33
34
35
37
36
38
39
9
40
41
45
44
42
11
43
46
12
ひがしかい
東シナ海
（東海）
たいへいよう
太平洋

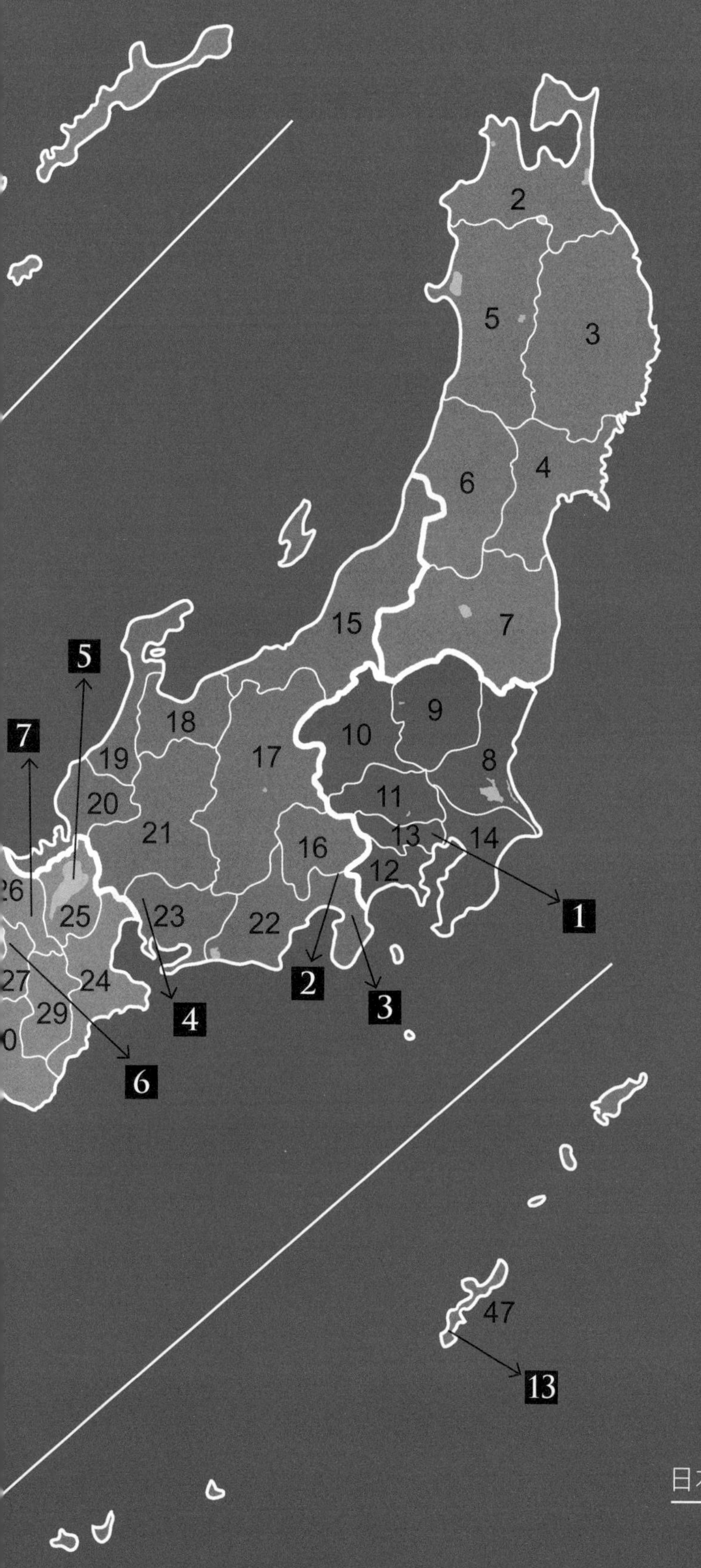

北海道（ほっかいどう） 1

本州（ほんしゅう） 2-35

四国（しこく） 36-39

九州（きゅうしゅう） 40-47

日本縣名對應於下一頁>>>

日本名勝輕鬆記

1 とうきょうタワー
東京タワー

東京鐵塔

2 ふじさん
富士山

富士山

3 はこね
箱根

箱根

4 なごやじょう
名古屋城

名古屋城

5 びわこ
琵琶湖

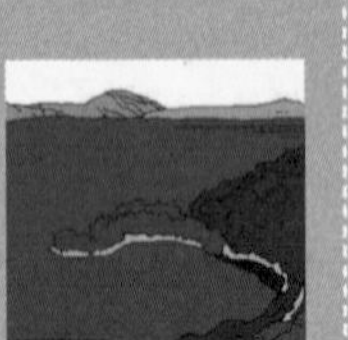

琵琶湖

6 おおさかじょう
大阪城

大阪城

7 きんかくじ
金閣寺

金閣寺

8 ひめじじょう
姫路城

姫路城

9 せとおおはし
瀬戸大橋

瀨戶大橋

10 いつくしまじんじゃ
厳島神社

嚴島神社

11 おおうらてんしゅどう
大浦天主堂

大浦天主堂

12 さくらじま
桜島

櫻島

13 しゅりじょう
首里城

首里城

14 ふらの
富良野

富良野

ほっかいどうちほう 北海道地方

01	ほっかいどう	北海道

とうほくちほう 東北地方

02	あおもりけん	青森県
03	いわてけん	岩手県
04	みやぎけん	宮城県
05	あきたけん	秋田県
06	やまがたけん	山形県
07	ふくしまけん	福島県

かんとうちほう 関東地方

08	いばらきけん	茨城県
09	とちぎけん	栃木県
10	ぐんまけん	群馬県
11	さいたまけん	埼玉県
12	かながわけん	神奈川県
13	とうきょうと	東京都
14	ちばけん	千葉県

ちゅうぶちほう 中部地方

15	にいがたけん	新潟県
16	やまなしけん	山梨県
17	ながのけん	長野県
18	とやまけん	富山県
19	いしかわけん	石川県
20	ふくいけん	福井県
21	ぎふけん	岐阜県
22	しずおかけん	静岡県
23	あいちけん	愛知県

きんきちほう 近畿地方

24	みえけん	三重県
25	しがけん	滋賀県
26	きょうとふ	京都府
27	おおさかふ	大阪府
28	ひょうごけん	兵庫県
29	ならけん	奈良県
30	わかやまけん	和歌山県

ちゅうごくちほう 中国地方

31	とっとりけん	鳥取県
32	しまねけん	島根県
33	おかやまけん	岡山県
34	ひろしまけん	広島県
35	やまぐちけん	山口県

しこくちほう 四国地方

36	とくしまけん	徳島県
37	かがわけん	香川県
38	えひめけん	愛媛県
39	こうちけん	高知県

きゅうしゅうちほう 九州地方

40	ふくおかけん	福岡県
41	さがけん	佐賀県
42	ながさきけん	長崎県
43	みやざきけん	宮崎県
44	くまもとけん	熊本県
45	おおいたけん	大分県
46	かごしまけん	鹿児島県
47	おきなわけん	沖縄県

あ、ア

い、イ

う、ウ

え、エ

お、オ

か、が、カ

き、ぎ、キ、ギ

く、ぐ、ク、グ

け、げ、ケ、ゲ

こ、ご、コ、ゴ

さ、ざ、サ、ザ

し、じ、シ、ジ

す、ず、ス

せ、ぜ、セ

そ、ぞ、ソ

た、だ、タ、ダ

ち、チ

つ、ツ

て、で、テ、デ

と、ど、ト、ド

な、ナ

に、ニ

ぬ

ね、ネ

の、ノ

は、ば、ハ、バ、パ

ひ、び、ヒ、ピ

ふ、ぶ、フ、ブ、プ

へ、べ、ぺ

ほ、ぼ、ホ、ポ

ま、マ

み、ミ

む、ム

め、メ

も、モ

や、ヤ

ゆ、ユ

よ、ヨ

ら、ラ

り、リ

る

れ、レ

ろ、ロ

わ、ワ

台灣廣廈國際出版集團
Taiwan Mansion International Group

國家圖書館出版品預行編目（CIP）資料

用50音串記單字不用背 / 邱以白著. -- 初版. -- 新北市：
語研學院, 2023.12
面；　公分
ISBN 978-626-97939-6-9（平裝）
1.CST: 日語 2.CST: 詞彙

803.12　　112019746

用50音串記單字不用背

作　　者／邱以白
審　　校／小高裕次
編輯中心編輯長／伍峻宏・**編輯**／王文強
封面設計／何偉凱・**內頁排版**／東豪印刷事業有限公司
製版・印刷・裝訂／東豪・紘億 / 弼聖・明和

行企研發中心總監／陳冠蒨
媒體公關組／陳柔彣
綜合業務組／何欣穎
線上學習中心總監／陳冠蒨
數位營運組／顏佑婷
企製開發組／江季珊、張哲剛

發 行 人／江媛珍
法律顧問／第一國際法律事務所 余淑杏律師・北辰著作權事務所 蕭雄淋律師
出　　版／語研學院
發　　行／台灣廣廈有聲圖書有限公司
地址：新北市235中和區中山路二段359巷7號2樓
電話：（886）2-2225-5777・傳真：（886）2-2225-8052
讀者服務信箱／cs@booknews.com.tw

代理印務・全球總經銷／知遠文化事業有限公司
地址：新北市222深坑區北深路三段155巷25號5樓
電話：（886）2-2664-8800・傳真：（886）2-2664-8801
郵政劃撥／劃撥帳號：18836722
劃撥戶名：知遠文化事業有限公司（※單次購書金額未達1000元，請另付70元郵資。）

■出版日期：2023年12月
ISBN：978-626-97939-6-9